한무숙 문학세계

이호규 외 지음

새미

차 례

총 론

- 한무숙 문학세계 연구

- 정재원 -

1. 결별의 눈

한무숙의 대표적인 소설 중의 하나인 「축제와 운명의 장소」(1962)에는 "결별의 눈으로 볼 때, 그 풍경은 진실로 아름다운 것이다."라는 구절이 등장한다. 일생을 자기를 기만하고 타인을 속이면서 허위와 착각 속에서 살아온 주인공 전옥희 여사는 무료환자로 입원한 병원에서 마침내 죽음의 문턱에 이르러서야 자신의 일생을 돌아보기에 이른다. 일찍이 유종호가 단편집 『감정이 있는 심연』의 작품해설에서 적절하게 지적했듯이 한무숙의 소설에는 죽음에 대한 의식이 어디에나 무겁고 짙게 깔려 있다. 죽음은 위의 작품에서처럼 스토리 전개를 위한 중요한 사건으로 등장하지 않더라도 주인공이 갖는 일종의 예감이거나 인간과 세계를 바라보는 전제로 작용하는 경우도 많다. 작가가 1942년 작품 활동을 시작했고 1950년대 중반에 이르러 작품 세계가 한층 성숙해져 갔던 점을 생각해보면 죽음이란 단순히 작품에 허무의 정조와 어두운 분위기를 주고 있다고 하기에는 보다 중요한 의미를 갖고 있다고 할 수 있다. 우리 사회는 일제 치하와 해방, 전쟁과 근대화를 거치며 사회체제와 생활양식의 급속한 변화를 겪었다. 외견상 일상적이고 가장 사적인 영역에 한정된 것처럼 보이는 한무숙의 소설세계도 사회의 급속한 변화 속에서 사회구성원들이 겪은 가치전도 내지 무의미의 경험에서 결코 자유롭지 못한 것이다.

한무숙의 소설에서 죽음은 시간의 전개에 따라 주인공의 삶이 도달할 수밖에 없는 막다른 끝이 아니다. 죽음은 주인공을 일상생활의 가치관이 지배하는 영역에서 벗어난 시간의 영역으로 인도하며 인간이라는 존재와 삶의 의미를 근본적으로 반성하게끔 한다. 말하자면 일종의 <삶과 죽음의 문턱에서 사고하기>가 한무숙 소설에서 중요한 모티브로 작용하고 있는 셈이다. 더구나 「축제와 운명의 장소」주인공 전옥희의 상념 속에서 삶과 죽음은 사람들이 흔히 상식적으로 생각하듯 엄격하게 대립되지 않는다. 전옥희는 "그러나 아직은 죽음이 그렇게나 가까이 다가선 것 같지는 않다. 웃어 죽겠다. 좋아 죽겠다. 미워 죽겠다 — 이렇게 죽겠다는 엄청난 말이 일상어(日常語)가 된 나라에서 산 까닭인가. 아니면 죽음이란 순시에 결정되는 것이 아니고, 삶 속에 있는 것이어서 사람은 일순일순을 죽어가고 있고, 그러니까 일순일순이 죽음의 미분치(微分値)일지도 모르기 때문인가"라고 생각한다. 이처럼 한무숙의 소설에서 죽음은 삶의 대극에 위치한 것이 아니다. 작가는 주인공의 상념을 빌어 죽음이 이미 삶에 내재하고 있다는 엄연한 진실을 말하고 있다. 우리는 죽겠다고 일상적으로 엄살을 부리면서 사실은 살아가는 일이 조금씩 죽어가는 일이라는 점을 생각하지 못하는 것이다.

벤야민은 「이야기꾼과 소설가」에서 죽음이 어떤 방식으로 근대적 삶의 방식에서 멀어지고 사람들의 통상적인 지각에서 밀려나게 되었는가에 대해서 쓰고 있다. 근대 이전의 사회에서 죽음을 맞는 일은 살아있는 사람들에게 활짝 개방된 공적인 과정이었고 사람들은 태어나면서부터 타인의 죽음을 보는 일에 익숙했다. 한 인간이 인생을 통하여 가질 수 있었던 모든 지식과 지혜는 임종을 통하여 전수되었다. "마치 삶이 다하면 인간의 내면에서 일련의 이미지가 활발히 움직이는 것처럼, 임종의 순간에는 갑자기 그의 표정과 시선에 잊혀질 수 없는 일이 떠오르고 또 이 잊을 수 없는 일은 그와 관계했던 모든 사람에게 권위를 부여한다." 그러나 이른바 근대 시민 사회의 일원들은 죽음에 접할 수 없는 주거 공간에서 살고 있고 죽음에 이른 사람들은 상속자들에 의해 요양소나 병원에 격리되거나 안치된다. 사람들은 죽어 가는 사람들을 삶으로부터 격리시키고 죽음 자체에 대한 생각을 기피하면서 단지 살아가는 일에만 집착하게 된다. 따라서 일상인들로 하여금 영원성 속에서 삶을 돌아보게 하며 한 인간의 일생과 그가 전수하는 지혜에 권위를 부여하던 죽음의 계기 또한 이야기에서 사라졌다는 것이다.

한무숙의 소설에서 삶 속에 잊혀지기 쉬운 죽음의 계기를 끌어들여 세계를 "결별의 눈"으로 바라보는 일은 소설세계 내에 일상의 논리에서 벗어난 상상과 반성의 영역을 마련한다. 또한 그의 소설에서 죽음은 세속의 가치로 볼 때 어리석고 하찮은 이력을 지녔다고 볼 수 있는 주인공들에게조차 타인에게 지혜를 전수할 위엄과 권위를 부여하고 있다. 우리의 근대사가 생산과 진보 일변도로 바쁘게 앞으로 앞으로 전진하며 한편으로 죽음을 외면하고 불행하게 죽은 자들을 재빨리 망각해온 역사였다는 점을 생각하면 한무숙의 소설세계는 죽음과 허무를 일종의 전제로 삼고 있다는 점에서 새롭게 주목될 만하다. 또한 죽음과 삶, 선과 악을 비롯하여 일상의 영역에서는 대립되는 것으로 받아들여지기 쉬운 모든 구별되는 가치들을 대립되는 것이 아니라 서로 껴안고 있는 것으로 혹은 동일한 것의 양면으로 바라보는 작가의 시선은 우리들이 인간과 삶을 바라보는 경직된 시각을 근본적으로 돌아보게 한다.

「축제와 운명의 장소」에서 독자에게 인생의 진리를 말하는 사람은 지적인 인물이거나 현인이 아니라 사실은 스스로를 속이고 타인을 속이며 가장 어리석고 허위에 가득 찬 삶을 살아온 전옥희라는 인물이다. 가장 지독한 오류 속에 진리가 있는 것이다. 그렇다고 전옥희 여사가 죽음 앞에서 한 순간에 일생을 뉘우치고 다른 인물로 탈바꿈하는 일종의 변신을 경험하는 것은 아니다. 전옥회 여사는 오히려 또 한번의 기회가 주어진다고 하더라도 자신이 역시 같은 실수와 고통을 되풀이하리라는 것을 실감한다. 자신을 있는 그대로 볼 수 있다는 것이 이 작품에서는 인간에게 주어진 유일한 구원이다. 죽음 앞에서야 인간은 세계 속에서 자신의 삶을 있는 그대로 볼 수 있다. 인간은 결코 자기자신에 대해서 알 수 없으며 삶이 란 일종의 오해와 착각 속에서 연장되는 것이라는 작가의 전언은 생에 대한 근본적인 인식의 문제를 제기한다. 이제 연구자들은 한무숙의 소설을 새롭게 다시 읽으면서 인간의 이성보다는 광기, 삶의 배반과 아이러니, 그리고 모순과 역설에 대한 작가의 통찰, 인간이 제각기 주어지는 운명을 수용하고 자기를 정시함으로써 구원을 얻는다는 지혜에 다시금 주목하게 되었다. 이 지혜는 말 그대로 죽음을 통해 권위를 얻는 옛이야기의 지혜이다.

우리는 인간이 인간 자신뿐 아니라 역사의 방향을 이해하고 충분히 예측 가능하다고 믿었던 시대를 막 통과해 왔다. 특히 우리 사회에서는 당면한 현실의 정치 사회적 문제들이 그 누구도 외면할 수 없이 급박한 것이었으므로 작가는 작가(作家)이기 이전에 문사(文士)로서 우리 사회에서 난무하는 온갖 소문과 의혹 속에서 진리를 말하는 책임을 지지 않을 수 없었다. 이 과제는 소설가가 거대서사를 통하여 역사의 진리를 말하고 사회에 당장 화급한 문제에 대한 전망을 제시해야 한다는 암묵적인 당위로 작용했다. 그 동안 한무숙이 주변적인 작가로서 문학사에서 충분히 조망 받지 못한 것도 작가가 당면한 현실 문제에 전망을 제시해야 한다는 평가기준이 강하게 작용했기 때문이다. 작가가 문사가 되어야 한다는 당위는 물론 시대가 요청한 만큼의 의미를 지니고 있는 것이었지만 한편으로 그 동안 문학작품 속에서 세속의 가치를 벗어난 사고와 상상력의 실험, 인간에 대한 근본적인 질문 등 다양한 영역을 추구하는 가치를 평가 절하해온 것도 사실이다. 또한 공적인 역사의 영역과 개인의 영역을 대립시키는 경직된 시각을 넘어서 본다면 오히려 역사의 흐름에서의 완전한 고립을 꿈꾼다고 할 지라도 역사로 부터 자유로울 수 있는 사람은 아무도 없다. 일찍이 체코의 공산화 과 정을 겪으면서 역사의 배반과 삶의 아이러니를 경험한 밀란 쿤데라는 소설 『생은 다른 곳에』를 통하여 <역사라고 해서 항상 극적으로 등장 하는 것은 아니고, 흔히 더러운 구정물처럼 일상생활을 통하여 서서히 스며든다.>고 말하기도 했다. 이제 한무숙의 소설세계에서 한 개인의 내면심리와 일상생활 속으로 파고든 역사의 흔적을 발견하고 복원하 는 일은 한 사람의 독자로서 그리고 문학연구자로서 매우 흥미로울 뿐 만 아니라 의미있는 일이 아닐 수 없다.

2. 불 씨

한무숙은 국문학 연구자들과 비평가로부터 무엇보다 서울의 양반가 문에서의 출생과 잦은 병력으로 특징지어지는 독특한 삶의 이력과 여 성 작가라는 면에서 주목받아왔다. 오늘날에는 수적으로도 많은 여성 작가들이 활동하고 있을 뿐만 아니라 여성 작가들의 활동이 사회 참여 에 대한 적극성의 면에서나 작품의 실제적인 성과 면에서 남성 작가보 다 두드러지는 경우도 많기 때문에 작가에게 특별히 "여성 작가"라는 별칭을 붙이는 것이 어색하게 느껴지게끔 되었다. 그러나 한무숙이 창 작활동을 전개해나간 1942년 이후는 여성이 창작을 하는 일이 특별한 취급을 받던 시대이다. 특히 "여류(女流)"라는 별칭은 어떤 영역에서든 지 여성이 공적으로 활동하는 일이 흔하지 않기 때문에 흥미거리가 될 수 있었던 시대의 분위기를 함축하고 있다. 엄연하게 독자를 대상으로 공적 활동을 하는 작가로서 단지 "여류"이기 때문에 주목받는다든가 자신의 창작행위가 전문적인 활동이 아니라 "여기(餘技)"로 받아들여 진다는 것은 결코 명예로운 일이 될 수 없다. 또한 일반성을 지녀야 할 문학담론에서 여성 작가라는 사실을 문제삼는 일은 성적 특수성에만 너무 집착하는 것이 아닌가 하는 의혹 속에서 종종 회의의 대상이 되기도 한다. 그러나 우리는 여기서 "여류 작가"라는 별칭이 안고 있는 역사성에 대해서 생각해야 하는 것이다.

물론 문학 연구자로서 우리가 관심을 갖는 <작가>는 어디까지나 글을 통해 작가로서의 개성을 구성해 나가며 창작의 출발점을 밝히고 독자에게 대화를 청하는 존재이다. 우리가 주목할만한 것은 한무숙이 작가로서 출발하게 된 내력과 자신의 삶에서 글쓰기가 갖는 의미를 여러 자서전적인 글들을 통해 반복하여 남기고 있다는 점이다. 한무숙은 구한말 개화된 양반의 집안에서 태어나 장서로 자유로운 독서체험을 누리며 일본인 여학교를 다니는 등 신식교육을 받으면서 성장한다. 육체적으로 병약했지만 격동의 시대에 비교적 유복한 집안에서 태어난 덕택에 신발도 필요 없을 정도로 등에 업혀 다니며 응석받이로 지냈던 한무숙은 22살의 나이에 집안 어른들의 뜻에 따라 유학을 포기하고 얼굴도 제대로 알 수 없는 남자와 혼인한다. 자의식이 강했지만 집안 어른들의 뜻을 거역할 용기는 없었던 작가는 「불씨」라는 자서전적인 글에서 자신이 스스로 원하지 않았던 결혼을 "운명의 가혹한 덫"으로 표현한다. 그리고 그는 영락했어도 옛 관습과 살림 규모를 그대로 지키려는 집안에서 모범적인 아내와 며느리, 어머니로 생활해야 했던 자신의 심경에 대해 "오히려 나는 철저하게 내 불행을 완성시키기 위하여 자학에 정열을 쏟음으로써 냉소적인 역설의 독이 가득 찬 처절한 삶을 살고 있었다"라고까지 쓴다.

이와 같은 개인적이고 특수한 경험에 대한 고백이 역사적으로 그리고 사회적으로 의미를 갖게 되는 것은 한무숙이 1940년대 후반 자의식이 강한 여성으로서 근대사회로 진입한 이후에도 봉건적인 습속에서 한 걸음도 나가지 못한 집안에서 아내이고 며느리이자 어머니로서 글을 쓴다는 자기 표현 행위가 어떤 의미를 갖는지 드러낼 때이다. 한무숙이 맛본 시집살이란 스스로 "며느리란 똥친 막대기"라고 표현할 만큼 아랫 사람은 윗사람에게 함부로 말할 수 없고 허례허식이라고 마음속 깊은 곳에서는 동의하지 않는 관습을 일방적으로 따라야만 하는 생활이다. 이러한 경험을 서술하면서 그는 "응석받이"에서 한 순간에 "노바디"로 일변한 전락을 되풀이해서 강조하고 자기에게 주어진 역할에 충실한 자아와 자기 표현을 갈망하는 자아 사이의 분열을 토로한다. 작가는 "그러면서 전시 하에서 사람의 손이 모자라 약한 며느리가 쩔쩔매고 있는데도 많은 하인을 거느릴 때와 크게 다르지 않은 어른들의 생활태도에서 오는 몰인정과 필요 이상의 과로, 가치관의 차이가 빚어내는 크고 작은 알력 등이 서글퍼서, 억울해서 하고 싶은 말이 너무 많아서, 낮에는 죽였던 감정을 깊은 밤에는 불러일으키는 버릇이 생겼다."라고 쓴다. 「불씨」에서 한무숙의 자기 표현욕구는 병약한 몸으로 하루 동안의 집안 일을 모두 마치고도 자리에 누워서 종이를 벽에 대고 글을 쓸 정도로 단순히 의식의 차원에 머물고 있다기보다는 거의 육체적인 열망의 차원으로 강조되어 표현되고 있다.

한무숙은 많은 자서전적인 글들에서 이후로도 작가와 생활인으로서 이중의 삶을 살아간 데 대해 느낀 괴리감을 토로한다. 물론 비단 한무숙 뿐만 아니라 많은 작가들이 평상인 삶을 살아가는 현실적인 존재와 그 삶을 다시 근본적으로 반성해야하는 작가로서의 존재사이의 괴리감을 표현했다. 사회적 조건이 개인적으로 극복할 수 없는 창작과 생활 사이의 간격을 요구할 때에는 아예 자신의 인생을 소재로 삼아 예술가 소설을 쓰는 사람도 적지 않았다. 근본적으로 글을 통해 자신을 반성하는 행위는 언제나 <바라보는 나>와 <보여지는 나> 사이의 대화와 갈등을 전제로 하고 있다. 게다가 모든 자기 고백은 근본적으로 고백을 듣는 타인을 지향하는 말로 구성되며 자기의 감춤과 드러냄이 극적으로 교차하는 행위이다. 한무숙의 경우 <바라보는 나>에 의한 <보여지는 나>에 대한 <자기 감시>는 여성의 자기표현 욕구에 대한 사회적인 경계를 끊임없이 의식하면서도 자기표현욕구를 매우 강렬한 형태로 반복해서 술회하는 것으로 드러난다. 자기 감시가 심할수록 자기표현 욕구를 드러내는 강도는 더욱 극적이고 강렬한 것이다.

> 내가 하는 일, 내가 당하는 일, 내 주위에서 발생하는 모든 일이 여전히 남의 일같이만 느껴지면서 의식의 밑바닥 깊숙이 겹쳐진 채 깔려 있는 갈피 속에서 무언가가 '이것이 아닌데 이런 것이 아닌데'하며 절규하는 소리가 들렸다. 인간답게 살고 싶다. 내 의지가 참가하는 인생을 살고 싶다. ─ 이 절규는 들리지 않는 소리였으나 내 심정의 음량을 최대로 높인 것이었다. 식은 잿속에서도 한 줌의 불씨가 거대한 도시를 다 태워버릴 수도 있는 열원(熱源)을 안으로 다스리며 살아 있듯이 인간다운 삶에의 열망은 인습과 억압 속에서도 가냘프게나마 꺼지지 않은 불씨처럼 내 안에 깊숙히 묻혀 있었다(「불씨」).

한무숙이 자기자신을 "노바디" 곧 "아무 것도 아닌 사람"이라고까지 생각했던 것은 일상생활 속에서 자신의 의사표현을 거절당했기 때문이었다. "수하자 유구무언(手下者 有口無言)"을 거론하듯이 한무숙의 불만 대상은 언제나 말에 대한 전통적인 금기이다. 동서양과 고금을 막론하고 여성의 역할에 대해서 논할 때 언어만큼 중요시한 것이 없다. "여자가 셋이 모이면 나무접시가 깨어진다." "계집의 입막기는 냇물막기보다 어렵다"등의 속담 등은 여성이 실제로 말이 많다는 사실을 말하는 것이 아니라 여성이 말이 무가치하다는 가치판단을 함축하고 있다. 『내훈(內訓)』 등에 나타난 이조의 규방문화를 엿보면 여성은 구변이 좋거나 하는 말이 날카로와서는 안 된다, 그리고 여성은 분별있게 말하고 모진 말을 하지 말고 모든 일을 미리 아는 척 하지 말아야 한다고 강조되어 있다. 여성이 말을 거리낌없이 잘 한다는 것은 결국 앎을 드러내는 일이고 남성 못지 않은 지식을 과시하는 일이기 때문에 금지의 대상이 되었던 것이다. 『역사는 흐른다』의 집필 동기를 밝힌 글에서도 작가는 "부녀는 문필(文筆)이 유려하여 만고역대(萬古歷代)를 무불

통지(無不通知)하더라도 문장을 쓰지 않아야 부덕"이라고 믿고 있던 집안에서 창작을 시작했던 내력을 소개한다. 글을 통해 자기를 표현하면서 동시에 아내이자 며느리, 어머니로 살아가는 데서 극적인 괴리감을 느끼고 때로는 서로를 배반하는 일로 인식하는 대목에서 바로 한무숙의 작가로서의 자기 고백은 역사적 의미를 얻는다.

한무숙은 창작활동을 하는 일과 전통적인 여성의 역할 양자 사이에서 가능한 한 최선의 조화를 꾀하는 길을 선택했다. 한무숙이 속한 세대의 여성들이 대부분 그러했듯이 그 역시 대립되는 듯한 봉건문화와 근대 문화에 모두에 잘 적응하고 양자를 조화시키려는 태도를 보인다. 그는 생활양식의 변화를 받아들이지 않는 집안의 허례허식이나 악습에 불만을 표하면서도 집안 어른들이 주는 삶의 지혜나 미덕에는 공감하는 자세를 취한다. 시아버지가 92세로 별세할 때까지 상봉하솔(上奉下率)의 생활을 하고 증손인 조카가 40이 될 때까지 봉제사도 할만큼 그는 가정이 자신에게 요구하는 역할에 충실했고 밤이면 누워서 글을 쓰는 생활을 계속했다. 한무숙은 창작활동을 시작한 뒤에도 상당기간 집밖의 사회를 알지 못한 채 지냈으며 독서를 통한 간접경험을 통해 문학의 길에 접어들었다고 고백한다. "6·25 사변이 '집'을 해체했다"는 작가의 발언은 문학적 열정이나 상상력만으로는 극복할 수 없었던 현실적인 한계를 스스로 인정하고 있는 것처럼 보인다. 그러나 이로써 그는 사회를 바라보는 넓은 시야를 얻지 못한 대신 생활 속에서 대립되는 두 문화를 모두 수용하고 비판할 수 있는 위치에 서게 되었으며 구체적인 사건을 통해서 인간을 깊이 있게 이해하는 눈을 얻은 셈이다.

3. 역사와 인간

한무숙은 1942년 장편 「등불 드는 여인」이 『신세대』 현상모집에 당선되면서 작품활동을 시작하여 1986년 장편 『만남』에 이르기까지 실로 다양한 소재를 다룬 작품들을 남겼다. 우선 작품 활동을 시작한 후 습작기간이라고 할 수 있는 1948년부터 1949년 사이에 쓰여진 소설들은 『역사는 흐른다』(1948), 「정의사(鄭醫師)」(1948. 4), 「램프」(1948. 8), 「부적(符籍)」(1948. 10), 「내일 없는 사람들」(1949. 9), 「수국」(1949. 12) 등으로 『역사를 흐른다』를 제외하면 대부분 일상의 에피소드를 포착하여 인생의 단면을 제시하는 단편들이다. 「정의사」에서는 의과대학 학장으로까지 세속적으로 성공한 의사 이필진이 친구를 따라 우연히 방문한 시골 읍에서 촌 의사가 된 대학 동창 정병모를 만난다. 이필진은 대학 재학 시 라이벌로 여겼던 정 의사에게서 실패한 천재의 불우한 그림자를 찾아보려고 하지만 정 의사는 혹시 우둔한 게 아닐까 싶게 만족스러운 표정으로 그를 맞는다. 촌 의사로 지내면서도 세속의 명의 앞에서 당당한 자세를 잃지 않고 환자의 죽음에 눈물을 흘릴 만큼 따뜻한 가슴을 가진 정의사를 보고 이필진은 오히려 자신의 왜소함을 느낀다. 외모나 세속의 가치에 가리워 보이지 않게 되기 쉬운 인간의 진실성을 옹호하고 두 세계를 뚜렷하게 대비시키면서 이야기를 전개하고 있다는 점에서 이후 한무숙의 작품세계의 경향을 예고하고 있는 단편이다. 또한 「램프」는 사랑의 손길이 미치기 어려울 만큼 무뚝뚝한 성품과 거센 용모의 노처녀 옥란이 같은 방 친구와 이름을 혼동한 남자의 연애편지를 받고 설레이다가 결국 실망하게 되는 사건을 그렸다. 한 인간의 일생을 하나의 에피소드로 집약하고 결말의 반전으로 삶의 잔인한 일면을 엿보게 할뿐만 아니라 자기 욕망에서 소외된 여성의 왜곡된 욕망과 심리를 그리고 있다는 점에서 이후의 작품경향을 보여주는 단편이다.

한무숙의 작품세계가 한층 개성적이 되고 성숙해져 간 것은 역시 전쟁 발발 이후에 쓰여진 단편들에서이다. 「파편」(1951. 5)이나 「허물어진 환상」(1953. 5), 「굴욕」(1953. 7), 「돌」(1955. 9), 「천사」(1956. 5) 등의 단편에서 볼 수 있듯이 작가는 일제 치하에서 해방과 전쟁에 이르는 일련의 거대한 사건을 겪으면서 무력감과 방향상실에 사로잡힌 지식인들의 문제를 그릴 때에도 일상의 세목을 속속들이 포착하면서 인간 내부에서 다채롭게 변화하며 때로는 인간 자신도 스스로 알 수 없는 심리를 세밀하게 묘사해낸다. 한무숙의 소설 속에서 죽음이 본격적으로 인간과 세계를 바라보는 전제가 되기 시작한 것도 이 때부터이다. 전쟁의 체험이 기존의 질서를 허물어뜨리고 사회구성원들에게 삶의 의미에 대한 근본적인 질문을 안겨준 것이다. 주인공들은 때로는 폭력적으로 진행되는 역사와 사회변화의 진행에 맞서 각기 자신의 운명을 어떻게 수용할 것인가라는 문제를 안고 있다. 그 중에서도 「파편」이나 「허물어진 환상」과 같은 단편들은 동시대의 다른 작가들의 소설들이 현실 폭로와 고발에 치우치고 있을 때 전시 피난민의 일상과 심층심리를 설득력 있게 그려냈다는 점에서 당대에도 호평을 받았던 작품들이다.

「파편」에서 각지에서 부산으로 모여 든 피난민들이 공동 거주하는 창고는 노인부터 아이에 이르기까지 다양한 세대와 계층을 포괄하면서 전시에 사회구성원들이 공동으로 겪어야만 했던 신분이동과 몰락의 체험을 집약적으로 보여준다. 이 소설은 단지 전시의 일상적인 풍경만을 세밀하게 묘사하는 데 머물지 않고 나아가 전쟁을 체험한 젊은 지식인들의 고뇌와 질문을 담고 있다는 점에서 주목할 만하다. 자신들이 살기 위해서 선원들이 배 밑으로 기어오르는 피난민들을 바다로 차넣는 광경을 목도한 후 <선악의 구별이 무엇인지 알 수 없게 되었다>고 고백하는 청년에게 태현은 <자신에게 시작해서 자기에서 그치는 도덕>이 전장의 도덕이 될 수밖에 없다고 대답하는 것이다. 지식계급으로서 피난민 창고에서 무능력이 오히려 우월의 표지가 되는 역설을 경험한 태현은 결국 생활에 적극적으로 참여하기를 결심한다. 이 때 서로 물을 길으려고 다투는 피난민들에게서 엿보이는 생활력의 열기와 가족적인 친밀감이 태현의 결심에 한층 설득력을 준다.

「허물어진 환상」은 역시 선악의 기준을 확실히 알 수 없게 된 시대적 전환기의 방향상실을 그려낸 단편이다. 영희와 혁구는 모두 일제시대 부유한 집안의 자녀로 집안을 통해 서로 알고 지내던 사이였으나 영희는 사법관과 결혼하여 살림을 하는 것을 행복이라고 믿는 삶을 선택하고 혁구는 민족운동가의 길을 선택한다. 중일 전쟁 무렵 혁구를 만난 영희는 민족운동을 위해 남편을 배반하라는 요구를 거절하고 정신적인 갈등에 못 이겨 아이를 사산한다. 남편을 잃은 미망인으로 다방에서 일하게 된 영희는 혁구와 부산 거리에서 다시 재회하지만 "악에 대한 관용은 죄악"이라고 부르짖던 청년 혁명가는 고문을 당한 끝에 이제 백치와 다름없는 모습이 되었다. 해방과 전쟁을 겪으면서 일제에 협력했던 고문관이 민족 지사가 되고 고문관의 아내는 다방 마담이 되고 민족운동가는 남의 편지를 대필하는 것으로 소일하는 폐인이 되는 인생유전이 한 편의 단편으로 축조된다. 작가는 이상의 추구도 현실에의 순응도 모두 말 그대로 "환상"이 되어버린 전쟁 전후의 현실을 백치가 된 혁명가의 모습이 빚어내는 극적인 아이러니를 통해 그려낸다.

무엇보다 한국 사회가 봉건사회로부터 근대사회로의 이행하는 과정에서 굴곡을 겪는 여성의 삶을 그려낸 한무숙의 작품들은 작가의 본령이라고 할만큼 문제를 바라보는 시각면에서나 형상화의 완성도면에서 단연 이채를 발한다. 「명옥이」(1953. 5), 「월운(月暈)」(1955. 6), 「감정이 있는 심연」(1957. 1), 「축제와 운명의 장소」(1962. 10), 「이사종의 아내」(1978. 9), 「생인손」(1981) 등의 중·단편들은 모두 제도적으로 그리고 자신의 욕망으로부터도 소외된 인물들의 삶을 그린 작품들이다. 시대가 이행하면서 겪는 기존의 가치관과 새로운 가치관의 충돌이 한무숙의 소설 속에서는 여성이 스스로 욕망을 어떻게 의식하고 표현하는가의 문제로 드러나고 있는 것이다. 작품의 주인공들은 대개 정상적인 결혼과 가정생활을 통해 사회적 자아를 정립하지 못한 여성 인물들이다. 그들은 성적 욕망에 대해 죄의식에 사로잡히거나 자신에게 허락되지 않은 욕망을 왜곡된 형태로 표현하기도 한다. 특히 「이사종의 아내」와 「생인손」의 경우에는 각각 조선시대 규중 부인과 구한말 여자노비로 태어난 여인을 주인공으로 삼아 각기 시대와 문화가 부과한 역할 속에서 자기 표현욕망을 억누르며 살아온 일생을 문안편지나 구술을 통해 고백하게 함으로써 그 소설의 형식만으로도 지난 시대의 성격을 증언하는 작품이다. 여성이 어떻게 자기소외에서 빠져 나와 스스로 자신의 욕망을 정시하는가 혹은 자신의 의지와 상관없이 주어진 운명을 수용하여 인생을 하나의 예술품으로 완성시키는가는 한무숙의 소설에서 중요한 테마가 되고 있다.

「월운」은 한 인물의 일생이 지닌 의미를 하나의 에피소드로 집약해서 드러내는 작가의 구성능력과 언어구사력이 남김없이 발휘된 수작이다. 열 아홉의 나이로 과부가 된 홍여사에게 남자에 대한 기억은 임종의 문턱에 있던 남편의 이마에서 맛본 뜨거운 체온뿐이다. 정부 불견 이부(貞婦不見二夫)의 부도를 지키는 대신 뜻하는 대로 살아왔다고 자부하는 홍여사가 일정시대에는 애국반장으로 신궁을 드나들고 해방 후에는 집사가 되어 예수교에 정열을 불태웠다는 사실은 그녀의 억눌린 욕망이 뚜렷한 방향이 없이 표출되어 왔다는 것을 시사한다. 홍 여사는 평소에 남의 첩이라고 못마땅하게 여겼던 뒷방색시의 해산을 목도하고 생명의 탄생과정에 동참하면서 자신의 일생을 돌아보고 욕망에 눈뜨게 된다. 자신에게 금기를 내면화하고 생식행위를 잡스럽게만 느꼈던 홍여사는 엄숙한 해산의 와중에서 "도덕보다도 절실한 순간"을 체험하고 자기 일생의 의미를 그 한 순간에 맛보는 기분에 휩싸인다. 작가는 엄숙한 제의와 같은 출산광경과 달이 차고 다시 기우는 밤의 정경, 기둥을 이루어 날며 교미하는 하루살이 등 생명의 기운이 충만한 분위기를 무리없이 직조해냄으로써 홍여사의 자기 정시에 설득력을 부여하고 있다.

「감정이 있는 심연」은 작가의 한 여성을 정신병원으로 몰아넣는 죄악망상이 비단 여성만의 문제가 아니라 급격한 생활양식의 변화와 가치의 전도를 겪는 전후 사회상의 혼란과 밀접하게 연관되어 있다는 것을 보다 뚜렷하게 보여주고 있다는 점에서 주목할 만하다. 신분상의 열등감을 극복하기 위해서 출세의 욕망에 불타는 남성 화자 "나"의 걷잡을 수 없이 소용돌이치는 의식의 심연 끝에서 여성인물 전아의 의식의 심연과 극적으로 마주치게 하는 구도가 돋보인다. 전아의 죄악망상은 "나"의 과도한 신분상승욕구에 대한 우회한 대답인 것이다. 전아가 성장한 오릿골 큰 기와집 역시 금지된 욕망의 왜곡된 표현으로 가득 차 있다. 노소의 네 과부가 모여 사는 이 집의 실력자 큰 고모는 기독교의 광신적인 추종자이며 전아의 어머니는 백치이고 작은 고모는 결국 철창의 신세를 진다. 소설의 무대가 되는 정신병원에 입원한 다른 환자들은 각각 반공 이데올로기에 대한 피해망상과 자기소외를 보상하려는 과대망상에 사로잡혀 있다. 이처럼 한 사회가 일종의 정신병원과 같은 망상에 빠져 있을 때 전아가 자신의 성적 욕구를 직시할 길은 전혀 없다는 것처럼 그녀의 무의식 속에 감추어진 욕망은 침묵 속에서 그로테스크하고 공격적인 그림으로 표현되고 있다.

4. 존재의 신비

한무숙의 주요 중·장편들은 한국의 역사가 진행해온 신·구 생활양식의 교체를 배경으로 삼아 개인들이 제각기 겪는 갈등과 운명과의 고투를 그려낸다. 이러한 경향은 한무숙이 작가로서 문단에 등장하여 대중에게도 이름을 알리게 된 장편 『역사는 흐른다』(1948)부터 중편 「유수암」(1963), 장편 「석류나무집 이야기」(1964)에 이르기까지 변함없이 일관되고 있다. 거대 역사의 진행으로 역사를 일괄하기보다는 자기 운명의 짐을 지고 살아간 개인들의 구체적인 삶에 주목하는 작가의 시선은 실제 역사를 소재로 삼은 소설에서도 마찬가지로 드러난다. 장편

소설 「만남」(1986)은 역사적 실제인물을 소재로 삼았을 뿐 아니라 한무숙의 작품세계가 종합되고 있다는 점에서 주목할 만한 장편이다. 『만남』은 신유사옥으로 유배된 다산 정약용이 강진에 기거하면서 유배생활에 정착한 시기부터 죽음에 이르러 신앙에 귀의하는 과정과 정약용의 조카이며 한국 천주교회의 개척자인 정하상이 거듭되는 박해를 받으면서도 교우들과 함께 뜻을 모아 교회를 개척해나가는 과정, 그리고 교인 권진사의 세 딸들 매아와 난아, 국아가 박해의 소용돌이 와중에 헤어졌다가 다시 만나게 되는 과정을 담고 있다.

　역사적 사실을 소설로 형상화하면서 작가다운 상상력이 발휘되는 부분은 널리 알려진 대학자이며 민족의 영웅으로 추앙 받고 있는 정약용의 인간적인 약점에 주목하는 지점이다. 이 소설에서 정약용은 제도 내에서 개혁을 꿈꾸면서도 실천하지 못하는 인간이며 임금에 대한 의리와 육친에 대한 애정사이에서의 모순을 보이는 인간이다. 날카로운 지성을 갖춘 대학자 정약용이 천주교에 귀의하기를 거부하다가 임종의 순간에 이르러 신의 존재를 받아들이는 장면은 천주교라는 특정 종교의 차원을 떠나 읽는 이로 하여금 삶의 무한한 신비에 동참하게 한다. 또한 이 소설은 천주교뿐만이 아니라 유교와 불교, 무속의 담론까지 두루 포괄하고 있으며 작가가 조선후기 민중들의 삶에서 시작하여 궁중의 궁녀의 삶에 이르기까지 다양한 영역의 삶의 형태를 구체적인 습속과 말투를 통해 재현하는 데 힘을 기울인 흔적이 담겨있다. 물론 이러한 다양한 담론을 한 가지로 포용하는 것은 정약용이 죽음 앞에서 받아들이게 되는 존재의 신비이다. 이 존재의 신비는 인간이 그대로 받아들여야 하는 것이지 인간으로서 이해하고 개념화할 수 있는 차원은 이미 넘어서 있는 것이다. 인간의 지식으로 설명되지 않는 무한한 존재, 의식과 의지의 차원으로 환원할 수 없는 인간의 불가해한 측면은 한무숙의 소설세계를 관통하는 하나의 전제이다.

　한무숙은 「구름」이라는 수필에서 "물은 언제나 흐르되 그 자리에 있고 항상 그 자리를 채우며 같은 물이 아니고, 하늘에 뜬 구름 역시 일었다 스러지나 같은 모습을 띄우되 같은 것은 아니라는 것 - 그리고 모든 것은 그렇게 있게 마련이라는 것을 깨우쳐준다."라고 쓴다. 이어서 작가는 "이런 상념이 체념이 아니라 달관(達觀)이었으면 하는 것이 이즈음의 나의 소망인 것이다."라고 적고 있다. 무위(無爲)보다 인위(人爲)를 강조하는 현대문명을 살아가고 있는 사람들에게 세계를 있는 그대로 바라보며 수용하려는 태도는 일면 세계에 대한 소극적인 태도로만 보여지기 쉽다. 또한 태어나기 이전부터 주어지던 신분의 구속으로부터 풀려나 자유를 얻은 대신 삶의 불안을 일상화하고 있는 현대인들은 시간의 흐름 속에서 보이는 것과 보이지 않는 것을 함께 정시하려고 하기보다는 추상화된 역사 혹은 명시화된 진리체계에 재빨리 의존하고 싶어하기 마련이다. 그렇게 본다면 언제나 그 자리에 있으면서 흐르는 물을 바라보는 한무숙의 시선은 오히려 공식적인 역사체계와 진리체계 너머에 있는 그대로의 역사의 진행을 정시하려고 노력하는 지극히 작가다운 태도라고 할 수 있다. 모든 작가나 시인들은 인간과 세계에 대해 열린 시선을 가지고 불가해한 측면을 받아들이면서 오히려 자신이 형상화할 수 있는 영역을 발견했다. 멕시코의 시인 옥타비오 파스 또한 『활과 리라』 서문에서 다음과 같이 썼다. "부동(不動)은 허상이며 움직임이 만드는 환영이다. 그러나 운동 역시 허상이며 변화 속에 되풀이되는 "동일함"의 투사이다. 그래서 우리는 언제나 동시에 달라지는 질문을 반복하는 것이다."라고 썼던 것이다. 현대 사회에서 신비의 영역이 줄어드는 것이 그만큼 우리가 완전한 앎에 이르렀다는 증거가 될 수는 없을 것이다. 갈수록 대중매체가 제공하는 정보와 과학적 앎이 파고드는 일상 밖으로 신비가 쫓겨가고 있는 이즈음 한무숙의 소설이 새롭게 보이는 것은 이 때문이다.

연꽃이 아름다운 이유

– 한무숙 평전

– 이호규(연세대 강사) –

1. 병마로 얼룩진 어린 시절

'아카시아가 피어 있었다. 아름다운 5월의 백주(白晝) – 주일 학
교에서의 귀도(歸途)였다. 중국인 공동 묘지를 지나치려 할 때 시야
에 들어온 광경 – 풍유한 화교(華僑)의 장의(葬儀)였으리라. 호화로
운 주단(綢緞)이 함부로 깔려 있었다고 기억한다. 역시 강렬한 햇빛
을 되받아 번득이는 붉은 주단이 덮인 관 앞에 엎드린 사람들 속에
서 곡성(哭聲)이 낭자했다.

여덟 살의 어림으로서는 이해할 수 없는 무서운 아주 무서운 광
경이었다.

볕이 내리쪼이는 백주(白晝)와 극채색의 악마적인 번득임과 어
른들의 낭자한 곡성(나는 그때까지 어른이 우는 것을 본 일이 없었
다.)이 상징하는 죽음, 그것은 한동안 어린 나의 몽마(夢魔)가 되었
다(「병상에서」).'

이 장면을 그림으로, 마치 영화의 한 장면처럼 떠올리려 해 보았다.
그것은 그렇게 어렵지 않은 듯 했다. 묘사가 강렬하여 그 풍경이 고스
란히, 분위기까지도 떠올랐기 때문이었다. 하얀 햇살과 붉은 주단의 대
비는 참으로 생생하게 어느 날 한 아이가 보았던 풍경을 선명하게 되

살려준다. 그런데 문제는 그러한 광경에 있다기보다 그러한 광경이 그처럼 선명히 기억에 남아 있다는 사실, 그리고 무엇보다 그 광경에서 죽음의 기미를 알아차린 여덟 살 소녀의 무서운 감수성에 있다.

하얀 대낮의 햇살과 붉은 주단의 어울림이 무서움으로 다가왔던 아이, 어쩌면 그 강렬한 대비로 인해 막연한 흥분을 느끼는 것이 일반적일지도 모를 일인데 오히려 그 속에서 악마적인 번득임을 알아챈 아이, 마침내 어른들의 곡성으로 인해 죽음의 자장 안에 깊숙이 발을 들여놓게 된 아이. 그 조숙하다 못해 공포스러운 감수성을 지녔던 한 여자아이가 바로 우리 시대에 여성의 귀감으로, 작가로서 뚜렷한 자국을 남겼던 한무숙이었다.

어린 날 그가 맞닥뜨렸던 죽음의 상징을 서두에서 이야기하는 것은 그의 공포스러운 감수성, 그 현실에서의 발현 양태의 숙명에 대해서 이야기하고자 함이었다. 그의 감수성이 죽음과 만났던 것은 그의 운명이었고, 천형(天刑)이었고 또한 천혜(天惠)였다. 그래, 어쩌면 행과 불행은 다른 모습을 하고 있는 듯 하지만 실은 쌍둥이일지도 모를 일이다. 우리는 불행으로 인하여 얼마나 많은 것들을 얻게 되는 것이며, 또한 행운으로 인해 많은 것들을 놓치게 되는 것인가. 그가 겪었던 한 낮의 죽음은 어릴 때 한동안 몽마(夢魔)로 자리할 만큼 강렬한 인상에만 그치는 것이 아니었다. 그 이후 죽음은 어느덧 그녀 곁에 머물고 있었고, 내내 그의 곁을 떠나지 않았다. 그녀는 죽음의 자장 안에서 삶을 바라보았고, 그 안에서 지혜로움과 삶의 이치를 깨달았다. 그리고 그는 소설을 썼다. 그의 소설은 죽음에의 성찰이 빚어낸 삶의 진지한 물음과 그 나름의 해답 찾기이며 같은 길을 가는 자들에게 내미는 잘 정리된 비밀노트와도 같다.

한무숙은 1918년 10월 25일 아버지 韓錫命, 어머니 張淑命 사이에 둘째딸로, 외가인 종로구 통의동에서 출생하였다.

'흔히들 출생에 관한 태몽 이야기를 하는데, 나에 관한 한 어머니가 태몽 이야기를 하시는 것을 들은 일이 없다. …… 중략 …… 그러나 하여튼 40여 년 전 어느 맑은 가을날, 나는 이 세상의 빛을 보았다. 첫국밥 미역을 씻는 우물가에, 감국이 곱게 피어 흐드러져 있었다고 들었다(「태몽 없는 연년생」).'

그렇게 태어난 한무숙에게는 정숙이라는 언니와 그 위에 경행이라는 오빠가 있었으나, 여기엔 사연이 있었다. 그의 어머니는 결혼하고 '조모처럼 늙은 시어머니와 어머니(한무숙의 외조모)와 동갑인 큰 동서를 뫼시고 맵자하게 살림을 살았다.' 그런데 큰 동서는 이미 그때 청상 과부의 몸이었기에 낳는 첫아들은 순국한 형에게 바칠 수밖에 없었던 것이다. 그의 어머니가 첫 딸을 잃은 후 갖게 된 첫 아들, 경행(복의 아명)은 큰 동서의 아들로 자라났던 것이다. 시어머니의 자애와 큰 동서의 사랑 속에서 살았지만 자기가 낳은 아들의 어미로 불리지 못했던 것은 여인에게 있어 가슴깊이 새겨진 아픔이었을 터이다. 한무숙은 그 것을 알고 있었다. '경행이를 큰댁에 바친 사실을 모르는 사람들은 "한 과장 댁처럼 팔자 좋은 사람은 없다."고들 하였다(「신부처럼 곱게만 사신 어머니」)'라고 어머니를 회고하면서 적고 있다. 어여쁘고 조신한 어머니의 마음속에 감추어진, 드러낼 수 없는 아픔을 딸은 느끼고 있었던 것이다.

그러한 공감은 한국의 전통적 사회 체제 속에서 같은 며느리, 어머니의 길을 걸어갔던 그 동일한 여정에서 체득되어진 것은 아니었을까 싶다. 아들에 대한 전통적인 집안의 집착, 그것은 며느리로서의 한 여자에게도 고스란히 이어졌을 터이다. 그러한 집착을 인정하고 안하고의 문제가 아니라 그러한 분위기가 대를 이어 두 여인을 동일하게 감싸 돌았다는 것, 거기에서 그는 전통을 감지하고 한국 사회의 속내를 인식하였으며, 한국 사회에서 여성이 어머니로, 한 집안의 구성원인 며느리로 살아가는 의미를 통찰하였으며, 자식에 대한 사랑을 통해 인간에 대한 이해를 넓혔을 것이라는 점에 우리는 주목할 필요가 있다.

그의 어머니는 '다시는 아들을 얻지 못했다(정숙과 영숙(아명) 이후 – 필자 주). 묘숙, 말숙 두 딸을 얻었을 뿐 이내 '자기 몫'을 가지지 못했던 것이다(「신부처럼……」).' 당당하고 확실하게 '자기 몫'을 가지지 못했던 그의 부모님에게 그의 첫아들, 호기의 출생은 감격 그 자체였다. 즉 '호기의 출생은 친가에서보다 외가에서 더 흥분되고 감격스러운 사건'이었다. 그의 부모님은 큰댁에게 바친 외아들 이후 27년만에 아들이 태어나는 것을 보았던 것이다.

> "아들이다아—"
> "응, 아들이라구? 정말 아들이야?"
> 하신 두 분의 음성은 거의 절규였고, 이 아마도 생애 단 한 번의 절규로 두 분의 목청은 터져 버린 것이다.
> 하여 아우 본 놈과 세 모자녀가 떠나는 날에는 두 분의 눈은 붉어 있었다. 지난밤을 잠 못 이루시고 새신 것이 분명했다.
> "딸이 낳은 자식도 내 핏줄인데 아들 많은 집에 꼭 이 아이를 보내야 하나?"
> 하시는 외 조부님의 말씀에는 절절한 진정이 깃들어 있었다(「호기 – 삼천만의 한 사람」).

한 평생 가슴에 담아 두었던 아픔이 터져 나오는 순간이었다. 그러한 부모님의 모습을 보면서 딸은 참으로 많은 것을 헤아렸을 터이다. 열 여덟 어린 나이에 한씨 집안에 시집을 가서 평생 기품과 어여쁨을 지녔던 한무숙의 어머님은 전형적인 서울 여인으로, 남편을 따라 경상도 지역을 돌아다니면서도 사투리를 배우지 않았고 아이들에게도 서울 말씨를 고집할 정도로 자신이 믿고 있는, 생활을 삼고 있는 격식이나 정통을 고집하였다. 몸가짐 하나, 음식, 의복 모두에 정성을 기울였고, 격식에 충실하고자 했던, 남편의 말이라면 계명같이 지키는 전통적인 양반 집안의 안사람이었다.

쉰 아홉 때 객혈로 쓰러진 남편의 병상을 일곱 달이나 지키면서 남편이 세상을 떠나는 날, "점잖은 분이 먼길을 떠나시는데 어찌 웃옷 없이 가시려오"하며 남편에게 새 두루마기를 입혔다는 일화는 그의 어머니의 됨됨이와 남편에 대한 한 아내의 지극한 사랑과 정성, 존경을 그대로 보여준다.

그의 아버지, 한석명은 22세에 경남 사천 군수로 부임한 바 있는 청빈 근면한 관료였다. 그런 아버지는 유독 술을 즐겼는데, '평소 근엄 과묵한 분이 약주가 돌면 재미있는 분으로 변모되고 끊임없이 계속되는 옛이야기, 당시(唐詩), 고사(故事) 등등'을 딸에게 들려주기를 좋아하는 분이었다. 그런 지아비의 술상을 마련하는 데 기쁨을 느끼는 이가 또한 어머니였다. 「안주상을 차리는 정성」이란 수필을 보면, 사시사철 지아비의 술안주를 정성과 사랑으로 마련했던 어머니에 대한 추억과 안주들의 목록과 요리과정이 소상하게 기록되어 있다. 이 한 편의 수필은 그대로 세상에 내놓아도 훌륭한 요리책이 되지 않을까 싶다. 성악에도 소질이 있었고, 그림에도 또한 특출난 재능을 보였던, 공부 잘하는 여자아이가 커서 문학에 결국 정착을 하게 된 것은 아버님의 술시중 또한 영향을 미쳤음에 분명하다.

'소도서관이란 말을 들을 만큼 집에는 장서가 많았다. 나는 아직 열이 오르지 않는 오전과 열이 내린 뒤의 잠 오지 않는 밤을, 고도한 지식인이셨던 아버지가 아끼시던 고전들과 문학에의 뜨거운 열정을 버리고 법과를 택해야 했던 오빠의 젊음의 아픈 유물 같은 책들에 묻혀 살았다. 그러므로 나의 병상 생활은 남독과 탐독의 생활이기도 했다. 나의 순백했던 영혼은 병고와 사색과 탐독으로 풍요해 간 동시에 같은 것들로 해서 그늘지고 금가고 얼룩져 갔다(「불씨」).'

'병고와 사색과 탐독', 이것만큼 그가 문학에 닻을 내리게 된 그 모든 것을 설명해 주는 단어는 없을 것이며, 또한 그의 삶을 압축해 보여주는 것 또한 없을 것이다. 한 자아로서의 삶의 출발은 그에게 있어서는 곧 병마와의 기나긴 동행의 출발이기도 했다.

부산 봉래 보통학교에 입학하는 해, 9월 3일에서야 처음 학교에 간다. 소학교에 입학하는 것부터 그는 병으로 인해 다른 아이들보다 거의 반년이나 늦었던 것이다. 이미 한 학기나 늦은 데다가 비록 영리하여 주위들은 옛이야기나 책 내용을 곧잘 종알대곤 했으나 글자 한자모르고 들어간 학교라 처음 얼마간은 수업 시간에 멍청히 앉아 있을수밖에 없었다. 이때 그는 그림과 관계된 잊을 수 없는 기억 한 편을갖게 되는데, 도화 시간(미술시간)에 그린 그림이 잘못된 그림의 표본으로 칠판에 걸려던 것이다. 그 사건은 다음해 다른 선생님에게 재능을 인정받아 만국 아동 전람회에서 상을 받았던 일보다 소학교 도화시간에 관련된 기억으로는 더 짙게 기억에 남아 있었다.

그는 2학년 때도 그랬고, 6학년 졸업할 때까지 제대로 학교에 나간학년이 없었다. 3학년 봄에는 디프테리아를 앓아 12시간을 가사(假死)상태에 빠졌다가 기적적으로 살아나기도 했고, 4학년 가을에는 열병을, 5학년 1학기엔 그 열병으로 휴학을 할 수밖에 없었다. 간신히 올라간 6학년, 그해 4월엔 뇌막염으로 인해 혼수 상태에 빠져 대수술을 열흘 간격으로 두 번이나 받았다. 이때 왼쪽 귀의 청각을 영원히 잃어버리고 말았다. 다시 학교에 간 것이 11월 9일 이었다.

그렇게 병마와 처절하게 싸운 소학교 시절이었음에도 불구하고 그는 이듬해 2월 부산 고등 여학교에 입학하게 된다. 34명의 한국인 수험생 중 유일한 합격생이었다. 이 시절 그는 그와 그림을 연결해 준 일본인 교사, 아라이 선생(荒井畿久代)을 만난다. 아라이 선생은 '고운 자태가 찬바람을 느끼게 조차하는 단아함을 가져 접근키 어려운 기품을 지닌 여성(「불씨」)'이었다. 아라이 선생은 아버지를 설득하여 무숙을 그림에 열중하게 만들었다. 무숙에 대한 애정이 무숙을 통해 자기의 꿈을 이루어보겠다는, 일종의 대리만족을 위한 소유욕적인 측면도 있었겠으나 그녀의 마음을 사로잡은, 가능성을 꿈꾸게 한 무숙의 재능이 무엇보다 큰 이유가 되었을 것이다.

그러나 4학년이 끝나고 본격적으로 미술 대학 진학을 위해 준비하던 시절, 병마는 결국 미술에 대한 그녀의 꿈을 송두리째 빼앗고 말았다.

얼마 전 필자는 작가의 부군을 뵙기 위하여 명륜동 댁으로 방문을 한 적이 있었다. 올해 여든을 훌쩍 넘기신 김진흥 선생은 불편하신 몸임에도 필자를 집안 구석구석 안내하며 작가의 자취를 소개해 주셨다. 유품들을 하나하나 지적하며 그에 얽힌 내력을 일러주시는 그 말씀 속에는 먼저 다른 세상으로 간 아내에 대한 지극한 애정이 넘쳐나는 듯했다. 부부의 연이란 것이 엄청난 것이라는 생각은 불교 신자가 아닌 필자도 평소 하고있는 것이었지만, 그 어른의 모습을 보면서 먼저 가신 작가와 남겨진 이 어른의 부부의 연이란 대체 무엇이었을까, 나와 내 아내도 저러한 부부의 연을 맺고 있는 것일까, 그렇게 우린 살고 있는 것일까 하는 생각이 들었다.

각설하고, 집안 곳곳에 작가가 남긴 그림이 여러 점 걸려 있었는데, 비록 문학으로 큰 이름을 남겼지만 그림에 대한 작가의 영원한 그리움은 평생 작가의 마음에 여울졌던 것이 아닌가 하는 생각을 하였다. 지금 작가가 그 꿈 많던 시절, 병마로 인해 대학 진학을 포기할 수밖에 없었던 그 절망을 생각하매, 한 소녀가 겪었을 마음 고생이 절로 느껴진다. 비록 그 시련이 삶과 죽음에 대한 남다른 통찰을 가져왔고, 그로 인해 우리가 뛰어난 작가를 갖게 되었음에 문학도로서 감사하는 마음이 없는 것은 아니지만, 한 소녀가 감당해야 했던 좌절의 시간, 그 무게의 쓰라림은 안타까울 따름이다.

졸업반인 5학년, 일본 하코네에 갔던 수학 여행에서 만난 소나기로 무숙은 그날 밤 중환자로 병원에 입원해야 했다. 급성 폐렴이었다. 그

때 이후 4년이라는 긴 기간 동안 무숙은 병고를 치러야 했다. 그 기간 동안 무숙은 인생의 허무를 배웠고, 사색의 공간에서 꿈을 꾸었다. 그 것은 영혼을 혹사하는 잔인한 여정이었다.

그 사이 어머니와 예전부터 친분이 있던 김말봉 선생의 제안으로 김 말봉 선생의 「동아일보」 연재소설, 『밀림』의 삽화를 242회에 걸쳐 그 리기도 하였다. 그리고 여학교 졸업 후 화가 노수현(盧壽鉉)으로부터 동 양화를 배우며 그림에 대한 뜻을 계속 잇고자 했으나 거듭되는 병마로 인해 이루지 못했다.

> '물론 결혼 후에도 그림에 대한 열망이 아주 사라진 것은 아니었
> 습니다. 오히려 그것을 못하게 되니까 열망이 더 커져서 나중에는
> 일종의 한같은 것으로 응어리지더군요. 내가 글을 쓰게 된 동기도
> 어쩌면 거기에서 오는 어떤 분풀이 비슷한 감정 때문이 아니었던가
> 여겨져요. 너무 억울해서 글을 쓴 거지요(「나의 인생, 나의 문학」).'

병마가 무숙의 미술 대학 진학 계획을 중도에 포기하게 만들긴 했지 만 그림에 대한 열정 자체를 꺾지는 못했다. 정작 그림 공부에 대한 열 정을 안으로 삭이며 가슴에 묻어 두어야만 했던 결정적인 계기는 오랜 병마의 터널을 벗어난 뒤 찾아 온 결혼이었다.

2. 결혼, 그리고 소설가로의 출발

> '어린 마음에 천직으로 새겼던 그림을 버리게 된 것은 열 여덟
> 살 때 가슴을 앓은 까닭이고 소설을 쓰게 된 것은 아주 묵은 집안
> 에 출가를 하여 눌러 사는 동안에 행복하게 곱게만 자라던 소녀 시
> 절엔 상상조차 못했던 설움이 쌓여 갔기 때문이다. 언제나 모자라
> 는 마음, 못다한 심정에 겨워 새어나온 독백이 버릇이었던 것 같다
> (「'그림 소녀'의 독백이」).'

1940년 무숙은 김진홍과 결혼한다. 그 결혼은 갑자기 찾아왔으며, 무숙의 선택이나 의사와는 관계가 없이 양쪽 집안 어른들의 일방적인 정약으로 이루어진 것이었다. 그 전 해 무숙은 김말봉 선생의 소개로 영국에 유학갈 수 있는 기회가 있었다. 당시 한국에 와서 여성 교육에 힘쓰고 있던 영국 선교사 부인이 무숙을 보고 마음에 들어 영국 유학을 시키고자 하였던 것이다. 무숙 역시 그 제안을 받아들이고 싶었으나 그 뜻은 이루어질 수 없었다. '생명 자체의 몸부림 같은 열망'을 가지고 있었으나 부모님을 거역할 수는 없었던 것이다.

30년만에 만난 옛친구들이 술자리에서 정한 결혼 약속, 무숙은 결혼을 면할 핑계를 찾아 다녔지만 결혼 그 자체에 대해 거부할 마음을 먹을 수는 없었다. 무숙이 결혼 당사자였음에도 정작 결혼 절차는 무숙을 제외하고 일사천리로 이루어졌다. 3월 중순 창경원에서 양쪽 집안은 만났고 바로 그 다음 날 사주 단자가 오갔다. 그리고 4월 29일이 혼인날로 정해졌다. 무숙은 그저 모든 것이 귀찮고 싫고 억울했다. 신랑 얼굴조차 정확하게 떠오르지 않았다.

시댁은 매월당 김시습의 대종손으로 유풍(儒風)이 뿌리 깊게 박혀 있는, 범절 높은 층층시하였다. 시어머님은 4년째 중환으로 누워 있는 상태였다. '묵은 집안의 인습의 무거움과 낙탁한 대가의 어둡고 침울한 분위기와 상봉하솔의 생계의 어려움과 거듭되는 불운이 변질시켜 버린 잔인하다고 밖에 보이지 않는 인심의 시달림 속에 고달픈 신역의 나날이 시작'되었던 것이다.

그때 남편, 김진홍은 만 20세가 못되어 경성고상(서울 상대 전신)을 졸업하고 금융 조합 이사 시험에 합격, 20세 약관으로 광주군 군지암 금융 조합을 맡을 정도의 수재였다. 그는 효성 깊고 머리 좋고 유능하고 성실한 사람이었다. 그러나 결혼 후 4,5년 동안 그가 집안에서 웃는 것을 본 적이 없다고 작가 스스로 술회할 정도로 지나치게 과묵한 사람이기도 했다. 아마도 그것은 급격한 가세의 영락 탓인 듯 하였다. 얼굴도 잘 모른 채 만난 남편, 게다가 무뚝뚝한 남편, 그 남편과의 사이에 번듯하고 아기자기한 신접살림조차 허락되지 않았다. 시어머님의 간병 때문이었다. 신혼 여행조차도 그저 인천에서 하룻밤 보낸 것이 전부였다.

그때 거듭되는 사업 실패로 선영인 연천으로 시아버님이 낙향해 있었기 때문에 신혼 여행에서 돌아온 한무숙은 거기서 시어머님의 간병을 하게 된다.

신장을 앓고 있는 데다 위장까지 나빠 있었던 시어머님은 몸이 너무 부어 요강도 쓸 수 없어 대야에 뒤를 받아내야 했는데, 한 시간 간격으로 설사를 하는 것이었다. 무숙은 자신의 두 손을 대야전 위에 얹고 그 위에 시어머님을 앉혀 뒤를 보게 했는데, 시어머님이 힘을 주실 때마다 손가락이 끊어지는 듯 하였다. 그러한 힘겨운 간병 속에서 남편은 경기도 광주에서 가끔 다녀갈 뿐이었다. 당시 시댁이 있었던 연천군 통현리 건제동에는 전기도 들어오지 않았다. 아침이면 남포를 닦고 심지를 자르고 등잔에 기름을 채우는 것이 일이었다. 그러나 아궁이에 불때는 일에 비하면 그것은 아무 것도 아니었다. 그때 무숙의 '절실한 소망은 불이 꺼지지 않고 훨훨 타 주는 것'이었다. 시아버님은 가세가 기울어 전과 같지 않은 생활이었음에도 옛날 그대로 삼시 진지 외에 아침 여섯 시경에는 꼭 자릿조반을 드셨고 점심과 저녁 사이에 주안, 밤이 깊어서는 밤참을 드셨다. 하여 어린 새댁은 병구완에, 부엌일에, 음식 시중에 하루하루 힘겨운 나날을 보낼 수밖에 없었다.

더욱 딱한 것은, 단 하나의 며느리로 집안 일을 도맡아 하고 있었지만 남편이 차남으로, 일단 살림을 낸 것으로 되어 있었기 때문에 무숙에게는 자기만의 방이 없었다. 아프거나 힘들 때조차 쉴 공간, 아니 시간조차 허락되지 않았다.

그러는 동안 첫 아이를 가지게 되었다. 입덧이 심해 잠시 친정으로 갈 수 있게 되었으나 채 몸을 추스리기도 전에 시어머님이 위독하다는 연락을 받고 다시 연천으로 가야 했다. 만삭의 몸에 병구완은 힘겹기만 했다. 어느 날 밤 상을 든 채 툇마루에서 나가떨어지는 일이 발생하자, 그 다음 날 시아버님이 남편이 있는 곤지암의 사택으로 같이 가게 하였다.

병약한 데다 이미 산달이 다 된 몸에 사택에서의 생활 역시 힘겨울 따름이었다. 시댁에서는 해산을 할 처지도, 그런 배려도 없었기 때문에 혼자 부산 친정으로 가서 첫 딸 영기를 낳았다. 그런데 아이는 태어난 지 닷새 만에야 눈을 뜨고 우는 바람에 닷새 동안 온 식구의 애간장을 태웠다. 겨우 안도의 한숨을 돌리자 산모는 산욕열로 또 한번 고비를 넘겨야 했다. 출산한 지 겨우 한 달, 몸이 회복되기도 전에 연천으로 다시 가야 했다. 시어머님이 위독하다는 연락 때문이었다. 말로 다 할 수 없는 고통의 석 달을 더 보낸 뒤 시어머님은 돌아가셨다.

> '그래도 나는 열심히 살았다. 무슨 목표를 향해서가 아니다. 행복에의 의지라든가 희망 같은 것은 아예 없었다.
> 오히려 나는 철저하게 내 불행을 완성시키기 위하여 자학에 열정을 쏟음으로써 냉소적인 역설의 독이 가득 찬 처절한 삶을 살고 있었다(「불씨」).'

그것은 오기일 수도 있었고, 힘겨운 삶에 대한 저항과도 같은 것이었으며, 자기 존재에 대한 포기할 수 없는 자존심, 살아있음에 대한 처절한 이유 찾기였다. 힘겨운 삶이 너무 억울해서, 서글퍼서 무숙은 하고 싶은 말이 많았다. 그 말들이 차곡차곡 영혼 깊은 곳에 쌓여져 갔다. 그것은 그리고 사그라지지 않는 불씨로 조금씩 빛을 발하기 시작했다. 그 불씨는 '인간답게 살고 싶다'는 한 여인의 절규였다. 그 불씨는 어느 날 우연히 세상을 향해 빛을 드러내기 시작했다.

생활 자체가 틈을 낼 수 없을 정도로 힘들고, 고단하여 따로 무슨 생각을 한다거나 세상에 대해 관심을 가진다거나 하는 따위가 어렵기도 했지만 가부장제적 질서가 엄격히 살아있는 집안에서 아녀자가 바깥 세상일에 대해 관심을 가진다는 것, 이를테면 잡지를 읽는다거나 신문을 읽는 것은 아예 엄두조차 낼 수 없는 일이었다. 한무숙, 그녀가 신문을 읽을 수 있는 경우라곤 이미 휴지가 되어버린 신문, 그것도 아무도 보지 않는 화장실에서였다. 거기서 보게 되는 신문이란 이미 잘라져 있는 데다 어두컴컴한 곳에서 보는 것이라 그 내용을 종잡을 수 없었다.

어느 날, 그녀는 '그곳'에서 찢어진 잡지를 우연히 보게 되었다. 거기에는 장편소설 모집 광고가 실려 있었다. 1,500매 분량, 마감은 두 달 남짓 남아 있었다. 이미 산산이 부서져 버린 그림에의 욕망, 그에 대한 보상 심리였을까. 쓰고 싶다는 욕망을 주체할 수가 없었다. 그때 마침 고랑포로 전근을 가게 된 남편을 따라 시댁을 떠나게 되었다. 그때 첫딸은 9개월이었는데, 이미 둘째가 들어서 입덧을 하고 있었다. 그 와중에 '임진강 낭떠러지 위에 산장처럼 지어진 이사 사택'으로 이사를 하였다. 그리고 출장 가는 남편에게 원고지를 사 달라고 부탁하였다. 남편은 전시라 종이가 귀해 겨우 구했다면서 50장의 질 나쁜 원고지를 사다 주었다. 모자라는 원고지는 시험지에다 일일이 칸을 쳐 조합에서 빌린 등사기로 밀었다. 그때 시아버님이 와 있은 데다, 남편의 내종 누님의 남편과 두 자식까지 와 있어 그들의 뒷수발을 해야 했고 더욱이 시아버님께 글쓰는 것을 보일 수는 없었기에 파김치가 다 된 몸으로 밤이 되어서야 그것도 앉을 힘이 없어 모로 누워 종이를 벽에 대고 연필로 써내려 갔다. 그렇게 한 달 동안 매달림 끝에 그 작품은 「신시대」사로 보내졌고, 마침내 『등불드는 여인』은 당선 소식을 안겨 주었다. 그때가 1942년 4월이었다.

올해 초 그러니까 2000년 1월 1일자로 이 『등불드는 여인』은 60년만에 다시 세상의 빛을 보게 되었다. 김진흥 선생이 당시의 원고를 찾아내 영인본으로 제작해서 세상에 내놓았기 때문이었다. 필자가 찾아뵈었을 당시 김진흥 선생은 오랜 동안 사람들이 『등불드는 여인』의 작품

자체를 보지 못함으로 인해 그 작품의 존재, 그리고 당선 여부 등에 대해 의구심을 가져 온 데 대해 조금은 섭섭한 마음을 가졌었다고 속내를 비치면서 이제야 그 모든 의심을 씻어줄 수 있게 되었다고, 누렇게 변색된 당시의 원고와 영인본된 책을 보여 주시면서 흐뭇해 하셨다. 필자도 그 영인본을 한 권 얻었는데, 펼쳐보니 일어로 되어 있는 것이 아니겠는가. 전혀 예상을 못했던 일이라 조금은 놀라웠고, 필자의 일어 실력이 그 소설을 읽을 만한 정도의 수준이 되지 못하기 때문에 마치 그림의 떡을 대한 듯 당혹스럽기도 했다. 그래서 원제목이『灯を持つ女』로 되어 있다. 한무숙재단이 일본의 權歌書房과 공동으로 올해 발행하였다. 이 작품으로 한무숙은 문인의 길에 한 발자국을 내딛게 된 셈이었다.

하지만 그것은 말 그대로 길이 시작되는 곳에 한 발을 겨우 내디뎠을 뿐이었다. 완전히 길에 들어서서 걸음을 옮기기에는 상황이 여의치 않았다.『등불드는 여인』의 수상식에도 한무숙은 참석할 수 없었다. 애초에 당선 소식조차 남편만이 아는 비밀이었다. 시댁 식구들을 두고서 서울로 수상을 하러 간다는 것은 불가능한 일이었다. 그 사건은 그저 한 때의 추억으로 남는 듯 했다. 1943년 희곡「마음」이 조선 연극회 현상 모집에 당선되고, 이듬해에는 희곡「서리꽃」이 조선 연극회 현상 모집에 연이어 당선되었지만, 사회적으로나 문단 내에서 작가로서의 위치를 확고히 하지 못했다.

해방이 되어 7년 동안의 시골 생활을 마치고 서울로 올라오게 되었다. 그러나 해방 정국의 혼란, 극심한 물자의 결핍, 치솟는 물가, 생활은 여전히 힘들었다. 그때 한무숙은 넷째 아이를 임신하고 있었다. 41년 장녀 영기, 42년 장남 호기, 44년 차남 용기에 이어 넷째 현기를 가지고 있었던 것이다. 시댁의 선영인 경기도 연천은 강 하나를 사이하여 이북 땅이 되어 있었고, 시아버님을 비롯, 38선 넘어온 식객들을 합쳐 식구가 항상 열이 넘었다. 결국 임신부였던 한무숙은 쓰러져 40도가 넘는 고열에 시달리기 시작했다. 그 누구도 병구완 해 줄 사람이 없는 처지였다. 오히려 아픈 몸임에도 식구들, 어린 자식들 수발에 병은 더 심해졌다. 더욱이 학질에 걸린 것이 확실해지자, 어른들은 대수롭지 않게 여겼다. 학질은 이겨내야 하는 것, 따라서 누워 있으면 병에 진다고 여기던 때라, 변변히 조리도 할 수가 없었다.

산모가 그 지경이니 태중의 아이 역시 온전할 수 없었다. 출산을 해야 하는데 그 상태의 산모를 받아주는 병원은 없었다. 난산 끝에 아이가 태어났고 다행히 산모와 아기 다 죽음의 고비를 넘겼다. 그러나 산모는 여전히 건강이 좋지 않은 상태였고 설상가상으로 집안 형편은 점점 복잡하고 어려워 갔다. 하루하루가 생존을 위한 처절한 투쟁의 연속이었다. 그러한 상황에서 글을 쓴다는 것은 그저 생각뿐이었다. 그러나 그 생각조차 포기할 수는 없었다.

1948년 국제신보사 장편 소설 모집에 『역사는 흐른다』가 당선됨으로써 문인의 길에 당당하게 들어서게 되었고, 한평생 그 길을 걸어갔던 것이다.

『역사는 흐른다』는 원제가 『삼대』였는데 염상섭의 『삼대』와 제목이 같은 관계로, 당시 국제신보의 주간으로 있던 송지영의 권고에 따라 바꾼 제목이었다. 1949년 국제신보가 폐간되자 『역사는 흐른다』는 태양신문에 연재되었다. 문단의 후배인 이문구는 이 작품에 대해 '우리 민족사에서 수난의 파장이 컸던 저 조선 왕조의 석양 무렵부터 해방 어간에 이르기까지, 조씨 일문의 3대에 걸친 영용과 현대사의 우여곡절이 안팎을 이루어, 또는 참되고 또는 헛되고, 또는 덕되고, 또는 욕되고 하면서 더러는 애매하게 다치고, 더러는 우연하게 고치기도 하며 살아갔던 민중 연대기적인 작품'이라고 평하면서, 무엇보다도 '민족적 체취와 체온이 살아 있는 민족어와 전통 문장의 향기를 만끽하는 즐거움으로 하여, 긴장미와 속도감 있게 전개되는 사건의 추이에 이루 호흡을 맞추기가 어려울 만큼이나 깊었다'라고 소감을 이야기했다.(「민

족사의 숨결로 승화된 언어」,『한무숙 문학 연구』, 을유문화사, 1996)

이후 한무숙은 거의 매년 수 편의 작품들을 발표하며, 왕성한 창작 활동을 하게 된다.

3. 본격적 문단 활동, 찬란한 연꽃의 개화

『역사는 흐른다』는 한무숙에게 진정한 문학의 길을 보여 주었고, 이후 그녀는 「정의사」(1948), 「램프」(1948), 「내일 없는 사람들」(1949), 「수국」(1949), 「대구로 가는 길」(1951), 「심노인」(1952), 「명옥이」(1953), 「얼굴」(1954), 「월운」(1955), 「돌」(1955) 등을 발표하면서 작가로서의 위치를 확고히 하게 된다.

1957년『문학예술』에 발표한 「감정이 있는 심연」으로 1957년도 자유문학상을 수상한다. 이 작품은 '현실이라는 한 과정 속에서 '나'라는 인물이 어떻게 미래적 상황에 대처해 나갈 수 있으며 그러한 과제를 어떻게 수용, 해결해야 하는가를 작가는 깊은 의미의 복선 속에 숨겨서 내보이고 있는(박정만, 「나의 인생, 나의 문학」,『한무숙 문학 연구』) 것으로 평가되는데, 이 「감정이 있는 심연」이 발표된 전후에 쓰여진 소설들, 「명옥이」,『빛의 계단』(1960), 「축제와 운명의 장소」(1962), 「유수암」(1963), 등이 모두 한무숙의 대표작으로 손꼽히는 작품들이다. 이때 한무숙은 '반드시 이상적인 인간들이 아니고 신의 영역에서 악마의 영역까지 차지하고 있다는 인간 본성'이 관심의 대상이었고, 따라서 '사람의 심리를 파헤치는 데에 관심이 쏠렸고' 그 결과가 바로 「감정이 있는 심연」이었다.

그러한 것은 한무숙의 개인적 상황에서 연유한 바 큰 것이었다.

어려서 병약했던 까닭에 내 자신의 무게 이상으로 고임과 위함을 받았던 나는 결혼 후 비로소 자기가 아무것도 아닌 사람이라는 것을 알았다. 착각에 사로잡혀 있었던 나는 비로소 눈을 뜬것이다.

그때부터 어리석고 어딘가 빠진 듯한 못난 사람에게 애정이 쏠렸
다. 그래선지 나의 작중 주인공들은 대개가 어리석고 결점과 모순
투성이의 치우(痴愚)로 사는 사람들이다(「어리석고 못난 인간 본성
을 추구하며」).

그러한 깨달음과 「역사는 흐른다」로 문단과 실질적인 교유를 가지
기 전까지 외부와의 접촉이 없었던 까닭에 그러한 인물의 설정과 심리
에 대한 천착으로 집중되었던 것이다.

「감정이 있는 심연」은 한무숙이 청량리 뇌병원을 갔을 때, 거기서
우연히 보게 된 한 소녀, 침대를 놔두고 땅바닥에서 자면서 나 같이 죄
많은 게 어떻게 침대에서 자느냐고 하던 소녀, 죄악망상증에 빠져 있
던 소녀가 모티브가 되어 하룻밤 사이에 쓴 소설이었다. 한무숙은 그
소녀의 죄를 섹스에서 찾았다. 이 작품에서 섹스는 이중적으로 다루어
진다. 그렇기 때문에 한무숙의 작품에는 절망과 구원이라는 이질적인
면이 동시에 공존하고 있다는 평을 받는다. 이러한 측면이 한무숙 소
설의 깊이를 더하는 특징이라고 할 수 있을 것이다. 단순한 선악의 이
항대립적 구도를 넘어서는 것, 인간 본질에 대한 깊이 있는 이해와 통
찰력이 바로 한무숙 문학의 본질이며, 강점인 것이다.

「감정이 있는 심연」의 모티브를 작가 스스로 한 소녀의 죄의식을 섹
스에서 찾았다고 밝히고 있듯이 그의 대표적인 작품들은 여성의 성과
사랑이라는 주제를 담고 있는 경우가 많다. 「명옥이」나 「월운」, 「돌」,
「축제와 운명의 장소」 등이 그러한 주제를 담고 있는 작품들이며, 이
후의 작품 「생인손」이나 「이사종의 아내」 등도 소외된 여성의 욕망을
다룬 것들이라 할 것이다. 이러한 특성은 한 연구자에 의해 '여성의 성
과 사랑은 한무숙의 소설들에서 여성에게 위기적인 계기이면서 긍정
되어야 할 대상으로 등장한다. 특히 여성의 성과 사랑에 대한 작가의
이중 가치적인 태도는 기존의 연구에서 개방적인 성의식을 보여 주었
다는 평가와 봉건 윤리 의식을 수호했다는 평가가 공존하는 결과를 낳

았다고 할 수 있다'라고 올바르게 지적되었다(정재원, 「한무숙 단편소설 연구」, 연세대 석사 논문).

1960년에는 한국일보에 『빛의 계단』을 연재하게 된다. 여기에는 신석초 선생의 삼고초려가 있었다. 어느 비오는 날, 신석초는 한무숙을 찾아가 신문 연재를 부탁한다. 그러나 한무숙은 매일 써야 하는 부담감과 '아기자기 재미있는 글도 쓸 자신이 없어' 정중히 거절한다. 그런데 그 이튿날 신석초는 다시 찾아온다. 그리고 그 이튿날도 찾아와 한 시간쯤 앉았다가 돌아간다. 그리고 또 그 다음날도. 결국 한무숙은 연재를 수락하고 말았다. 그리하여 『빛의 계단』의 임형인과 경전은 세상에 태어나게 되었던 것이다. 『빛의 계단』은 '해방 후의 사회적 혼란 속에서 방황하는 한 지식인의 삶'을 다루고 있는데, '끝없는 어둠의 심연에서 빛을 찾아 나서는 주인공 임형인의 삶은 우리 시대의 고뇌와 한계, 그리고 그 극복의 생존 방식을 보여(김시태, 「빛과 어둠의 형이상(形而上)」, 『한무숙 문학 연구』)'주고 있다 하겠다.

한무숙은 이후 1962년부터 1985년까지 국제 펜클럽 한국 본부 이사를 맡아 하면서 외국에까지 나가 활발한 강연활동과 각종 학술 대회에 한국 대표로 참가하게 된다. 그러는 동안 꾸준히 작품을 발표하는데, 1962년에 「축제와 운명의 장소」, 1963년에 「유수암」을, 1964년에는 『여상』에 「석류나무집 이야기」를 연재하기에 이른다.

「축제와 운명의 장소」는 불치병에 걸렸으나 자신은 알지 못한 채 쓸쓸히 죽음을 맞이하는 전옥희라는 한 중년 여인의 삶을 다루고 있는 작품이다. 현실 감각이 결여되어 있는, 약간은 허영기가 있는 전옥희 여사가 마지막 부분에 가서 자신의 삶이 허식과 굴욕에 찬 실패작이었음을 스스로 인정하는 부분은 한 여인의 비극적인 생을 또렷이 보여준다.

제목 '축제와 운명의 장소'는 릴케의 「젊은 시인에게의 편지」에 나오는 구절로, '성이란 그것이 어떠한 운명적인 것에 연결된다 하더라도 그 자체가 축제와 같은 것'이라는 생각이 깔려 있음을 작가는 「나의 문단 40년 회고」라는 글에서 밝히고 있다. '여성에게 성이 축제의 장소인 것은 육체적이고 본능적인, 생물학적인 여성성으로 욕망을 표출하는 쾌락의 장소이기 때문이며 동시에 운명의 장소인 것은 문화적이고 정신적인, 사회적인 여성성으로 남성과의 만남으로 사회적인 자아가 결정되어 버리는 장소이기 때문이다(정재원, 위의 글).'

이 작품에 대해 유종호는 한무숙의 소설 중 '죽음이라는 원형적 주제를 통해서 삶의 의미를 묻고 있는 작품이 많이 있지만 그 가운데서 집약적 성격이 두드러지기 때문'에 한무숙 단편 중에서 대표작이라 할 만하다고 평하고 있다(「삶의 진실과 슬픔」,『한무숙 문학전집』6 해설). 유종호는 이 작품에는 '한 번의 승부밖에 없는 관능과 환희의 절정이 이내 운명적인 선택이 되고 그것은 곧 굴욕과 궁핍에 찬 삶으로 이어진다는 암시에서 우리가 읽게 되는 것은 특정 여인의 삶이 아니라 여성 일반의 삶'이며, 이는 곧 '남성 우월주의적 남성 중심 사회에서 걷게 되는 여성 일반의 길'이기도 하다고 해설하고 있다. 이러한 모습은 '전통 사회에서 여성들이 담당했던 하나의 거역할 수 없는 필연'이기도 하였는 바, '과도기적 시대의 특정 여성을 주인공으로 했음에도 불구하고 전통적 여성의 삶에 대한 사실적 충실성을 얻고 있다'고 날카롭게 지적한다.

1963년 발표된 「유수암」은 작가 스스로 한 대담에서(「나의 인생, 나의 문학」) 가장 애착이 가는 작품이라고 밝히고 있는 작품이다. 「유수암」은 화류계에서 명성을 떨치던 왕년의 명기 진경의 오늘을 작가가 애정어린 시선으로 묘파하고 있는 작품이다. 비록 기생의 몸이지만 순정을 바친 한 남자에 대한 변치 않는 기다림을 간직하고 있는 진경, 그녀의 지나온 세월과 몰락한 오늘의 모습은 삶을 관조하는 작가의 깊은 시선을 느끼게 한다.

이 「유수암」은 작가가 우연히 만나게 된 기생을 모델로 해서 쓰여졌다. 한무숙은 언젠가 남편과 함께 동래 온천에 놀러가 연회에 참석하게 되었다. 거기서 그녀는 젊은 기생들 틈에 끼어 있는 늙은 기생을 보게 되었다. 늙었지만 창을 참 잘하던 그 기생의 모습에서 한무숙은 소설의 모티브를 찾게 되었다. 한무숙은 그 자리 이후 아는 이의 소개로 한 기생을 알게 되었고, 그녀를 통해 기생들의 삶에 대해 자세히 알게 되었다. 그때 소개로 만난 기생, 어느 유명한 정치가의 첩이었다는 김숙이 소설 속의 진경이 되고, 동래 온천에서 만났던 늙은 기생이 홍화가 되었던 것이다.

이 「유수암」은 '성을 금기시했던 전통적인 성관념에서 탈피하여 성의 문제를 긍정적인 측면으로 부각시키면서 성은 죄악이 아니라 인간이 지닌 가장 원초적인 순수 쾌락이라는 개방적인 성의식을 제시(강난경, 「한무숙 연구」, 숙명여대 석사논문)'한 작품으로 평가받는다.

가장 왕성한 창작 활동과 대외 활동, 1960년대는 한무숙에게 절정의 시기였다. 발표하는 작품들마다 주목받았고, 한국을 대표하는 여성 문인으로 세계적으로도 이름이 알려졌다. 그러나 오르막이 있으면 내리막이던가. 1970년 한무숙은 그녀 생애 최대의 비극을 경험한다. 그것은 한 인간이 겪을 수 있는 최대치의 슬픔이요, 상처였다. 미국에 의학도로서 유학을 가 있던 둘째 아들, 용기가 전문의 시험을 보러 가던 도중 교통 사고로 사망한 것이었다. 용기는 의학도이면서 1967년에는 국립극장에서 첼로 독주회를 열 만큼 예술적 재능을 지닌 수재였다. 그런 아들의 사망은 한무숙에게 말로 다 할 수 없는 아픔이었다. 아들의 사망 소식은 그녀에게 절망으로 이어졌고, 그 절망은 그녀에게 시력을 빼앗아 버렸다. 일시적이긴 했지만 그녀가 얼마나 상심했었던 가를 극단적으로 보여주는 사건이었다. 시력이 회복된 다음에도 그녀는 척추골절로 오랜 동안 투병생활을 해야 했다. 참으로 고통의 세월이었다. 그 슬픔이, 그 절망이 글로 되어 나온 것이 1971년 발표된 「우리 사이 모든 것이」이다. 아들을 그리워하는 모정이 절절하게 표현되어 있어, 읽는 이조차 숙연하게 만드는 작품이라 할 수 있다.

아들을 잃은 슬픔, 일시적 실명 상태, 그리고 다시 찾아온 병마로 인한 고통은 그녀에게 한 차원 더 높은 삶에 대한 인식을 가져다준다. 그것은 절망을 딛고 일어날 수 있는 구원, 생의 긍정성에 대한 통찰이었고, 그녀는 다시 일어선다. 1973년 자신의 지나온 인생을 담담하게 그러면서도 역경을 딛고 일어서는 강인한 의지를 여과 없이 그려낸 「불꽃」으로 제5회 신사임당상을 수상한다. 그리고 1974년에는 이스라엘 예루살렘에서 열린 국제 펜대회에 한국 대표로 참석하고, 1976년에는 부군과 함께 부부 서화전을 열기도 한다.

1978년에는 오랜 공백을 깨고 「어둠에 갇힌 불꽃들」이란 중편을 내놓으며 다시 세간의 주목을 받는다. 「어둠에 갇힌 불꽃들」은 한무숙이 고통을 딛고 발표한 작품이라는 의미 외에 맹인의 세계라는 다소 특이한 소재를 다룬 작품이라는 측면에서 주목을 끌었다. 그러나 단순히 소재의 특이성만으로 이 작품을 평가하는 것은 오히려 이 작품의 의미를 평가절하 하는 것이 될 것이다. '인간은 불행이나 고통 앞에서 패배하고 마는 존재가 아니다. 불행의 고통 속에서 행복의 절실함을 알아내는 힘을 가지고 있다. 이것이 바로 인간이 구원받는 조건이다.'(구중서, 「한무숙의 문학세계」, 『한무숙 문학 연구』) 이러한 작품의 진지한 주제의식은 한무숙의 문학이 보여주는 진정성이라 할 것이다.

> 내 감성이 무디어진 것이 아니고 그만큼 더 사람을 사랑하게 된 것이라면 얼마나 좋을까! 어쨌든 나는 내 작중 인물의 어리석고 못나고 버림받은 가엾고 딱한 사람들의 그 비참과 불행과 우행(愚行)을 통하여 그들이 결국은 그 고뇌와 비참으로 터득한 어떤 예지로써 스스로 삶 자체의 순교자가 되기를 바라는 것이다(「어리석고 못난 인간 본성을 추구하며」).

한무숙 문학의 일관된 주제의식이 집중적으로 드러난 작품이 「어둠에 갇힌 불꽃들」이라 할 것이다. 진수의 삶에 대한 깨달음과 그의 죽음, 정례의 우행과 뉘우침, 그리고 병호의 결단 그 모든 것이 한무숙 문학의 진정성을 보여주고 있는 것이다.

이후 그녀는 문단 내외적으로 활발한 활동을 펴 나간다. 「이사종의 아내」(1978), 「생인손」(1981) 등 거의 매년 작품을 발표하고, 1980년에는 한국 여류 문학인회 회장에 선임된다.

「이사종의 아내」는 유몽인의 『어우야담(於于野談)』에 실려 있는 황진이에 대한 일화를 모티브로 하여 황진이와 동거를 했던 이사종이란 남자의 본처의 속내를 편지 형식으로 드러낸 소설이다. 이 소설은 여성 문제를 본격적으로 드러냈다는 주제적 의미 외에도 전통 서간체 양식과 문체를 복원했다는 점에서 한무숙의 작가적 역량을 가늠케 하는 작품이다.

1984년에는 말년의 대작, 『만남』을 한국문학에 분재한다. 한무숙은 고령에, 병약한 몸임에도 그 작품을 위해 직접 강진으로 내려가 자료 수집을 하는 열의를 보이기도 했다. 『만남』은 1986년 상, 하 두 권으로 출판되었다.

> 얼마 전부터 나는 우리 것에 대한 집착이 점점 커 가는 것을 억제할 수 없게 되었다. 우리 것이라 함은 내 것에 대한 재발견과 회복 – 좀 거창한 말이지만 우리만의 특성, 우리만의 의식 세계, 우리만의 관심, 우리만의 역사에 대한 애정과 집착이다.
> 『한국문학』에 연재한 장편 「만남」은 그런 절절한 심정에서 쓰여진 것이다(「어리석고 못난 인간 본성을 추구하며」).

여기서 우리는 한무숙 문학의 세계성을 본다. 우리만의 것에 대한 새로운 자각, 그 소설화에 대한 열망은 한무숙 문학이 또 한 번 더 높은 차원으로 승화하고 있음을 느끼게 한다. 더구나 그것이 오랜 세월 동안 한무숙의 문학적 저장고에서 숙성되었던 것이었음을 볼 때, 거기에 대한 작가의 어떤 숙명, 절실함을 보게 된다.

한무숙이 천주교 순교자들의 얘기를 들은 것은 열 살을 겨우 넘긴 어린 나이였다. 경술국치 이전에 동경 유학을 했다가 나라를 잃고 나서는 바람같이 떠돌아 다녔던 둘째 아버지에게서였다. 평소와는 달리 엄숙한 얼굴로 둘째 아버지는 순교자들의 장렬한 치명 현장을 들려주었고 어린 무숙은 전율했다. 그 뒤 몇 해가 지난 후 한무숙은 일본인이 쓴 조선 천주교 순교자들에 관한 글을 읽는다. 우리 순교자들에 대한 일인의 찬양과 존경, 그것은 한무숙에게 새로운 충격이었다. 한무숙은 한말 천주교 순교자들이 '죽음으로써 그들의 신앙을 증거 했던 것에 머물지 않고 민족의 고귀성과 우수성마저 증명(「만남」)'한 것이라고 믿고, 천주교에 입교한 후 순교에 관한 소설을 꼭 쓰리라 마음먹는다. 그리고 어느 학술 심포지엄에서 다산 정약용을 만난 순간, 그를 주인공으로 한 소설을 쓸 것을 결심하고 자료 수집에 나선다. 정약용에 관한 것이라면 뭐든지 구해 읽고, 만나고 수집하였다. 그리고 천주교사에 관한 것, 당시의 정치, 사회에 관한 글들까지. 그 과정은 너무나 고통스러웠다. 한무숙은 몇 번이나 쓰러졌다. 그렇게 해서 『만남』은 쓰여졌다. '인간과 인간의 만남, 인간과 운명의 만남, 인간과 궁극적 의미의 만남이 있다. 궁극적 의미의 풍요는 곧 구원에 연결될 수 있다(구중서, 위의 글)'라는 평론가의 지적은 한무숙의 개인적 의도를 넘어 『만남』이 성취한 지평을 정확하게 보여준다.

노년에도 이렇듯 왕성한 창작욕을 불태웠던 한무숙은 1986년 대한민국 예술원 회원이 되었고 같은 해 10월에는 대한민국 문화 훈장 서훈, 11월에는 대한민국 문학상 대상을 수상한다. 1989년에는 제30회 3·1 문화상(예술 대상)을 수상한다. 작가로서의 원숙한 역량의 분출과 함께 한국 문학을 위한 그 동안의 역할과 정성이 보답을 받는 시기였다. 진흙 속에서 찬연히 피어나 세상의 모든 것을 정화시키는 연꽃처럼 그렇게 피워 올린 예술혼의 값진 승리였다.

4. 꺼지지 않는 영혼의 불꽃, 시들지 않는 연꽃

4인간이란 비참과 위대의 풀 수 없는 혼합, 모순, 끊임없는 갈등
과 분열 속에 허우적거리는 극적 존재라고 갈파한 파스칼의 말을
되새기며, 그 비참을 아는 까닭에 인간은 위대하다고 한 그 '위대
한' 명구를 나는 아직도 처음 읽었을 때와 같은 신선하고 순수한
감동으로 찬탄하고 있다. 남의 감동과 원천과 관심의 향방은 나이
를 먹어도 그리 크게 달라지는 않은 것 같다.

만사에 허약하면서도 고집이 있어 여지껏 독자에 영합한 일도,
시류를 탄 글을 쓴 일도 없다. 아마 앞으로도 그렇게 외롭게 나의
길을 걸어갈 것이다 …….

한무숙 선생이 마지막으로 쓴, 1992년 12월 26일 「동아일보」에 보낸
글의 마지막 부분이다. 이 마지막에 한무숙이라는 한 작가의 문학관과
인생관, 진흙탕에 피면서도 결코 오염되지 않고 세상에 선함만 간직한
채 찬연히 피어나는 연꽃과도 같은 절개와 신념이 고스란히 드러나 있
다.

인간이 선한가 악한가라는 이분법적인 질문은 이제 필자에게 있어
서도 그리 소용이 있어 보이지 않는다. 악함을 인정하는 것, 그래서 더
욱 선한 부분이 소중함을 깨우치는 것, 그리고 그 선함을 강건함에 있
어서 부닥치는 그 수많은 갈등, 그리고 패배와 좌절, 감당할 수 없을
만큼 커다란 슬픔, 그 모든 것을 겸허하게 받아들이는 것, 그게 인간이
무엇인가를 체득하는 길이 아닐까 싶다. 사는 것은 하나의 명제나 정
의가 아닐 것이라는 생각이다. 그리고 인간이란 것, 그리 대단한 영물,
만물의 영장이란 생각도 그리 옳은 것은 아닌 것 같다. 그것이 스스로
를 존중하는 자중자애의 마음에서 나온 것이라면 혹 모르겠지만 말이
다. 스스로를 존중하는 것도 타자를 존중하는 마음에서부터 나오는 것

이리라. 스스로를 상대적으로 대단하다고 여길 때, 슬픔은, 고통은, 힘 겨운 모든 일들은 끔찍한 것, 자기 정체성과는 상관이 없는, 아니 없어야 하는 부정의 대상이 될 터이다. 그러나 어찌 그런 것들이 '나'의 모습이 아니라고 할 것인가. 그것들이 내가 지니고 있는 소중한 가치를 피워 올리는 질 좋은 양분임에랴. 자신뿐만 아니라 인간 모두를 그렇게 바라보는 데서 인간의 진면목은 조금 그 비밀을 드러내 보여줄 것이다.

언젠가 TV에서 한 유명한 한의사가 나와서 한 말이 기억난다. 자기에게 하늘이 인간에게 내려 주신 것 중에서 가장 귀한 것을 고르라면 두 말 없이 대(竹)와 연(蓮)을 고르겠다는 것이었다. 진흙탕에서 피면서도 인간의 몸에 가장 좋은 것만을 몸에 지니고서 세상에 나오는 연꽃, 그래서 심청이도 용궁에서 연꽃을 타고 다시 세상으로 돌아왔던가, 그래서 석가모니도 연꽃 속에서 앉아 세상을 자비의 눈으로 굽어보았던가.

필자는 불교 신자가 아니다. 어찌 연꽃의 아름다움을 불교 신자만이 경모할 것인가. 천주의 뜻에 따라 순결한 삶을 살았던 한무숙 선생에게서 연꽃을 떠올림은 불교신자도 그렇다고 천주교도도 아닌 필자에게는 그 모든 것을 넘어서 너무나 자연스러운 것이었다.

세상을 달리한 아내의 그 모든 유품들, 자잘한 엽서 한 장, 메모 한 쪽지까지 정성스레 모아 놓은 방을 필자에게 보여 주시며 그저 쌓아 놓기만 했다고 미안한 듯, 부끄러운 듯, 그리워하는 듯한 표정으로 말씀하시던 김진홍 선생의 얼굴이 생각난다. 그분의 소망, 번듯한 한무숙 기념관을 마련하고 싶다는 그분의 소망, 아내에 대한 사랑이 이루어지기를 빌어 본다. 그것은 한 지어미에 대한 지아비의 소망이 실현되는 것뿐만 아니라 우리 한국 문학에 있어서도 귀한 선물이 될 것이기 때문이다.

풍속 속에 꽃핀 역사·민족혼·세계관

– 장편『역사는 흐른다』를 중심으로

– 이명희(숙명여대 강사) –

1. 머리말

실패에서 실이 풀려 나오듯 풍속사가 펼쳐지는 일련의 소설들을 접할 때마다 때때로 우리는 선조들의 삶과 조우하고 그 만남에서 우리의 존재를 확인한다. 왜냐하면 각양각색의 풍속들 속에는 우리 조상들의 삶이 얽혀져 있고, 올이 맞지 않는 성김이 풋내나지만 부담없는 피륙을 이루듯이 성긴 짜임에서 우리는 한민족의 맥을 면면이 이어가는 줄기를 보기 때문이다.

사실 우리의 삶을 들여다보면 탄생과 죽음 그리고 삶의 기로에서 어떤 길을 선택할 수밖에 없었던 삶의 양태들이 숨쉬고 있다. 이것을 우리는 어떻게 받아들이고 해결해 나가는가가 바로 우리의 삶을 이루며 이것이 곧 생활이자 운명임을 깨닫게 된다.

이 글은 장편『역사는 흐른다』를 중심[1]으로 한무숙 작품에 드러난 풍속사의 의미를 살펴보고자 한다. 이 장편은 한무숙씨의 대표작으로

---

[1] 때에 따라 그 밖의 작품인 장편『석류나무집 이야기』, 중편「어둠에 갇힌 불꽃들」, 단편「축제와 운명의 장소」, 「이사종의 아내」, 「생인손」도 같이 살펴볼 것이다.

일컬어지고 있고 근대사의 조류를 민족어와 민족적 풍속의 휘몰이 속에서 드러내고 있는 작품이다.

『역사는 흐른다』에서 청계 조황하와 그 아들 이조판서 조덕하에 이어 구한말을 대변하는 조동준(송씨 부인)과 동원(박씨 부인) 형제는 역사의 격동기를 감내한다. 다시 이것을 동준의 아들 병구(윤씨 부인)와 용구 그리고 딸 완구(이규직의 아내)로 대변되는 일제 시대가 역사의 홈집을 내고 그것이 삶의 구비를 형성한다. 그들의 홉집들은 다음 세대인 남창(병구의 차남)과 갑례(완구의 외동딸)의 세대로 넘어가면서 큰 또아리를 만들고 그 힘은 해방의 날을 맞는다. 이들은 풍양 조씨 문중을 상징하는데 새로운 역사의 바퀴는 또 다른 세대를 예비한다. 그것은 천하디 천한 종들의 피에서 피어난다. 병정 배선명과 부용의 딸 금년이가 바로 그들이다. 역사가 한 바퀴 구르는 시대의 소용돌이 속에서 역사의 주역들이 바뀌고 있는 것이다.

결국 이 소설은 풍양 조씨 삼대를 중심으로 구한말 시대로부터 일제 시대를 거쳐 해방에 이르는 역사가 고스란히 담겨 있다. 다시 말하면 풍양 조씨의 문중이 서서히 무너지고 새 시대, 즉 평민의 시대를 예고하는 근대사를 엮여낸 셈이다. 우리는 이 소설을 읽으면서 격동기에 있었던 민족의 삶의 굴곡을 보는 것이다.

그런데 한무숙의 경우, 이러한 역사의 흐름이 풍속사 속에서 피어나고 있다. 또한 작품에 드러난 풍속의 의미는 여기에서 멈추지 않는다. 풍습의 되새김질을 통해서 우리는 오늘날 이 민족이 있게 된 근거를 확인한다. 작가는 풍속사를 통해 현재 우리의 삶을 돌아보고 탐색하는 기회를 준다. 우리가 어디서부터 오고 그 본향의 근거지가 어디인가를 확인하는 것, 즉 민족혼을 발견하게 하는 것이다. 더군다나 작가는 풍속의 의미를 되살리면서 그 속에 자신의 세계관을 그려 넣고 있기도 하다. 작가의 세계관이 풍속의 어울림 속에서 생생하게 드러나고 있는 셈이다.

어찌 보면 소설에 스며든 풍속사는 과거 우리 조상들의 삶의 편린을 들여다보면서 우리의 삶을 비추는 여과 장치인지도 모른다. 풍속사는 우리의 존재를 확인해 준다는 것 그리고 그것이 역사의 옷을 입고 거대한 민족사를 이룬다는 점에서 그 중요성을 간과할 수 없다. 그러므로 풍속사가 어떻게 우리네 삶을 이루고 어떻게 역사를 엮어내며 작가의 세계관을 드러내고 있는가, 이것을 풀어낸다면 한무숙 소설에 드러난 풍속사의 의미는 명백하게 드러날 것이다.

2. 풍속 속에 녹아든 역사의 흐름

한무숙은 한 대담에서 『역사는 흐른다』에 대해 다음과 같이 말한 적이 있다. 그는 "그때만 해도 역사가 급변하는 격동기였으니까 떵떵거리며 살던 사람은 금새 영락해 버리고 그 반대 경우도 많았죠. 격동기에 한 핏줄이면서 성격도 운명도 달라지는 거예요. 한 집안의 연대기도 도도히 흐르는 역사의 물결에 영향을 안 받을 수 없습니다. 어쩔 수 없이 역사와 동행하게 됩니다."[2]라고 말함으로써 『역사는 흐른다』가 쓰여진 의도와 작가가 우리에게 무엇을 얘기하고 있는가를 짐작하게끔 한다.

격동기에 개인의 운명이 역사의 소용돌이 속에 휩쓸리면서 삶이 스러지기도 하지만 또 다른 측면에서 불살라지기도 하는 삶의 흔적들을 작가는 남기고자 한 것이다. 그런데 주목할 점은 이러한 역사의 도도한 흐름과 운명적 수레바퀴의 굴림이 한무숙의 경우 이 민족의 풍속사와 조우하면서 민족의 치열한 숨결을 드러내고 있다는 데에 있다.

조선 왕조의 끝자락에서부터 해방 언저리까지의 우리 민족의 삶이 고스란히 풀려져 나오고 있는 이 소설은 풍양 조씨 일가의 삶과 중심에서 밀려나 있었던 주변인들의 삶이 서로 갈등을 일으키며 새 시대를

---

2) 한무숙, 『세계 속의 한국 문학』(을유문화사, 1993), 326쪽.

예고하고 있다. 한 마디로 하면 이들의 갈등 속에서 조씨 문중이 서서히 무너지고 평민의 시대가 오는 것이다. 이렇듯 신구 대립의 갈등이 풍속사 속에서 첨예하게 드러나면서 민족의 정신이 어떻게 역사의 맥락 속에서 녹아 내리고 있는가를 보여준다.

새로운 세대의 예고는 새 시대의 인물로 등장하는 남창과 갑례의 고조부인 청계 조황하의 죽음에서부터 시작한다. 청계는 동학의 민중 봉기에서 손자 조동준과 동원을 모두 잃는다. 그는 손부 송씨 부인과 박씨 부인을 본제인 양주 늡바위에 거처를 정해 주고 마지막 자존심을 증손자 병구와 용구 그리고 석구의 교육에 건다. 청계노인은 협잡꾼 방서방이 돈을 주고 벼슬을 사고 나서 입궐하기 위해 조복(朝服)을 빌리러 오자 소리 없는 체읍을 하고 '책 덮어두어라. 그리고 차후라도 책 읽지 말아라'고 증손자들에게 말한 후 자기 집으로 돌아간 지 사흘만에 세상을 뜬다. 여기서 증손자들에게 '차후라도 책을 읽지 말라'는 말과 그의 죽음은 단적으로 구시대의 무너짐과 새시대의 도래를 상징한다. 종가를 위해 어린 증손자들의 교육에 전력을 다했던 청계노인은 인정할 수 없지만 자신의 세대가 가고 새로운 세대가 밀려온다는 것을 직감한다. 돈으로 벼슬을 사는 시대의 예고 앞에 삶의 의미를 상실한 청계노인의 죽음은 한 시대의 막내림을 의미한다. 이를 작가는 다음과 같이 적는다.

　　마치 낙성(落城)이 서글퍼 자인(自刃)하는 패장(牌將)과 같은 비장한 심경으로 여의치 못한 일생을 마친 불행한 노인이었다. …… 중략 ……. 청계노인의 죽음 후 얼마 되지 않아 일세를 휘두르던 여걸 민중전도 포악한 왜인의 손에 한줌 푸른 연기로 사라지니 국모를 잃은 비분은 흰구름 오고 흐르는 물 깊은 두메의 창생들까지도 억제할 길이 없었다.3)

―――――――――――――――――

3) 한무숙, 『역사는 흐른다』(을유문화사, 1993), 65~66쪽.

국모의 죽음과 그에 따른 국민들의 비분은 본격적인 식민지 시대를 알리는 조종이었고 국권 잃은 민족의 개체들은 비극적 운명의 바람 앞에 촛불인 셈이다. 그런데 한무숙의 소설에서는 신구 대립을 통한 새 시대의 예고가 우리의 민족이 살아가면서 그 속에 혼을 담았던 생활 양식과 규범들, 다시 말하면 탄생과 죽음 그리고 결혼을 맞이하면서 우리가 예를 갖췄던 예식과 풍습들 속에서 처연하게 피여 난다. 우리 민족에게 있어서 장례식은 혼례 못지 않게 중요한 예식이다. 그리고 제례에는 죽은 사람에 대한 예 속에 탄생에 대한 발복 신앙이 감추어져 있다.

조씨 문중에 시집와서 일평생을 지지하게 산 병구의 아내 윤씨 부인이 죽자 장례의 연장인 성묘 절차에서 아버지 병구와 아들 남오는 대립한다. 장례 절차에 있어서 서리 같은 아버님의 분부에 거역할 수 없었던 남오는 첫 추석이 와서 성묘를 가고자 할 때 자신의 주장을 펴면서 아버님의 주장과 요구가 시대착오적임을 꼬집고 나온다. 아들 남오의 주장 앞에 병구는 성묘는 하되 대신 평복으로 하고 남의 눈에 띄지 않는 선에서 성묘를 허락하는 대 타협이 이루어진다. 역사가 뒤바뀌고 있는 상황이 우리 삶 속에 잦아들었던 풍속 속에서 엄연히 일어나 새로운 세대를 암시하고 있다.

> 부재모상(父在母喪)이라 졸곡(卒哭)은 택일하여 깃옷은 벗었으나 병구는 그즘 들어 졸곡으로 흔히들 하게 된 철궤연(徹几筵)을 못하게 했다. 문공상례법(文公喪禮法)대로 기년복(朞年服 : 1년 상복)을 거행하라는 것이었다.
>
> 서리 같은 분부라 남오는 거역할 수가 없었다. …… 중략 …….
>
> "글세 지금이 어느 땝니까? 우리집이 뭐 그리 갸특한 집안이라고 체모만 차리려 허세요? 남 위해 하는 성묘 같으면 돌아가신 어머니께서두 혼백이라두 섭섭해 하실 게 아닙니까?" …… 중략 …….
>
> "아니다. 성묘를 하지 말라는 게 아냐. 상인(常人)들처럼 상복 입

고 꺼블꺼블 걸어가는게 남 보기 창피하단 말야. 너희들 정리로 성
묘를 하지 않는 것도 섭섭할 테니 그럼 그냥 평복하구 잠깐 다녀
오렴."4)

추석날이 되어 남오는 성묘를 하기 위해 굴관 제복하고 나서자 성묘
를 중지하라는 아버님의 말씀이 떨어진다. 그 이유인 즉 염서방에게
삿갓 가마5)를 꾸미라고 했으나 시국이 어려워 준비하지 못하자 반가
(班家)의 체모를 구길까봐서다. 이에 남오는 거세게 반항한다. 결국 아
버지 병구의 말대로 성묘를 하되 남의 눈에 띄지 않게 평복을 입으며
이정승 연당집 쪽으로 가지 말고 다른 방향인 세춘이 쪽으로 다녀오라
는 타협이 이루어지는 것이다.

여기서 이정승 연당집은 누구의 집인가. 그 집은 상전집의 몰락으로
늡바위 조참판댁을 나온 짱끼 내외가 어수선한 시국에 편승하여 떼돈
을 벌어서 산 그들의 별장이다. 짱끼 내외는 경성에 살면서 돈을 모아
이 집을 샀고 그 곳에 아버지를 모신다. 그리고 그들은 예전에 머슴살
이로 들어간 아버지를 위해, 그의 평생 소원이었던 자신의 전답을 경
작하는 기쁨도 안겨준다.

이 같은 상황의 저변에는 시대를 잘못 만난 대가들의 몰락이 있었고
급전이 필요한 사람들이 많을 수밖에 없는 시대적 분위기가 자리잡고
있다. 그래서 짱끼 부친은 그 근방에서 '정승댁 영감님'으로 불린다. 그
런데 마른 가슴에 불을 지핀다고 이 사실을 너무나도 잘 알고 있는 병
구에게 '정승댁 영감님'이라고 불리 우는 짱끼 부친은 이제 돈 좀 있다
고 윤씨 부인이 죽자 부의금으로 백 원, 광목 다섯 필, 부줏술이 닷말,
쌀 한 섬을 보내온다. 그래서 남의 집 상사 치고 그것도 전시하의 궁핍

---

4) 같은 작품, 233~235쪽.
5) 삿갓가마란 흰 천으로 가마 전체를 싼 가마로 반가의 상제가 산행할 때
   타고 가는 가마이다.

속에서 지나친 부주를 해 병구의 속을 뒤집어 놓는다. 그러니 '정승댁 영감님' 눈에 병구의 아들 남오의 형상이 상인(常人)과 별반 다름없는 모습으로 비친다면 그것은 자신의 생명줄과도 같은 반가(班家)의 체모는 땅에 떨어지는 것이다. 아예 평복을 입고 몰래 다녀오는 것이 그의 얼굴을 살리는 꼴이 된 셈이다. 시속이 바뀌고 있다. 이와 같은 사실을 작가는 머슴이었던 장끼 부친의 형상을 다음과 같이 묘사함으로써 단적으로 드러내고 있다.

> 장끼는 부친에게 일을 못하게 하고 아내 오묵이보다 한 살 위인 어느 몰락한 양반집 수절 과부를 부친의 짝으로 데려다 앉혔다. 늦게 꿈만 같은 호강을 하게 된 장끼의 늙은 부친은 점잖은 양가 출신 젊은 아내와 막대한 재력이 후광이 되어 훤언한 신수를 가진 노인이 되었다. 연꽃이 필 무렵의 연당가를 탕건(宕巾)을 쓰고 안동포 고의에 생풀 모시 적삼을 세죽(細竹) 등거리 받쳐 입고 태극선 든 젊은 아내와 거니는 모습은 진짜 이정승이 환생한 것만 같았다. 마을 사람들은 언젠가부터 그를 '정승댁 영감님'이라고 부르게 되었다.6)

앞선 인용에서 타협하는 병구의 모습과 위 인용에서의 장끼 부친의 위엄은 한 시대의 막이 내려지고 다른 시대의 장이 열리고 있음을 단적으로 보여준다. 그래서 역사의 새 장을 여는 인물이 서서히 바뀐다. 바꿔 말하면 문벌 중심의 사회가 서서히 무너지고 시세에 따른 능력 위주의 신분 사회가 새롭게 짜여지고 있는 것이다. 항상 주변에서 맴돌면서 중심에서 빗겨갔던 조동원의 아들 유복자 석구의 독립 운동이 그렇고 금년이라는 종의 이름에서 교육가로 변신한 박옥련 여사가 그렇다. 그 밖에 병장이었던 배선명의 사회사업가로서의 변신도 마찬가지다.

주변의 인물이었던 이들이 전면으로 부각되면서 이들에게 불지펴진 애국심과 민중의식이 해방의 문을 열며 이들은 또 다른 역사의 소용돌

---

6) 같은 작품, 230쪽.

이를 감내해야 하는 주축들이 된다. 이러한 신구 대립이 풍습 속에서 다져지는 것을 우리는 장편 『석류나무집 이야기』에서도 발견할 수 있다. 유학을 다녀온 송영호가 자신이 산 집에서 왠지 모를 위축감에 사로잡히면서 그는 힘주어 "썩은 봉건 사상에 뼈까지 썩어 버린 사람들의 이유 없는 우월감과 자존심 – 그런 것이 구역질났다"[7]라고 말한다. 안댁 노마님의 죽음 앞에 어떤 절차를 밟아야 하는 것인가라는 문제에서 두 사람 즉 송영호와 방골 아주머니는 대립해[8] 있다. 신세대를 대변하는 송영호와 구세대를 대표하는 방골 아주머니의 대립은 오미자 차와 코카콜라의 차이를 통해서도 극적[9]으로 대비된다.

이렇듯 한무숙의 소설에서는 우리의 정신을 지배했었던 집안 내의 풍습들이 어떻게 변화하면서 새 시대를 맞이하는가에 주목하면서 그 풍습은 반드시 역사의 맥락과 함께 한다. 역사의 거대한 물줄기란 역사적 사실의 전개뿐만이 아니라 바로 민족의 혼이 담긴 풍속사 속에서 사건들이 엮어져야만 진정한 역사의 흐름을 놓치지 않는다.

다시 말하면 한무숙의 소설을 읽다보면 역사적 사실과 만나기도 하지만 그 역사를 떠받치고 있었던 우리 민족의 자잘한 얼의 총체와 만나기도 한다. 결국 한무숙의 소설에 나타난 풍속사의 의미는 역사적으로 새로운 시대를 맞이하는 과정에서 갈등하는 신구의 대립이 풍습의 변천 과정과 맞물리면서 역사의 흐름을 대변하고 있다는 데에 있다.

3. 문화 속에 꽃핀 민족혼

우리 주변에 널려 있는 민속들이 『역사는 흐른다』에서는 혼연하게 수놓아져 있는 데, 이러한 풍속들이 한 민족의 문화를 이루고 이 민족

---

7) 한무숙, 『석류나무집 이야기』(을유문화사, 1992), 71쪽.
8) 같은 작품, 72~73쪽.
9) 같은 작품, 103~104쪽.

의 혼을 표상한다. 그래서 민족혼은 역사의 폭풍 속에서도 꺼져갈 듯 하면서도 꺼지지 않는 불씨로 남아 민족의 맥을 지키는 지도 모른다.

그런데 한무숙 소설에서의 민족혼은 풍속, 다시 말하면 인생살이의 길과 흥을 예견하는 토정비결, 주거 생활 속에서 우리네 삶을 지배했던 한옥이라는 주거 공간, 조상들의 삶에 짐지워졌던 가난이라는 씨앗으로 배태된 민며느리 제도, 우리의 육신을 가리면서 신분을 대신하고 인간다움의 체면을 돋아주었던 옷가지들, 사람이 살고 있음을 증명하는 세간들, 우리네 삶의 빛과 그림자가 수놓아져 있는 서화, 삶의 진액들이 녹아 울림을 지니는 민요, 삶의 무거움을 흥으로 풀어 제쳤던 민속놀이들 속에서 살아 남는다. 개개인이 지키는 인습의 굴레가 한 사회의 정신을 이끄는 풍습이 되며 그것은 한 시대를 엮어내는 원형질이 되는 것이다.

이러한 원형질이 고스란히 살아 꿈틀대고 있는 것이 한무숙 소설이다. 정월은 우리에게 있어 아주 중요한 달이다. 새해를 맞이하는 달이기에 한 해 운수도 봐야 했고 나쁘다면 액땜도 그 달에 해야했다. 정월을 잘 보내야 일년 내내 탈없이 지나갈 수가 있는 것이다. 그래서 유독 정월에는 여러 가지 민족의 풍속들이 자리잡고 있다. 정월 내내 자정 때까지 윷판이 벌어지는 민속놀이는 그만두더라도 보내야 하는 것과 맞아 들여야 하는 것을 다 담아 날려야 하는 연(鳶)날리는 풍습이라든가 대보름 달을 맞이하여 소원을 빌면 이루어진다 하여 보름달이 뜨기 전 첫 달을 보고 흡월정하는 풍습 그리고 동네 풍년을 기원하고자 하는 줄쌈 등이 바로 그것이다.

대보름날의 줄쌈은 한 고을의 일년 농사와 동네 사람들의 화합이 달려있는 큰 행사이다. 웃말 동리와 아랫말 동리가 줄쌈을 한다. 줄쌈에서 승리하면 그 동리는 풍년이 든단다. 그러니 목숨걸고 싸울 수밖에 없다. 이런 줄쌈 놀이의 광경이 『역사는 흐른다』에서는 생생하게 살아 있다.

이튿날은 대보름날, 온 동리가 고대하던 줄싸움날이다. 장거리
는 첫새벽부터 떠들썩하고 집집마다 줄싸움 구경을 가느라고 이른
조반을 치우기 바쁘다. …… 중략…….

농자천하지본(農者天下之本)이라고 쓴 커다란 깃발이 앞장을 서
고 다음에는 전투에 참가하는 각 동명을 쓴 다홍 남 노랑 등 오색
찬란한 농기들이 뒤를 잇는다. 이윽고 농촌의 재주꾼들의 농악대들
이 고깔을 쓰고 꽹과리 소고 북 징 피리 장구 등, 작은 풍물을 치며
뛰놀고 춤을 추며 들어온다. …… 중략…….

싸움터로 정해진 장터로 나가니 아랫말 북군이 역시 농악대를
앞세우고 풍물을 치며 들어온다.[10]

그 다음 그들은 선두를 잡기 위해 걸쭉한 욕설들이 터져 나온다. 천
한 피의 대물림 속에서 덕지덕지 붙은 천민의 한과 울분을 대보름날
줄쌈을 하면서 토해내는 것이다. 그들은 "구경꾼들 틈에 끼어 종종걸
음으로 행렬을 따라가며 오늘만은 남의 종된 몸이 슬프기커녕 다행으
로만"[11] 여겨질 정도로, 그들만이 즐기는 민속놀이는 민촌들의 낙이자
흥거리인 셈이다. 그런데 민촌들의 한을 풀고 삶의 울분을 달래주는
줄쌈 놀이라는 위안의 민속놀이는 이미 불행의 씨앗을 담지하고 있으
니, 민속놀이야말로 인생살이 그 자체이다.

줄쌈 놀이가 치열하게 진행되고 있는 동안 농민인 남군 패장 영쇠가
신부감으로 점찍어 놓은 부용(조동준의 몸종)은 상전 조동준에게 몸을
맡기고 반가의 씨를 받으나 몸은 여전히 종으로 태어날 수밖에 없는
금년이를 잉태하고 만다. 다른 한편에서는 이 시각 남군이 이겨 꼭 풍
년이 들면 영쇠가 자기의 몸을 상전으로부터 빼어내 한 칸 방에서나마
보리죽으로 끼니를 잇더라도 해로할 것을 꿈꾸는 부용이의 원망(願望)
이 불타오르고 있었다. 그 결과 바로 전날 부용은 북군의 줄에 칼을 대

---

10) 한무숙, 『역사는 흐른다』, 14~17쪽.
11) 같은 작품, 16쪽.

어 싸움 중에 줄이 끊어지고 의도된 줄 끊어짐으로 인해 그 책임이 영 쇠에게 고스란히 넘겨져 그 결과 북군의 보복으로 영쇠는 절음발이가 되고 만다.

우리의 인생살이가 행복의 꽃술 뒤에 불행의 씨가 감춰져 있는 것처럼 종으로 태어난 것이 오히려 낫다는 위안을 받는 줄쌈 놀이의 흥 속에는 이미 헤어짐과 비극적 운명이라는 씨를 배태하고 있었던 것이다. 삶의 결을 이루는 이와 같은 풍속은 한 시대가 담지하고 있는 정신의 집합체로[12] 문화를 이루고 그 문화를 기반으로 민족성을 형성하는 것이다.

작가의 영근 솜씨 아래 한 많은 천민의 삶과 죽음이 민담 속에서 어우러지면서 그들의 삶을 대신하고 있는 것에서 우리는 풍속이 한 시대 정신을 표상하고 민족성을 대신한다는 것을 확인할 수 있다. 종으로 태어나서 종으로 죽는 단지 천한 신분인 부용의 죽음이 쪽박새의 울음에 담긴 민담과 어우러지면서 조선 부녀의 쓰라림과 집념을 대신하고 있다. 그것이 한 맺힌 우리 여인네들의 삶을 대신하며 더 나아가 우리 민족을 표상하고 있기도 하다.

> 부용이가 죽은 날은 아침부터 뒷산 쪽박새가 악을 쓰고 울었다.
> 심한 시어머니가 며느리를 볶느라고 쪽박 둘을 가지고 며느리가 밥을 지을 때는 작은 쪽박으로 쌀을 되어 주고 딸이 지을 때는 큰 쪽박으로 되어 주어 며느리 한 밥이 적다고 책망을 하는 것이 원한이 되어 며느리는 죽어 새가 되어서 조석으로
> "쪽박 바꿔 주, 쪽박 바꿔 주"
> 하고 악을 쓴다 한다.
> 조선 부녀의 쓰라림과 집념(執念)을 표시하는 서글픈 이야기이다.

---

12) 『역사는 흐른다』의 축소판이라 할 수 있는 단편 「생인손」에서 이 같은 사실은 재차 확인된다. 그리고 「이사종의 아내」의 경우에는 조선 여인의 서간을 통해 작가는 당대의 여인의 삶을 표상하고 있기도 하다.

부용은 쪽박새 악쓰는 소리를 들으며 고요히 세상을 떠났다. 확고한 신념도 없고 원한을 품거나 저주를 하거나 하기로는 너무나 연약하였던 그녀는 나릿한 늦은 봄같이 자욱하게 세상을 떠났다.[13]

조선시대 여인들의 삶이 얼마나 한 많은 인생이었나를 쪽박새 울음소리에 담긴 민담을 통하여 극적으로 드러내고 있는 위 인용은 평생 종으로 살았던 부용의 한을 넘어 시어머니에게 시집살이를 당하는 며느리 즉, 조선의 모든 여인들의 삶을 대신한다. 그래서 쪽박새에 얽힌 민담은 쪽박새의 울음이 그들의 가슴에 쌓인 한풀이의 절규라는 사실을 실감있게 전한다.

이렇듯 민족의 정서를 대변하기도 하는 민담이나 그들의 삶 속에서 그려지는 굴곡을 대신하는 일련의 풍속들은 한 민족의 정신을 대변한다. 특히 한옥에 대한 작가의 생각은 우리 정신을 오롯이 담고 있는 것으로 나타난다. 『석류나무집 이야기』에서 신학문을 하고 돌아온 송영호가 산 일명 흉가라는 그 집은 조선시대의 정신을 그대로 담고 있다. 근대를 표상하는 송영호는 옛 정취를 느끼고자 그 집을 샀지만 그 집에 살면서 조선시대의 정신적 유물과 맞닥뜨리면서 당혹감과 불안감을 떨치지 못한다.

한국 가옥의 규모와 정취를 작가는 "안채는 얼마쯤인지 모르나 그리 굉장한 집은 아니면서 무게가 있다. 고른 개왓골의 흐름, 정연한 부연(附椽), 날아갈 듯 휘어 치켜진 추녀의 조화, 닫힌 채인 분합문의 완자(卍字) 문살, 그리고 누마루에 돌린 난간, 이런 것들이 웬지 음악(音樂)을 느끼게 하는 것"[14]이라고 표현하고 있다.

굉장한 것은 아니면서 무게가 있는 것, 정확한 간격으로 고르게 나열되어 있어 숨막힌 듯 하면서도 흐르는 듯한 부드러움을 담고 있는

---

13) 같은 작품, 114쪽.
14) 한무숙, 『석류나무집 이야기』, 14쪽.

기왓장, 날아갈 듯 달아나는 가벼움이 잠깐 휘어짐에서 멈춰지면서 숨 가쁨을 고르는 추녀, 닫혀 있는 것 같지만 마음은 사방으로 열려 있는 만자 문살, 누마루의 꺾임이 누군가의 가슴을 에릴까봐 누그러져 돌려진 난간은 바로 은근한 한국의 미와 정취를 함뿍 담고 있는 것이다. 이러한 예스러운 정취는 속살이 보일 듯 말 듯한 여인들의 한복에서도 느낄 수 있는 것이며 우리 강산에 핀 꽃과 열매와 풀을 재료로 하여 옷감에 물을 들인 그윽한 정취를 품은 은은한 빛깔에서도 감지된다.

그밖에 「어둠에 갇힌 불꽃들」에서는 우리 삶의 고락을 점쳐보는 토정비결과 가난 때문에 들었던 선조들의 피멍을 느낄 수 있는 민며느리라는 결혼 제도, 윷놀이와 장기놀이로 대변되는 민속놀이 그리고 민족의 명악 가야금들이 살아 숨쉬어 이 민족의 정신을 대변하고 있기도 하다.

그럼 작가는 왜 그토록 민속의 풍속과 문화를 애지중지 하며 그것을 인물과 구성에 옷을 입히듯 풀어놓고 있는 것일까. 그것은 풍속과 문화의 지킴이란 바로 이 민족의 생명을 지키는 것이며 일제의 억압 속에서도 비록 국토를 잃었지만 우리의 정신만은 살아있음을 확인하는 작가의 정신에 기반한다. 이 같은 사실이 『역사는 흐른다』에서는 명징하게 나타나고 있다.

일경을 피해 미국으로 망명한 배선명은 그곳에서 자선 사업가로 변신하여 불우한 한인 어린이들의 아버지로 살아간다. 박옥련 여사는 배선명의 집을 방문하게 되는 데, 그 집에 조선을 대표하는 온갖 예술품과 공예품이 있음에 놀란다. 그러자 그 집에 있는 조선 여인은 배선명 씨가 지니고 있는 조선의 예술품과 공예품에 대한 생각을 다음과 같이 풀어놓고 있다.

"나라 없는 사람이 외국에 와 살면 외국 사람들이 나라뿐 아니고 우리에게는 아무것두 없는 줄 안답니다. 제도도 법도도 글도 사는 범절도 없는 마구잡이 인생들 취급을 하지요. 그러다 보면 이쪽 두 체면도 법도도 지키지 않고 마구잡이로 살게 되기 일쑤지요. 선생님은 잃었던 나라를 찾기 위해서는 우선 우리가 배우고 부지런히 일하고 잘 살고 우리 역사를 배워 우리 나라 사람도 훌륭한 문화를 가진 백성이라는 것을 외국인에게도 알리는 한편 무엇보다도 우리 자신이 떳떳함을 가져야 된다고 늘 말씀하신답니다. …… 후략 ……."15)

치밀한 계산 하에 작가가 민족의 풍속과 문화를 살리고자 애쓴 흔적은 바로 그것이 민족혼을 대신한다는 믿음에서 출발하고 있음을 우리는 위의 인용에서 확인할 수 있다. 나라가 없는 사람들은 육신만 있을 뿐이지 육신의 허울을 채우는 정신이 없는 민족으로 보여지므로, 우선 우리 민족의 문화를 지키고 그를 바탕으로 하여 역사를 배워야 함을 작가는 강조한다. 그것이 곧 나라를 찾는 지름길임을 힘주어 전하고 있는 것이다.

빼앗긴 땅에서도 우리 민족의 꽃들은 속절없이 무수히 피었다 지면서 이 강산을 메웠듯이, 개개인들의 인습이든 한 집안을 이끄는 풍속이든 이것이야말로 한민족의 핏줄을 도도하게 이어주는 고리이며 한민족의 정신을 있게 한 바탕이다. 얼을 대신하고 정신의 본향을 이루는 풍속 속에 핀 역사란 잠시 국권을 빼앗기는 수모 속에서도 끈질기게 살아남아 이 민족이 한민족임을 솟아 드러내 주는 핵심적 요소이다. 이런 의미에서 한무숙의 소설에 깔린 풍속사는 살아 있는 이 민족의 얼이자 혼의 물결이다. 이를 살뜰하게 되살리는 데 심혈을 기울인 작가는 우리 선대들의 정신을 드러냄과 동시에 그 속에 살아 있던 민족혼을 놓치지 않고 이어받아 우리의 정체성을 지키고자 했던 것이다.

_____

15) 한무숙, 『역사는 흐른다』, 249쪽.

4. 풍속 속에 어우러진 작가의 세계관

한무숙은 글을 쓰게 된 동기가 내면의 절규에 이끌려서라고 고백하였다. "글을 쓴다는 것은 나에게 있어 자기 존재를 확인하고자 하는 몸부림에 지나지 않는 것이었다. 내 의지와 사고와 창의성이 참가하는 작업을 하고 싶었다. 뼈마저 녹을 것 같은 육체적 과로, 단조롭게 반복되는 무의미한 일상, 그렇게 목숨을 닳아 없애지 않고 나의 전부를 쏘다 불같이 타고 싶었던 것이다."16)라고 말한 데서 이 같은 사실은 확인되는 데, 자기 존재의 확인이라는 화두를 앞에 두고 한무숙은 자신의 내면의 소리에 귀기울였던 것이다.

그런데 한무숙의 작품을 관통하는 그 내면의 소리는 운명적 아이러니에 있다. 그는 한 개인의 처절한 인생살이도 한 사회를 이루는 풍속의 수놓음 속에서도 또는 역사의 도도한 흐름에도 인간이 어찌하지 못하는 운명적인 틀이 있음을 반복해서 우리에게 전한다. 그는 인간이란 '비참과 위대의 풀 수 없는 혼합, 모순, 끊임없는 갈등과 분열 속에 허우적거리는 극적 존재'라고 갈파한 파스칼의 말을 위대한 명구로 기억하면서 그 명언에서 인간의 한계와 위대함을 같이 보고 있다.

그러면서 한무숙은 이미 정해진 운명이 있으면서도 끝없이 그 운명을 극복하고자 처절하게 싸우는 인간의 형상을 운명적 아이러니로 받아들이고 있다. 즉 인간이란 살고자 하나 그것이 극적이면 극적일수록 죽음에 다가선다. 그리고 인생이란 운명의 틀 속에 갇혀 있으면서도 끝없이 그 운명을 극복하고자 몸부림칠 수밖에 없는 숙명임을 작가는 꿰뚫어 보고 있다. 그런데 문제는 이러한 작가의 인생관이 풍속사 속에서 드러나고 있다는 데에 있다.

비록 『역사는 흐른다』에서 "일평생을 지지하게 산 윤씨부인은 인생무대에서 자기가 맡게 되었던 변변치 못한 역할을 조물주에게 돌리고

---

16) 한무숙, 『여행기 콩트 – 예술의 향기를 찾아서』(을유문화사, 1993), 435쪽.

인생 회극의 막을 내리려 하고 있었다"[17)라는 말은 윤씨 부인의 죽음에 대한 작가의 개입된 설명이기는 하지만, 사실 이러한 운명론의 시각은 인물에서 뿐만이 아니라 작품 전체를 통해 일관된 것으로 작가의 세계관을 이룬다. 이러한 주제는 전 작품에 일관된 것으로 그의 작품 세계를 이루지만, 특히 「축제와 운명의 장소」는 이 범주에 속한다. 『석류나무집 이야기』에서 옛 주인인 선영의 삼촌 정충권씨는 동경 유학생 시절부터 독립 운동가로 활약하였고 그 당시 붙잡혀 심한 고문 끝에 치매 상태에 있는 노인이다. 그런데 이 노인의 운명에 대해 작가는 재민이의 목소리를 통해서 다음과 같이 말한다.

> "그분의 수난(受難) 때문일 것이라는 생각이 드는군요. 제가 모르는 지난 숱한 수난이 아니구, 현재의 수난 ─ 즉 죽지 못한다는 형벌일 겁니다. 죽음에의 의지(意志)를 가질 수 없는 치매(痴呆). 가슴에 구멍이 뚫리는 것 같지 않습니까? 허물고 부서진 육체라는 옥(獄)에 갇힌 인간 ─ 처참에서 오히려 감동을 불러일으키는 것일거예요."[18)

죽음에의 의지를 가질 수 없는 형벌은 사실 정충권에게만 해당되는 것이 아니다. 짐의 종류만이 다를 뿐 우리 모두에게 부과된 운명적 형벌과 같은 삶의 굴레인 것이다. 송영호는 재민이에게 위와 같은 말을 듣고 정충권에 대해서 '무슨 사연이 표백되어 공백의 정신'을 지니는지 모르나 '인생이란 어떤 통한사(痛恨史)'라는 느낌을 가진다. 그래서 그런지 송영호의 어머니인 박혜련 여사의 초상화가 석류나무집 사랑채에 걸려 있는 얄궂은 운명이 있는지도 모른다. 박혜련 여사는 감옥에 가기 전에 정충권 씨의 유일하고 단 한 번의 연인이었던 것이다.

---

17) 한무숙,『역사는 흐른다』, 231쪽.
18) 같은 작품, 78~79쪽.

운명의 힘에 의해 조종되지만 그것을 극복하고자 하는 것이 인생이다라는 작가의 인생관은 구시대의 정신을 대변하는 한옥과 새로운 세대로 표상된 송영호의 대립이 통합을 이루면서 '한옥의 재건'이라는 대목에서 절정을 이룬다. 송영호의 아버지인 송호상은 아내 박혜련과 함께 귀국하지만 아들이 산 집에 평생 마음의 짐이 되었던 정충권이 있다는 사실을 알고 정충권을 죽이려다가 화재를 낸다. 정충권과 송호상이 다 죽고 나서 송영호는 그 동안의 구세대와의 갈등을 '한옥의 재건'을 통해 화해하고자 한다. 그 화해의 자리는 송영호가 '알 수 없는 섭리'를 깨달은 자리이다. 그리고 그 곳에서 운명의 아이러니를 뼈저리게 실감한다.

> "나는 저 불탄 곳에 다시 집을 짓겠어요. 이 집에 아직도 흉의(兇意)가 깃들어 있다면 그것두 용납하겠어요. 흉의와 선의 소재(所在)와 부재(不在)가 하나가 되는 그런 세계를 언제인가부터 그려 오게 되었어요. 노아의 방주(方舟) 속에 사람을 비롯하여 무릇 동물과 물고기 씨알들이 담겨져 하나의 새로운 세계를 기다리고 있었듯이 이 집에, 이 세계에 몸을 의탁하여 가렵니다. 흉한 것이 있다는 것은 또 축복된 것, 선한 것이 있다는 증거가 아니겠어요. 신은 선과 함께 악도 용납한 거니깐요. 저는 그런 알 수 없는 섭리를 따름으로써 삶을 긍정해 보겠어요. 전 운명이란 말을 싫어하지만 참답게 산다는 건 어쩌면 그 운명으로 인하여 깊이 상처를 입는 것인지도 모르니까요."[19]

신은 선과 함께 악도 용납하는 이율배반적인 섭리에 의해 움직이기에 흉이라는 것도 마음으로 포용하겠다는 송영호의 말은 '참답게 산다는 것은 운명에 순응하기보다는 그 운명을 극복하기 위해 많고 깊은 상처를 입어야' 한다는 작가의 세계관 다름 아니다. 그리고 '운명을 극

---

19) 같은 작품, 196쪽.

복할 수 없는 것임을 알면서도 극복하고자 고투하는 그 삶 자체가 인생'이라는 작가의 항변은 한옥의 재건을 통해서 '흉한 것이 있다는 것은 또 축복된 것, 선한 것이 있다는 증거'라는 송영호의 말에서 극적으로 드러난다. 이쯤 되어서 송영호는 아이러니한 신의 섭리를 받아들이면서 흉가로 얘기되고 있는 석류나무집을 자신의 집으로 인식하기 시작한다. 대립에서 화합으로, 갈등에서 조화로 극적 통합이 이루어지는 통로를 작가는 구세대로 상징되는 한옥의 정취와 신세대로 표상되는 송영호라는 인물과의 합일을 통해서 이루고 있다.

흉가로 소문이 나돌았던 석류나무집 한옥은 재건을 통해 재탄생하고 있는 것이다. 그밖에 단편 「생인손」에서는 상전의 딸과 자신의 딸이 뒤바뀌는 운명의 아이러니 속에서 대대로 이어져 온 반가의 풍습과 천민의 삶 속에 녹아든 한이 어우러져 한 시대를 대변하고 있다. 작가는 풍속사의 의미를 새로운 세대와의 조화, 바꿔 말하면 '풍속사의 변천'에 의미를 두고 있다. 그리고 운명적 아이러니라는 자신의 세계관을 풍속사의 변천과정의 추적을 통해 그 의미를 되새기고 있다. 한무숙은 자신의 작품에 대해 말한 대로 '변천의 신비의 추적'이라는 풍속사 속에 운명적 아이러니라는 자신의 세계관을 풀어놓고 있는 것이다.

5. 마무리

이 글은 한무숙 소설에 나타난 풍속사의 의미를 살펴보고자 하였다. 『역사는 흐른다』는 이러한 면모가 잘 살아난 작품이다. 그래서 이를 중심으로 풍속의 의미를 살피면서 때에 따라 『석류나무집 이야기』와 「어둠에 갇힌 불꽃들」그리고 「축제와 운명의 장소」, 「이사종의 아내」, 「생인손」도 같이 보았다.

조선 왕조의 끝자락에서부터 해방 언저리까지의 우리 민족의 삶이 고스란히 풀려져 나오고 있는 『역사는 흐른다』는 풍양 조씨 일가의 삶과 중심에서 밀려나 있었던 주변인들의 삶이 서로 갈등을 일으키며 새 시대를 예고한다. 그런데 한 시대의 막내림과 새 시대의 도래라는 역사가 뒤바뀌고 있는 상황이 성묘 절차라는 풍습 속에서 일어난다. 이러한 신구 대립이 풍습 속에서 다져지는 것을 우리는 장편『석류나무 집 이야기』에서도 발견할 수 있었다.

이렇듯 한무숙의 소설에서는 우리의 정신을 지배했었던 집안 내의 풍습들이 어떻게 변화하면서 새 시대를 맞이하는가에 주목하면서 그 풍습은 반드시 역사의 맥락과 함께 한다. 결국 한무숙의 소설에 나타난 풍속사의 의미는 역사적으로 새로운 시대를 맞이하는 과정에서 갈등하는 신구의 대립이 풍습의 변천 과정과 맞물리면서 역사의 흐름을 대변하고 있다는 데에 있다.

우리 주변에 널려 있는 민속들이『역사는 흐른다』에서는 혼연하게 수놓아져 있는 데 이러한 풍속들은 한 민족의 문화를 이루고 이 민족의 혼을 표상하기도 한다.

그런데 한무숙 소설에서의 민족혼은 풍속, 다시 말하면 조상들의 삶에 짐지워졌던 가난이 만들어낸 민며느리라는 결혼 제도라든가 혼례의 절차, 민족의 삶의 결들을 지배했었던 길과 흉 바꿔 말하면 토정비결, 우리의 육신을 가리면서 신분을 대신하고 인간다움의 체면을 돌아주었던 우리의 옷들 그리고 방의 비움을 채움으로써 살아 있음을 증명하는 우리네의 세간들 속에서 살아 숨쉰다.

또한 작품 속에 스며든 우리 민족의 한과 애정이 녹아든 민요 그리고 이승과 저승의 한계를 밟으면서 슬픔을 승화하는 우리들의 장례식 절차, 그 밖의 민족적 체취를 온전히 받아낸 서화라든가 우리 정신의 본향을 이루는 가옥의 구조와 정원의 풍취, 삶의 무거움을 흥으로 풀었던 민속놀이들은 바로 우리 삶의 숨결을 이룬다.『역사는 흐른다』에서 보여지는 대보름날의 줄쌈은 민촌들의 한을 풀고 삶의 울분을 달래주는 민속놀이로 인생살이 그 자체이다.

특히 『석류나무집 이야기』에서 한국 가옥의 규모와 정취를 통해 작가는 한국의 미와 정신을 온전히 대신한다. 풍속과 문화의 지킴이란 바로 이 민족의 생명을 지키는 일이다. 이와 같은 일은 비록 국토를 잃고 일제의 억압 속에 있지만 우리의 정신만은 살아있음을 확인하고자 하는 작가의 정신에 기반한다. 이런 의미에서 한무숙의 소설에 깔린 풍속사는 살아 있는 이 민족의 얼이자 혼의 물결이다. 이를 살뜰하게 되살리는 데 심혈을 기울인 작가는 우리 선대들의 정신을 드러냄과 동시에 그 속에 살아 꿈틀거렸던 민족혼을 살려 우리의 정체성을 지키고자 했던 것이다. 바로 여기에 한무숙 소설에 나타난 풍속의 의미가 내재해 있다.

그밖에 인간이란 운명의 틀 속에 갇혀 있으면서도 끝없이 그 운명을 극복하고자 몸부림칠 수밖에 없는 숙명임을 작가는 꿰뚫어 보고 있다. 그런데 그것이 풍속 속에서 드러나고 있다. 인간이란 운명의 힘에 의해 조종되지만 그것을 극복하고자 하는 것이 인생이라는 작가의 세계관은 『석류나무집 이야기』에서 구시대의 정신을 대변하는 한옥과 새로운 세대로 표상된 송영호의 대립이 통합을 이루면서 '한옥의 재건'이라는 대목에서 절정을 이룬다.

작가는 운명적 아이러니라는 자신의 세계관을 풍속사의 변천과정의 추적을 통해 그 의미를 되새기고 있다. 한무숙이 자신의 작품에 대해 '변천의 신비의 추적'이라고 말한 대로 풍속사 속에 운명적 아이러니라는 작가의 세계관을 풀어놓고 있는 것이다.

그러므로 한무숙 소설에 나타난 풍속사의 의미는 '역사의 흐름'이 곧 '풍속사의 변천'임을 보여주고 있는 데 있다. 또한 우리 주변에 널려 있는 민속들이 작품 곳곳에 새겨져 있으면서 그것이 민족혼을 불사르고 이것이야말로 역사의 폭풍 속에서도 꺼져갈 듯하면서도 꺼지지 않는 불씨로 남아 민족의 맥을 지키고 있다. 다시 말하면 그의 풍속은 우리 민족의 정신과 얼을 대신하는 것이다. 그러면서도 작가는

운명적 아이러니라는 자신의 세계관을 풍속의 어우러짐 속에서 표출
하고 있기도 하다. 바로 이것이 한무숙의 작품에 드러난 풍속의 의미
인 것이다.

風流와 逆說의 세계
—「流水庵」

— 이상진(연세대 강사) —

1. 들어가며

1963년에 발표된 한무숙의 「流水庵」은 작가가 가장 애착을 가졌던 작품[1]이다. 그것은 자신과는 전혀 다른 삶을 살았던 한 여인의 인생을 사실적으로 그려내기 위해 유난히 노력을 많이 들였기 때문으로 보인다. 전형적인 사대부가의 여주인으로서 주어진 의무에만 충실해야 했던 한무숙이 창작하면서 가장 한계를 느꼈던 것은 아마도 경험과 소재의 부족이었을 터, 그녀는 상상에만 의지하여 수많은 작품들을 써내려 갔다. 그러나 우연히 마주치게 된 한 노기(老妓)의 모습에서 충격을 받아, 그녀는 기생의 삶을 재현해보기 위해 많은 사람을 만나고, 정보를 구하여 이 소설을 썼다고 한다.[2]

---

1) 문학대담 / 한무숙 — 박정만, 「나의 인생 · 나의 문학」, 韓戊淑財團 編, 『韓戊淑文學 硏究』(을유문화사, 1996), 358쪽.

2) 그녀가 기생의 삶에 대해 호기심을 느낀 것은 남편과 동래온천에 갔다가 동석하게된 한 노기의 초라하나 기막힌 노래솜씨에 탄복하면서부터라고 한다. 그녀는 이 호기심을 충족시키기 위해 오빠를 통해 다옥동의 의사 전박사를 소개받고 그로부터 기생의 생리적인 면과 생활상을 속속들이 알게 되었으며, 그에게서 한 유명한 정치가의 첩이었다는 김숙을 만나 그녀를 모델로 이 소설을 쓰게 되었다고 밝히고 있다(문학대담 / 한무숙 —

유교전통의 중심에서 살았던 그녀가 기생이라는 신분에 대해 탐색하려 했던 것이나, 작품을 통해 그들의 풍류정신을 멋드러지게 그려내고 따뜻하고 순수한 인간으로 창조해낸 것은 작가 자신도 밝히고 있듯,[3] 그녀에게 소외된 자들에 대한 애정과 관심이 얼마나 컸는지를 말해주는 것이라 할 수 있을 것이다. 이것은 이 작품과는 대극되는 입장에서 쓰여진 「이사종(李士宗)의 아내」(1978)를 생각하면 더욱 분명해진다. 「이사종의 아내」가 기생(황진이)에게 남편(이사종)의 사랑을 빼앗긴 심경을 고백하는 아내의 이야기인데 비해 「流水庵」은 한 때 정인이었던 남자가 본 부인에게 돌아간 후 그를 잊지 못하는 기생의 이야기이다. 그러나 두 작품 모두 한 남자에게서 버려진 여인, 사랑을 잃고 그늘에 있는 여인이라는 점에서는 공통된다. 이렇게 볼 때 한무숙은 세상살이를 두루 살펴 가리어진 슬픔을 읽어낼 줄 아는 작가였다고 할 수 있다.

「流水庵」은 제목 하나만으로도 여러 가지 함의를 지닌다. 우선 「流水庵」에서 '유수'는 흔히 '낙화유수(落花流水)'할 때의 그 유수를 연상시키는데 이에는 두 가지 의미가 있다. 하나는 글자 그대로 '떨어지는 꽃(落花)과 흐르는 물(流水)'이라는 뜻에서 쇠잔영락(衰殘零落)을 비유한다. 두 번째는 떨어지는 꽃에 정이 있으면 흐르는 물 역시 정이 있어 그것을 띄워서 흐를 것이라는 뜻에서, 남녀 사이에는 서로 그리워하는 정

김옥섭, 「나의 문단 40년 회고」, 韓戊淑財團 編, 『韓戊淑文學 硏究』, 340쪽.) 즉, 처음에 만났던 노기가 소설 속의 홍화로, 전박사가 현박사로, 김숙이 진경으로 재창조된 것이다. 소설의 마지막에는 '이 소설은 픽션으로 모델이 없다는 것을 밝혀둡니다'라고 분명히 쓰고는 있으나, 이는 이 소설이 상상에 의해 재구성되었음을 애써 드러내고자 한 것이라 생각된다.

3) 한무숙은 '내 작품에 등장하는 인물들은 못나고 딱한 사람들이 많아요. 버림받고 천대받는 사람이란 뜻이 아니라 인생을 보다 어렵게 살아가는 사람들이란 뜻이지요. 그들은 잘나고 딱하지 않은 사람들보다는 인간적으로 보다 따뜻한 일면이 있고 삶 자체에도 보다 진지한 구석이 있어요.(중략)인간적인 면에서 삶 자체를 보다 밀착된 언어로 그리고 싶은 게 제 욕심이에요.'라고 말하고 있다. 문학대담, 「나의 인생 · 나의 문학」, 앞의 책, 357쪽.

이 있음을 비유한다. '유수'에서 또한 '행운유수(行雲流水)'를 연상해보자면, '떠가는 구름과 흐르는 물'이라는 뜻에서 '일정한 형태가 없이 늘 변함'에 대한 비유로 볼 수도 있다.[4] 사실상, 이 작품은 '유수암'의 주인인 진경의 몰락과 한 정치인사의 몰락, 그리고 그들의 만남과 사랑, 헤어짐을 큰 서사 줄기로 하고 있다는 점에서 인생의 무상함과 쇠잔영락을 그대로 드러내고 있다고 보겠다. 또한, 끝까지 유수암을 지키면서 떠난 정객을 그리워하는 경의 심정에 초점을 둘 때 남녀 사이의 그리는 정의 의미도 가진다. 이렇게 볼 때, 이 작품의 제목 '유스암'은 그저 이 소설의 공간적 배경인 화류가의 이름을 뜻하는 것에서 그치지 않고, 세월의 변화에 따라 쇠잔하고 영락해 가는 인생의 모습으로, 그리고 남녀간의 그리워하는 정, 곧 순수한 사랑의 의미로 확대된다.

한무숙 문학의 남다른 점은 독특한 회화적인 감각, 절제되고 단아한 여성의 정통 문체 계승, 전통과 현대의 이중적인 틀 안에서 본능적으로 내면화시킨 화해정신이라고 볼 수 있다. 「流水庵」 역시 여기에서 벗어나지 않는다. 이 작품은 한 폭의 입체적인 회화를 보는 듯 시각적 묘사가 두드러지며, 현대소설에서 찾아보기 어려운 자연물을 통한 비유가 극치에 이르고 있다. 또한 절제와 여백으로 긴장을 유발하는 서사의 바탕에는 동양의 풍류, 그 우아함과 멋스러움이 한껏 우러나 있다. 무엇보다도 우리의 삶 속에 동시에 내재하는 모순을 갈등요소로 부각시키는 것이 아니라 있는 그대로 수긍하고 내적으로 초월하려는 정신을 보여주고 있다. 이러한 점은 그녀가 보여주는 미적 세계의 근간이 우리의 전통적인 풍류와 역설의 세계에 있음을 드러내는 것이다.

2. 그늘의 삶, 기생의 역사

「流水庵」이 가지는 여러 가지 미덕 중에 하나는 그간 그늘에만 가려

---

4) 김민수 외 편, 『국어대사전』(금성출판사, 1993).

져 있던 기생의 역사를 한 여성을 중심으로 총체적으로 담아내고 있다는 점이다. 사실 기생은 여성이라는 점에서 가부장제 사회의 영원한 타자이다. 게다가 그들은 남성과의 관계 속에서 여성의 또 다른 적으로 온전히 권리를 보장받을 수 없었던 가여운 존재였다. 즉, 여성과 동지적 관계로 맺어질 수 없을 뿐 아니라, 남성에게 역시 일회적인 완상품 내지 노리개감에 불과한 그들은 누구로부터도 보호받을 수 없는 슬픈 운명을 감수해야 했다.

아름다운 여성을 흔히 꽃에 비유하듯, 기녀는 말을 이해하는 꽃(解語花)으로 불린다. 기이하고 고운 자질이 작용하고 그 요염한 정(情)과 성(性)이 발휘되기 때문이라는 것이다. 이능화는 신라 중엽의 원화(源花)제도에서 기생의 근원을 찾고 있으며,[5] 김동욱 역시 기녀 풍속은 고려시대, 혹은 그 이전부터 전해온 것이라 밝히고 있다.[6] 그러나 분명한 연원을 실증할 만한 자료는 없다고 할 수 있다. 어쨌든 조선시대에 기녀제도는 정립되었고, 기생은 초기부터 기녀교육을 전담하던 장악원이나 지방의 교방을 통해 고급 예술인으로 성장하였으며, 후에는 기생학교, 기생조합에서, 일제시대에는 권번에서 교육되었다.[7] 조선시대까지는 세습이나 형벌 등으로 기생이 되는 것이 보통이었지만, 신분제가 철폐되면서는 얼마간 개인의 선택으로 기생이 되었는데, 그 대부분은 경제적인 이유에서였다.[8] 더 정확히 말하자면 가정경제의 어려움 때문

---

5) 李能和, 『朝鮮解語花史』(東洋書院・翰林書林 發行, 1927), 李在崑 옮김(東文選, 1992), 18~20쪽.

6) 金東旭, 「李朝妓女史序說 - 李朝 士大夫와 妓女에 대한 風俗史的 接近」, 『아세아여성연구』 5집(숙명여자대학교 아세아여성문제연구소, 1966), 77쪽.

7) 조광국, 『기녀담, 기녀등장소설연구』(월인, 2000), 76~77쪽.

8) 1920년대 전반기 이후 매춘이 늘어난 첫번째 이유는 생활고에 의한 것이었다고 한 연구는 밝히고 있다.(손정목, 「일제하의 매춘업-공창과 사창」, 『도시행정연구』 제3집, 1988, 288쪽.) 그러나 이에는 일제의 문화정치의 결과 유입된 일본의 개방적인 성문화도 어느 정도 영향이 있다고 볼 수 있다. 그렇다면 성에 대해 더욱 보수적이었던 1920년대 이전의 경우 그

에 어린 소녀들에게 일방적 희생이 강요되었던 것이다.[9] 한무숙은 「流
水庵」에서 이러한 사정을 분명하게 지적하고 있다.

　　기생이 되기까지— 형형색색 같지만, 기실 비슷비슷하다는 것이
옳을 것이다. '가난이 원수' — 이 한마디로 족할지도 모른다. 아편
쟁이가 되어 버린 전라도 기생 산월이는 열 살 때 광대(廣大) 집에
팔려 가 잔뼈가 가무(歌舞) 익히는 데 굵어졌다. 가난이 원인이었다.
아직도 주름을 분으로 메꾸고 술자리에 앉는 경상도에서 온 청향
이는 긴 병에 가물거리는 아배의 목숨을 보다못해, 제 발로 기생조
합(妓生組合) 서사네 아낙을 찾았다. 역시 가난한 까닭이었다. 명기
의 이름이 놓았던 계월이를 비롯해서 평양기생은 직업으로 기도(妓
道)를 택했지만 대개는 가난으로 말미암은 곡절이 있다. 홍화만 하
더라도 가난뱅이 미장이 딸이 기생 삯바느질을 맡아 하던 어머니
의 손에서 고객인 기생 손에 넘어갔던 것이다.[10]

절대적인 이유가 경제적인 문제였음이 더욱 분명해진다.
그러나 개중에는 물질적인 욕망이나 자유로운 삶을 위해 스스로 선택하
는 경우도 있었다. 1920년대 신문에 기고된 한 기생의 글에는, 양반가문
출신으로 스스로 기생이 되었다고 밝히고 있으며 이는 여성에 대한 사회
적 제약에 구속당하지 않기 위해서였다고 쓰여져 있다. 이는 당시의 사회
상과 여성주의의 일단을 살펴볼 수 있는 글이나, 쉽게 동의할 수 없는 것
은 결국은 당시의 뭇여성들과 동지적 관계를 가질 수 없는 현실에 대한
자조 섞인 자기방어라는 느낌을 강하게 주기 때문이다. 花中仙, 「기생생활
도 신성하다면 신성합니다」,『시사평론』, 1923. 3. 김진송,『현대성의 형성
— 서울에 딴스홀을 許하라』(현실문화연구, 1999) 그러나 일찍이 가부장
제사회에서 요구 당하는 일방적인 희생을 거부하고 스스로 성적 독립을
주장했던 이 글은 극히 예외적인 경우라고 볼 수 있다.
9) 우리나라 최초의 여류 소설가로 알려진 김일엽이 쓴 「어느 소녀의 死」
(『신여자』, 1920, 4)는 자식 덕에 호강하려 딸을 기생이나 첩으로 팔아 넘
기는 부모를 사회에 고발하는 내용을 담고 있다. 이 소설의 명숙은 자신
을 기방에 팔아 넘기려는 부모를 고발하는 유서를 남긴 채 자살을 선택한
다. 이런 사정은 「유수암」의 주인공 진경에게도 마찬가지이다. 명숙이 이
잘못된 풍속에 저항하며 죽음을 선택한 대신, 진경은 스스로 그 희생의
짐을 지었던 것뿐이다.
10) 한무숙, 「流水庵」,『한무숙 문학전집』 4(을유문화사, 1992), 217쪽.

이 소설의 주인공 진경도 전교에서 최고의 재원이라는 말을 듣기까지 했지만 아버지를 여의고 생활고에 시달리다 꽃다운 나이 열여덟에 대정권번에 들어갔다. 가난한 집안의 딸들에게 기생이란 '하루아침에 가난을 씻어내고 풍성함을 들여놓는 마술쟁이와 손을 잡는 존재'[11]와도 같았던 것이다. 그러나 제 몸을 팔아서 버는 돈만으로 생활을 감당해야 하는 기생의 생명은 짧아서 30세를 넘으면 벌써 노기의 생활로 접어든다. 그러므로 그간에 벌어놓은 돈으로 여생을 살아야 했고 그나마 병에 걸리거나, 마약에 중독되거나 했을 경우 완전한 폐인으로서 인생을 마감해야 했다. 작가는 이러한 기생의 인생을 또한 놓치지 않고 포착하여 보여주고 있다. 왕년의 장안 명기였던 계선이라는 기생은 성병 때문에 결국 기생생활을 그만두고, 말년에는 치매환자로 홀로 병원에서 죽고 만다. 그런가 하면 예쁘장하고 가무가 짭짤하여 일찍 늙은 부자가 머리를 얹어 준 산월이는 늙은이의 투기로 매질만 당하다가 젊은 광대와 정분이 나고, 결국 아편중독자가 되고 만다. 병원을 드나들며, 도둑질을 해대는 그녀를 감싸줄 수밖에 없는 경에게 그녀는 동일시의 대상이 아닐 수 없다. 그들의 불행은 한 개인의 것이 아니라 기생 모두의 것이기 때문이다.

꽃다운 나이에 기생이 되어 많은 남성을 상대하며 살아가야 하는 직업이란 결코 행복한 것은 아닐 것이다. 따라서 이를 대신할 어떤 것이 필요했을 것이고 이에 따라 살아가는 방식도 아주 달라졌다.[12]「流水庵」에는 이러한 기생들의 생활이 다양하게 그려지고 있는데, 대부분 결국은 이룰 수 없었던 사랑을 가슴에 품고 살아가는 인물들이다. 경의 가장 친한 친구인 홍화는 손주를 안을 나이에도 사랑을 쫓아 환속

---

11) 한무숙,「流水庵」, 앞의 책, 218쪽.
12) 조광국은 우리 나라의 기녀담을 분석하면서 고급예술인으로서의 생활, 실리추구의 생활, 애정지향의 생활로 기생의 이야기를 분류하고 있다. (조광국, 앞의 책, 4장 참고) 이야기의 분류이기는 하나 이는 그대로 실제 기생의 생활을 대별하는 것을「유수암」을 통해 확인할 수 있다.

과 입산을 거듭하는 인물이다. 또한 유홍은 사랑하던 남성이 우국지사로서 옥사하자 그를 위해 수절하며 삯바느질로 여생을 보낸다. 진경은 '기생과는 외입하는 거지 항아릴 빚는 것은 아니'라는 항아리 철학으로 남성들을 냉정하게 정리했지만, 단 한 사람에 대한 사랑으로 모든 것을 포기한 채 여생을 보내게 된다. 말년에 경이 홍화나 유홍을 가까이 하며 살아가는 것은 그들의 사랑이 제각각 다른 색을 가지기는 하지만 서로를 감싸줄 공통의 경험이 있기 때문이다.

지금 우리가 기생에 대해 일정한 편견을 가지고 바라보게 된 원인, 더 정확히 매춘부와 혼동할 만큼 기생이 격하된 원인은 일제의 지배와 관련이 있다. 즉, 이 땅의 매춘 현상을 오늘과 같이 복잡 미묘하게 구조화시킨 결정적 단서는 바로 일본 제국주의의 침투와 해방 후 미국 군정의 영향에서 발견된다.[13) 이 작품에서 한무숙은 이러한 변화의 모습을 정 중간에서 포착하고 있다. 다시 말해, 전통의 가무와 풍류를 지키려는 기생의 모습을 그리는 한편에서 시대 상황에 의해 값싼 매춘부로 전락해가는 기생의 모습을 명자라는 인물을 통해 그려내고 있다.

> 양팔이 허옇게 드러난 노오란 원피스에 굵은 노란 구슬을 꿴 목걸이를 하고, 머리를 고사포처럼 높게 올려 빗은 대신이나 하듯이 주렁주렁한 귀걸이를 달고 있다. 무릎이 드러날 만큼 짧은 치마이다.[14)

인용한 부분에는 당대로서는 과하다고 할 신체 노출이 표현되어 있다. 양팔과 무릎은 온통 내놓고, 머리까지 빗어 올려 목도 훤히 드러나 있다. 이에 현란한 노란 색 옷과 장식품은 그대로 남성의 시선을 끌기에 충분하다. 상품화된 신체인 것이다. 게다가 그녀는 다리를 꼬고 앉

---

13) 박종성, 『한국의 매춘』(인간사랑, 1994), 62쪽.
14) 한무숙, 「流水庵」, 앞의 책, 252쪽.

아 매니큐어칠을 한 손으로 양담배 켄트를 입에 물며 자랑스레 자신의 경제력을 과시하며, 위스키와 초콜릿을 선물로 내놓는다. 이들 상품은 모두 미군을 통해 들어온 물품들로서 그녀가 상대하는 사람 혹은 그 주변이 누구일지 짐작하게 하는 부분이다. 그녀의 이런 모습은 '정말 기생은 잠자리에서두 옷은 벗어두 버선은 절대루 벗지 않는'다는 기생의 자존심과 분명히 다르다. 그러나 그것을 시대의 변화로 돌리면서 침묵하는 주인공의 모습에서 전통이 사라져 가는 현실을 바라보는 작가의 모습이 감지된다.

「流水庵」은 진경이라는 인물을 중심으로 일제하에서 4.19까지 30여 년 간 기생의 삶을 조망하여 보여주고 있다. 남성의 노리개감이요, 여성의 적이며 동시에 보호받지 못하는 약자로서 기생은 대부분 가정을 이루지 못한 채 불행한 일생을 보냈다. 한무숙은 이 작품에서 사랑을 가진 한 인간으로서 그들의 불행을 따스하게 형상화하고 있으며, 오히려 희생적이며 순수한 사랑의 지향을 통해 이들에 대한 편견을 벗겨내고 있다.

3. 풍류, 자연과 자유의 세계

기생은 원래 고급 예술인으로 양반층의 풍류의 대상이었으나 조선 후기에 이르러 풍류생활이 향락적으로 흐르면서 육체적 쾌락의 대상으로까지 전락하였다. 양반 사대부들이 기생을 동반한 향연을 벌이고 육체적 관계까지 맺는 것은 엄연한 위법행위였지만 사실상 처벌의 대상이 되지 않았다. 현실적으로 어찌되었든 적어도 법적으로 기생은 향락의 대상이 아니라 풍류의 대상으로 보호받았으며, 비록 8대 천민에 속할지언정 고급예술인으로 인정받았다. 그러던 것이 한말에 이르면서 기생의 격은 급격하게 저하되었다.[15] 더욱이 일제하의 공창제도 실시

---

15) 이능화는 이른바 갈보라고 불리는 부류를 정리하면서 기생은 그 1패로서

로 몸을 파는 일은 이제 더 이상 위법이 아닌 합법이 되어 있던 터였다.

「流水庵」에서 주인공 경은 일제시대 한 가운데였던 1930년경에 권번에서 기생교육을 받았던 것으로 되어 있다. 이 시기는 조선후기부터 시작된 향락의 흐름이 일제에 의해 한층 고조되었던 때였다. 그럼에도 불구하고 권번에서 예인으로 교육받은 자 가운데는 끝내 향락의 대상이 되기를 거부하고 예술인으로 남는 경우도 있다. 겉보기에는 모두 기생이었지만, 이들은 자신이 추구하는 바에 따라 아주 다른 삶을 살아갔던 것이다. 「流水庵」의 주인공 경도 그들처럼 어려운 풍류들은 다 익혔지만 스스로 그것을 즐겨하거나 예인으로서 의식을 가지지 못했다. 풍류를 익히고자 하는 욕망에서 권번에 들어온 것이 아니라 돈을 벌기 위해 들어온 것인 만큼 한과 그 복수심에서 그저 풍류에 몰두했던 것이다. 그러니 그것은 풍류의 기술이었을 뿐 진정한 풍류는 아니었다.

풍류(風流)란 글자 그대로 지나는 바람과 흐르는 물이니 그저 멈추거나 고이는 것 없이 흘러가는 것이다. 즉, 속된 일을 떠나 풍치 있고 멋스럽게 노는 일이 바로 풍류이다. 그러나 경은 세속에 대한 욕심을 버리지 못했고 열등감에 매달려 진정 제 자신을 돌아보지 못한다. 풍류 속에 있으면서도 풍류심16)을 가지지 못했던 것이다. 그러나 연속되는 불행과 몰락의 과정을 거치면서 비로소 그 풍류를 즐기게 된다. 밥을 먹으면서, 현박사와 술잔을 기울이면서, 달빛을 구경하면서, 경은 돈을 벌기 위해서가 아니라 또 누군가에게 들려주기 위해서가 아니라 바로

가장 윗질의 계층이고, 은밀히 몸을 파는 은근자가 2패, 매음하는 유녀를 가리키는 말인 탑앙모리(창녀)가 3패라고 하고 있다. 기생이 가장 윗질이기는 하나 갈보로 분류되고 있다는 것은 그 격하를 보여주는 것이다. 이능화, 앞의 책, 442~444쪽.

16) 신은경은 풍류심(風流心)을 대상과의 교감 합일을 지향하면서 그 대상에 내재한 풍류의 본질을 인식, 감득하고 향수, 표현하는 주체의 심적작용에 관계된 것이라고 정의한다. 신은경, 『風流: 동아시아 미학의 근원』(보고사, 1999), 86~87쪽.

자신을 위해 가야금을 뜯고 노래를 부른다. '장사로 배운 음률', '남에게 들리려고 배운 풍류'를 제가 듣게 된 것이다.[17]

그녀가 이렇게 풍류를 즐기게 된 이면에는 고난의 세월이 자리하고 있다. 그것은 그간의 안타깝고 어리석은 인연이나 늘그막에 연모하게 된 정진수에 대한 그리움 정도에서 그치지 않고, 왕년의 화려했던 생활, 아름답던 사랑이 현실적으로 불가능해졌다는 허망함, 늙음에 이르고 있다. 가난을 못 이겨 화류계에 발 디딘 지 30여 년, 이제 그녀에게 남은 것은 빚과 그리움, 그리고 늙고 볼품 없어진 육체뿐이다. 70이 넘은 현박사를 제외하고는 누구도 그녀를 찾지 않으며, 어떤 남성도 그녀에게 손을 내밀어 도움을 주려하지 않는다. 자기 속의 여성성이 죽어 가고 있음을 실감하자 그녀는 화투장과 담배에 자신을 맡길 수밖에 없다.

그러나 그녀를 늙게 한 허망한 세월보다 더 가슴 아픈 것은 진한 모정을 가져보지도 못한 채 성인이 된 아들을 보는 일이다. 기생이기에, 어느 남성이라도 받아들여야 하는 여체의 슬픈 약속 때문에, 그녀는 싫은 사람의 아이를 가지게 되었고, 할 수 없이 언니에게 양육을 맡기고 모자의 정을 끊었다. 애써 정을 끊은 까닭에 청년이 된 아들을 대하면서도 못생긴 얼굴이라는 생각이 먼저 들고 만다. 스스로도 몸서리가 쳐질만한 이 느낌은 오래된 자기 방어에서 온 것이다. 하지만 만날 때마다 아들은 제 피붙이로 무섭게 다가오고, 정진수에 대한 그리움은 죄의식 섞인 감정이 되어간다. 그녀가 색안경을 쓰기 시작한 것은 부끄러운 어미의 표정을 드러내기 어려워서이고, 저를 버린 남자에 대한 여전한 그리움을 가리기 힘들어서이다. 종국에 경은 이 모든 한의 감정들을 제가 배운 가락과 음률로 승화시키고 풍류정신을 통해 스스로 위로 받게 된다. 세속과의 인연 속에서 갖게 된 번민을 바람처럼 물쳐

---

17) 한무숙, 「流水庵」, 앞의 책, 227쪽.

럼 흘려보내는 풍류의 정신은 결국 공간적 배경 속에 암시된 대로 불
교 사상과 통하는 것이라는 작가의 생각을 여기에서 읽을 수 있다.

이 작품에는 경이라는 인물의 변화를 통해 풍류 정신의 내면화가 드
러날 뿐 아니라 풍류적인 요소도 곳곳에 스며있다. 우선 작품에서 반
복적으로 재현되고 있는 음률과 그 청각적 묘사는 독자로 하여금 풍류
의 세계로 몰입하게 한다.

> 슬기둥 둥 당 …… 뜰
> 가야금 소리는 호소하는 사람의 육성처럼 절원을 담고 구슬픈
> 계면조(界面調)로 시작되었다. 느린 그 곡조는 퉁기면 음이 끊여져
> 서 종처럼 여운을 남긴다.
> 뜰, 당 징 둥당 ……
> 가야금 소리는 숫제 사람의 울음이었다. 경의 손놀림은 줄 위에
> 노는 나비처럼 바삐 날았다. 날개를 접듯 머물다간 다시 옮겨 날았
> 다. 줄을 떠받치는 열두 개 안족(雁足)에 왼손이 닿으면, 열두 가지
> 를 백곱[百倍]하는 시름이 폐부를 흔든다. 낮고 구성진 음성이 경의
> 입에서 흘러 나왔다.[18]

경이 스스로 느끼면서 타는 가야금의 곡조는 구체적이고 생생한 묘
사로 제법 실감나게 재현되고 있어 상상 속에서나마 그 아름다운 한과
흥의 세계에 도취되게 한다. 청각적 묘사 외에도 풍류의 본질 가운데
하나인 자연 친화적인 요소[19]도 눈에 띄는데, 자연물을 통해 인물의
내면을 비유적으로 묘사하는 것에서 찾아볼 수 있다. 이는 이 작품이
자연과 교유하는 동양적 미의 세계에 근간을 두고 있음을 드러내는 것
이다.[20] 또 멈추거나 고여있지 않고 바람처럼 물처럼 흘러가는 인생을

---

18) 한무숙,「流水庵」, 앞의 책, 227쪽.
19) 신은경은 풍류의 본질로 놀이적 요소, 미적 요소, 자연친화적 요소, 자유로
    움의 추구를 들고 있다. 신은경, 앞의 책.
20) 자연물 관조를 통해 인간의 생활을 연상해내고 이에서 미적 희열을 느끼

보여주려 한 이 작품의 메시지나 제목은 자유로움의 추구라는 면에서 풍류성의 본질을 보여주는 것이라고 할 수 있다. 경이 유수암에 대해 집착한 결과 그 이름대로 모든 것을 잃고 흘러가게 되었다는 것은 그녀가 가진 태도의 모순이면서 결국 역설적 운명이다. 유수암이 경매로 넘어가고 몰락과 절망에 눈시울을 적시는 경의 옆에서 홍화가 유장하게 태평가를 부르는 마지막 장면은 그런 초월과 자유의 정신을 역설적으로 강조하는 것이다.

4. 모순과 역설

한무숙의 문학은 소외된 인간상에 대한 조명인 동시에 그들과 함께 살아가는 세계에 대한 솔직한 해부이다. 이것으로 그녀는 우리가 그저 지나치고 말 삶의 모순들을 의도적으로 일깨우고 있는데, 모순된 삶의 확인에서 우리는 혼란을 경험하기 보다 화해와 균형의 감각을 키우게 된다. 한무숙에게서 이 조화와 균형을 이루는 세계인식의 토대는 홍기삼의 지적대로 우리의 전통적 가치관에서 나온 것이다.[21] 동양 미학의 세계에서 화해란 최선의 생존 상태이며 최선의 발전상태로서 인류가 추구하는 이상이기 때문이다.

어떤 요소는 그것과 상반되는 요소가 있기 때문에 그 요소가 될 수 있다는 상반상생(相反相生)의 원리[22], 곧 화해의 정신은 이 작품의 첫 장면에서부터 제시되고 있다. 유수암이라는 곳은 한적한 산 속에 위치

게 된다는 생각은 공자와 순자에게서 공통되게 드러나는 미학사상이다. 이와 같이 동양의 미학에서는 자연물과 인간의 유사함으로부터 비롯되는 미의식이 매우 중시되었다. 시창동, 『중국의 미학사상』, 김예호, 최홍식 역 (신지서원, 1994), 22~25쪽. 150~153쪽 참조.

21) 홍기삼, 「균형(均衡)과 조화(調和)의 원리(原理)」, 韓戊淑財團 編, 『韓戊淑文學研究』(을유문화사, 1996), 33쪽.

22) 장파, 『동양과 서양, 그리고 미학 – 아름다움을 비추는 두 거울을 찾아서』, 유중하 외 옮김(푸른숲, 1999), 130쪽.

하고 있고, 그 양갈래 길의 다른 편에는 청수암(淸水庵)이라는 이름의 암자가 위치해 있다. 청수암이 번뇌를 끊고 도를 닦는 곳이라면 유수암은 청수암에서 끊어버린 번뇌에 얽혀 다시 채색하는 곳이다. 작가는 이처럼 대조되는 공간묘사에서부터 작품을 시작하고 있는데, '공즉시색 색즉시공(空卽是色 色卽是空)'의 의미심장한 비유가 결국은 이 작품을 이해하는 열쇠가 된다.

> …… 전략 ……. 그러므로 종교란 어느 것이고 간에 그 비의(秘義)에 있어 얼마만큼의 음밀(陰密)함을 지니는 것이고, 홍등가의 간드러진 가락 소리에 어쩌다가 처절한, 오히려 종교적인 것이 스미기도 하는 것이 아닐까? 그리고 보면 흔히 화류항(花柳巷)에서 보는 양미암이라든가 현화암 같은 관능과 환락, 타죄(墮罪)와 육욕의 어지러운 유흥의 집이, 정토(淨土)의 정화(淨化)를 지키는 거룩한 불보살(佛菩薩)의 집과 흡사한 이름을 가지게 된 것은 결코 짓궂은 풍자(諷刺)의 뜻에서가 아니고, 인간사(人間事)의 본연을 직시한 연후에 지어진 까닭이라고도 할 수 있을 것이다.

작가는 청수암과 유수암이 함께 있는 이 허구적 공간의 의미를 이렇게 영원과 수유(須臾)의 교환, 영원한 정신의 존엄과 수유를 불태우는 관능이 교차하는 것으로 서술하고 있다. 세상의 시름과 번뇌를 잊고자 암자에서 도를 닦는 것과 또 관능적 쾌락에 몸을 맡기는 행위의 교차는 앞서 지적한 상반상생의 삶 그대로이다. 작가는 이 상반된 공간의 대비를 통해 인간사의 상생 원리를 끌어내며, 역설적 화해를 시도하고 있다.

한무숙이 경의 사랑을 형상화하는 방식 역시 마찬가지이다. 기생의 사랑이란 관습적인 측면에서는 물론이요, 윤리적인 측면에서 긍정될 수 없는 것이다. 그것은 일부일처의 관습상 비윤리적인 행위이며, 가정이라는 '항아리'를 금가게 하는 요소가 되기 때문이다. 그러나 작가는 경의 사랑을 지고지순한 것으로 그려나가고 있다. 경의 그리움과 사랑은 '7년이라는 긴 세월을 …… 줄곧 접인(接人)으로 흐르는 세월이었지만, 그녀의 여자로서의 달력(月曆)은 오직 정진수 한 사람만을 위하여 젖혀졌다고 해도 거짓이 아니었다.'23)고 표현될 정도이다. 게다가 그가 옥에 갇힌 후에는 남몰래 옥바라지를 하며, 출옥후에도 오로지 그를 기다리며 살아간다. 빚더미 위에 앉아서도 유수암을 쉬이 처분하지 못하는 것은 그와의 사랑과 추억이 묻어 있는 장소이기 때문이다.

한편 그녀의 사랑의 상대는 어떤가? 경이 사랑하는 정진수라는 인물은 자유당 간부로서 무려 7년간이나 정계의 인사들을 몰고 유수암을 드나들었으나, 4·19혁명으로 갇힌 몸이 되었던 사람이다. 그에 대한 정보는 이 이상 자세히 서술되지 않지만 이것만으로 그가 어떤 인물이었던가 짐작할 수 있다. 자유당 간부로서 더더욱 4·19로 처벌이 되었던 인물이라면 너무도 당연히 이승만 정권 당시 부정부패의 핵심에 있었던 인물임에 틀림없다. 더욱이 그는 전후의 생활고에 시달리는 민중들의 삶은 제쳐놓고 부정축재로 얻어낸 돈을 이 유수암에서 물쓰듯했을 것이며, 정치적 비밀회합의 장소로 이곳을 이용했을 것이다. 그가 내면적으로 어떤 사람이었든, 이 외적 정보만으로 그는 분명 부정한 인물이다. 요컨대 이들의 관계는 부패관료와 기생의 부정한 사랑으로 요약되는 것이다.

그러나 한무숙은 그들의 사랑을 가볍게 대하거나 야유하고 비판하지 않는다. 물론 이들의 사랑이 경에게 초점을 둔 채, 대부분은 여백의 상태로 조심스레 다루어지는 까닭에 비판의 날은 무디어질 수밖에 없다. 작가는 아마도 비판 대신에 돈과 권력의 무상함을 말하고 싶었던 듯하다.24) 한 때 세상을 지배할 것 같았던 황금 같은 힘과 물질들은 하

---

23) 한무숙, 「流水庵」, 앞의 책, 212쪽.
24) 이 역시 한무숙이 소박한 리얼리스트의 자세를 견지하며 '작은' 현실을 통해 '큰' 진리에 도달하려고 하는 독특한 관점이기도 하다. 이러한 지적에

루아침에 물거품이 되고, 이에 따라 경의 삶도 몰락의 길로 치닫는 이야기는 그대로 행운유수, 낙화유수인 셈이다. 그런데도 경은 그에 대한 그리움과 사랑을 지우지 못하고 몰락을 자처한다. 여기에 옥사한 남자를 그리며 수절하는 유홍의 삶이 겹쳐지면서 경의 사랑은 더욱 강조되고 있다. 기생의 사랑이라 하여 일방적으로 몰아세우는 것이 아니라, 그들도 사랑을 하는 인간이고 그것이 또한 얼마나 지순한 것인가를 역설적으로 드러내려는 것이다.[25]

이 작품이 모순된 것에서 화해를 추구하고 있음은 성병의 비유를 통해 기생생활의 애환을 지적하고 있는 다음 부분에서도 제시되고 있다.

…… 전략 ……. 몸 속 깊은 곳에 병균을 기르며 분 바른 얼굴로 웃는 그들을 어리석고 위험한 것들이라고 비웃은 일도 없다. 좀 지나치게 말하면 병을 기르기 위하여 살아가는 어이없는 삶들이라고도 하겠지만, 사람이란 성(性)을 허무는 독(毒)이 아니라 저마다 제 내부에서 얼마만큼의 독을 기르며, 그것으로 조금씩 조금씩 목숨을 좀먹히는 동시에, 또 그것으로 삶을 이어가는 것이 아니겠는가. 의사로서도 70여 년을 산 한 사람으로서도 전연 독이 없는 약을, 현상을, 그는 보지 못한 것 같았다.[26]

기생들이 가지고 있는 병균은 그들 스스로 만들어낸 것이 아니라 '어떤 남성'으로부터 받은 것이다. 따라서 그들이 보균자가 된 것은 문란한 성생활 때문이고, 사람들이 저마다 독을 가지고 있는 까닭이다.

대해서는 홍기삼, 앞의 글, 36~41쪽 참조.
25) 신동한은 이 작품이 동양적인 부덕(婦德)의 순수성을 보여주는 작품으로 화류장화의 여인을 가장 순정의 인물로 내세워 역설적 사랑을 드러냈다고 지적했다. 「순수성의 추구」, 『소설문학』, 1984. 7.
또한 정영자는 이 점에서 「유수암」이 순수성 추구의 절정에 이르는 작품이라고 평했다. 정영자, 「절대순수의 추구와 한의 세계」, 권영민 편, 『한국현대작가연구』(문학사상사, 1991)
26) 한무숙, 「流水庵」, 앞의 책, 222~223쪽.

70평생 '독이 없는 약', '독이 없는 현상'을 보지 못했다는 현박사의 독백은 바로 작가가 보는 인간관을 대변한다. 그것은 제 자신 속의 독을 보지 못하고, 남에게 드러난 독을 욕하고 기피하는 사람에 대한 은근한 비판이며 동시에 자기 반성이라고 할 수 있다. 작가의 시각은 여기에서 더욱 분명히 드러난다. 즉, 기생이라는 존재는 인간의 유희적 성적 욕망이 악습으로 굳어진 결과일 뿐, 그들은 희생자요, 약자라는 것이다. 따라서 이 비유는 그들의 삶에 대한 역설적 변호인 동시에 누구나가 제 몸 속에 병균을 가지고 살아가듯 세상사란 모순된 것이며, 공존을 위해 화해의 정신이 있어야 함을 강조하는 것이다.

5. 빛과 어둠, 대립과 공존

어린 시절부터 그림에 재주를 보였던 한무숙은 한 때 화가가 꿈이었다. 소설창작은 그 대신에 이루어진 것이다. 그런 만큼 그녀의 소설은 그림을 대신하고 있다는 착각이 들 정도의 세밀하고 아름다운 묘사로 채워져 있다. 그래서 작품을 읽고 있으면 작가가 촉각을 곤두세우고 자연의 소리를 들으며 인간의 내면을 읽어내고 있는 모습이 금세 떠오른다. 「流水庵」에서 역시 한 폭의 그림을 보는 듯한 묘사가 계속되는데, 비유적 묘사는 인물의 내면을 읽는 단서로 작용할 뿐 아니라 비유적 이미지를 넘어 상징성까지 얻고 있어[27] 각별한 분석이 필요하다.

(가) 숙이고 있는 얼굴은 <u>한 편이 강한 석양을 받고 있으니만큼 다른 한 편은 온통 그늘이어서</u> 윤곽조차 종잡을 수 없으나 수그러진 머리의 정수리가 엷다.[28]

---

27) 홍기삼은 특히 얼굴이나 외모에 대한 묘사가 복선의 기능을 맡아 흥미를 증진시키고 때로는 작품의 중심으로 독자를 이끄는 점 등을 들어 부분에 대한 묘사가 서사 전반에 영향을 미치는 서사 전략으로 성공을 거두고 있다고 말한다. 홍기삼, 앞의 글, 53쪽.

(나) <u>달빛을 지고 온통 검은 그림자가 되어</u> 어느 사나이가 한 사
람 들어섰다.[29)]

(가') <u>햇볕이 물러가고</u> 담배연기가 걷히니까 여인의 얼굴이 또렷
해졌다. 팽팽한 얼굴이다. 정수리가 엷어지고 머리에 흰 것이 섞일
나이는 아니다. 짧으나 콧날이 곧다. 까뭇한 얼굴은 둥근 편이고 안
경에 가리어 눈 모양은 알 길 없으나 반듯한 이마가 단정하다.[30)]
(나') <u>달빛은 점점 맑아 와서</u> 현 박사의 백발이 은빛으로 빛났다.
은발 아래 얼굴은 달빛 아래선지 늙은 얼굴이 아니다.[31)]

위에 인용한 부분은 경과 현박사의 모습에 대한 묘사이다. (가)(나)는
각 인물에 대한 첫 묘사이고, (가')(나')는 빛에 드러난 두 번째 묘사인
데, 공통적인 면이 뚜렷이 보인다. 우선 (가)에서 경의 얼굴 한 면은 석
양을 받고 있고, 다른 한 면은 '온통' 그늘이라고 묘사되고 있다. 작가
는 경을 빛이 아니라 빛에 의해 생긴 그늘 속에서 포착하여 그리고 있
다. 게다가 그 빛조차 석양이니 그늘은 크고 길 수밖에 없다. (나)의 현
박사 역시 마찬가지이다. 그는 달빛에 의해 '온통' 검은 그림자가 되어
나타난다. 이들의 첫 묘사가 이렇게 '온통' 그늘 속에서 그려지고 있는
것은 바로 음지(陰地)에서 영위되어 온 외로운 삶에 대한 암시이다.[32)]
이들에 대한 좀더 자세한 묘사는 (가'),(나')에서 나타나는데, 이 부분에
서 햇빛은 이들의 본질을 가리는 요소로 작용한다. 즉, (가')에서 햇빛

---

28) 한무숙, 「流水庵」, 앞의 책, 206쪽.
29) 한무숙, 「流水庵」, 앞의 책, 219쪽.
30) 한무숙, 「流水庵」, 앞의 책, 207쪽.
31) 한무숙, 「流水庵」, 앞의 책, 222쪽.
32) 한무숙은 이 작품에서 인물을 처음 등장시킬 때 이렇게 불분명하게 그리
며 동시에 모두 익명('여인' 혹은 '사나이'등으로 지칭됨)화 하고, 후에 인
물간의 관계와 이름부여를 하면서 외모를 분명하게 묘사하는 순서를 밟
고 있는데 이는 1차적으로 독자의 호기심을 자극하기 위한 서사관습을 따
른 것이라고 판단된다.

이 물러가면서 경의 얼굴 모습이 드러나는데 이 때 그녀를 가리고 있던 요소는 햇빛 외에도 담배연기와 색안경이다. 자살미수사건으로 피우게 된 담배와 뒤늦게 생겨난 모성을 감추기 위해 쓰기 시작한 색안경에 의해 그녀의 본질이 가려지고 있다는 강한 암시를 던진다. (나')에서는 달빛에 의해 현박사의 모습이 젊게 비춰진다. 즉, 이 달빛은 본질을 감추는 것이기보다, 이들의 노쇠를 위로하고 감싸는 역할을 한다.

사실, 이 소설에서 달빛은 매우 반복적으로 드러나는 비유적 장치이다.

> (다) 상처를 입은 암짐승들이 서로 몸을 기대며 상처를 핥는 심정이라고나 할까. 포근한 것이 봄 달의 빛처럼 감돌았다.[33]
> (라) 뺨의 눈물을 달빛으로 빛내며 약한 마음을 지워 버리려고나 하듯, 경은 가락을 장쾌한 우조(羽調)로 바꾸었다.[34]
> (마) 달은 휘영청 밝다. 그녀는 밤이슬에 젖은 풀에 치맛자락을 적시면서, 수각(水閣) 쪽으로 올라갔다. …… 중략 ……. 달빛을 받은 기왓골이 출렁이는 물결같이 보였다. 장엄하다. 큰 연회 때면 그 큰 집 전체가 불빛으로 휘황하고, 그윽한 가곡 소리, 취객들의 허튼 잡담 소리, 간드러진 잡가 소리가 환락을 누볐었다.[35]

달은 그 빛이 부드럽고 감싸는 듯, 물기를 머금은 듯한 느낌으로 말미암아 여성적인 서정성, 조화와 융합, 내밀스런 공감 등을 상징하며, 차가운 듯한 느낌 때문에, 외로움과 슬픔, 소외의 은유로 흔히 쓰였고, 情恨의 서정을 표상해왔다.[36] 인용한 부분의 (다)는 경이 달빛 아래서 홍화가 부르는 노래를 들으며 위안을 받는 내면을 표현한 것이다. 여

---

33) 한무숙, 「流水庵」, 앞의 책, 219쪽.
34) 한무숙, 「流水庵」, 앞의 책, 228쪽.
35) 한무숙, 「流水庵」, 앞의 책, 240쪽.
36) 「달」, 『한국문화상징사전』 1(두산동아, 1992), 193쪽.

기에서 포근하고 따뜻함을 비유하는 달빛은 두 인물간의 내밀스런 공감을 강조하는 비유적 장치다. 그런가하면 (라)에서 경이 흘리는 눈물은 달빛에 의해 강조된다. 즉, 외로움과 슬픔, 소외, 정한의 서정을 상징하는 것이다.

(마)에 이르면 이러한 달빛 이미지가 극에 달한다. 작품의 초반에 '보름이 먼' 달이었으나, 절정에 이르면서 달은 '휘영청' 밝아졌으며, 그 밝은 달빛으로 유수암의 너른 기와집 기와는 출렁이는 물결처럼 빛나고 있다. 그 빛은 경에게 한 때 불빛으로 휘황하던 시절을 잠시 떠올리게 하지만 그것은 곧 어두운 현실로 돌아오고 만다. 여기에서 불빛과 달빛의 대조는 경이의 과거와 현재의 대조이며, 행복과 불행의 대조이기도 하다. 즉, 그 불빛은 정진수의 권력과 사랑의 후광에 대한 비유인 것이다. 그러나 불빛이 없는 지금, 기와만이 달빛으로 출렁일 뿐 그 아래는 깜깜하다. 빛과 어둠의 이 현격한 대조로, 실체는 없이 지붕만이 달빛을 받아 출렁이는 유수암의 풍경은 그녀의 몰락한 인생이고 유수암의 현실이며 퇴색한 사랑인 것이다. 결국 이 달빛은 그녀를 자리에 눕게 하고 만다. 외로움과 슬픔, 소외의 비유로서 달빛은 결국 주인공의 인생의 표현이면서 명확한 복선으로 작용한 것이다.

> "저것 보세요, 언니. 저 물가의 버들이 시들었지요? 물은 변함없이 흐르구 있는데. 허지만 예전 흐르던 그 물이 아니군요. 그러면서 언제나 여긴 물이군요. 언제나 언제나 같은 물이군요. 언제나 시시로 새로우면서, 이 물같이 모두들 가 버리구 또 모두들 있군요. 다만 저 버들만 시들구, 나만 시들구……."[37]

마지막 장면에서 경은 병중의 몸을 이끌고 홍화와 유홍과 함께 다시 수각에 올라간다. 거기에서 또 마주하게 되는 것은 시든 버들, 흐르는

---

37) 한무숙, 「流水庵」, 앞의 책, 256쪽.

물과 대조되는 경의 모습이다. 버들(버드나무)은 봄, 또는 청춘을 상징한다. 가지가 가늘기 때문에 세류(細柳)라고 하며, 늘씬하게 늘어져 있는 모습을 아름다운 여신의 몸매나 허리에 비유, 이런 이유로 사내를 상대로 살아가는 여인을 화류(花柳)라고 한다.38) 따라서 우연히 시든 버들을 마주한 경이 굳이 버들에 비추어 자신의 늙음을 고백하지 않더라도 그것은 그대로 경이를 비롯한 이 여인들을 비유하는 것이라 할 수 있다. 그런데, 또 버들은 임을 보내는 마음을 비유하기도 한다. 그렇다면 경이 결국 정진수를 마음에서 지워야 하는 그 순간을 이 비유로 전하고 있다 볼 수 있다. 버들은 또 동양문화에서 인생무상, 어쩔 수 없는 세월의 흐름, 그 순리에 따라야 함을 암시한다. 이렇게 볼 때 이 모든 것을 아쉬워하며 눈시울을 적시는 경이의 모습과 그 옆에서 '이 라도 태평성대, 저라도 태평성대'하며 부르는 홍화의 애애한 태평가는 이들의 불행과 무상한 인생에 대한 음각화(陰刻畵)이다. 이 그림은 다시 처음으로 이어져, 인생의 무상함을 깨달은 자의 공간인 유수암과 그 번뇌를 끊어버린 청수암의 갈래길과 만난다. 길은 갈라졌지만 결국 같은 길이라는 역설이 이 공간배치 속에 처음부터 장치되어 있었던 것을 독자는 마지막 장면에서 눈치채게 될 것이다.

6. 나오며

한무숙은 「流水庵」에서 1930년경에서 1960년대 초반까지 30여 년 간의 기생의 삶을 총체적으로 보여주고 있다. 물론 공창제도 폐지운동을 펼치며 이를 작품화한 김말봉처럼39) 적극적인 면은 보이지 않지만, 한

---

38) 임동권 외, 「버드나무」, 『한국문화상징사전』(두산동아, 1992), 332쪽.
39) 한무숙과 김말봉의 인연은 잘 알려져 있는 사실이다. 어릴 적부터 작가의 어머니와 친분이 있었던 '아줌마' 김말봉은 한무숙의 그림 재주를 살리고자, 겨우 17살된 한무숙에게 자신의 작품『密林』의 연재 삽화를 그리게 했다(문학대담, 「나의 인생·나의 문학」, 앞의 책, 350쪽). 이 인연으로 김말

무숙은 나름대로 기생의 역사와 전통 속에서 그들이 전수 받은 풍류성을 소중하게 재현하며, 동시에 사랑을 가진 한 인간으로서 그들의 불행을 따스하게 형상화하고 있다. 그래서 작가는 기생문화가 변질되는 것을 전통상실의 측면에서 아쉬워하며, 동시에 그들이 지녔던 예인으로서의 재주와 풍류정신, 자존심을 높이 치켜세우면서 우리 역사에 분명히 존재했던 기생문화의 격을 재인식시키고 있다. 이에서 그녀의 문학이 지니는 하나의 미덕을 발견하게 되는데 그것은 냉정한 가치기준을 내세워 전통을 일방적으로 비판해대는 경솔함이 아니라, 사라져 가는 모든 것들에 대한 은근한 안타까움과 사랑이고 공존의식이다.

한무숙이 이 작품에서 보여주는 독특한 비유와 절제의 서사는 또한 작가가 동양적인 미의식에 바탕하고 있음을 드러내는 것이다. 즉, 자연과의 교감을 끌어내는 자연 친화적인 묘사가 그러하며, 대상과 주체간의 거리를 허물고 융합을 시도해내는 상반상생의 원리가 그러하다. 모순된 것으로부터 역설적인 화해를 시도하려는 이 정신은 우리가 외면하고 감추어둔 인간사의 모순을 감싸안고 이해하는 원동력이 된다. 한무숙은 역사의 정면에서 모순을 들춰내고 비판하거나, 역사의 힘에 바탕하여 거창한 대안을 제시하는 작가가 아니다. 그러나 대립이 아닌 화해, 충돌이 아닌 공존에 대한 의식이 요청되는 오늘날, 그녀가 인생의 작은 현실에 관심을 가지고 일구어낸 이야기들은 더욱 소중하며 독자에게 의외로 강하고 긴 반향을 일으킬 것이라고 생각한다.

봉이 벌였던 공창폐지 운동과 창녀의 삶을 다룬 이야기에 대해 한무숙이 어느 정도 관심을 가지게 되었을 것이라 짐작할 수 있다.
김말봉은 일찍부터 버려진 여성에 대한 관심을 가지고, 해방후 공창폐지 연맹을 주도하였다. 결국 공창은 폐지되었지만, 김말봉이 원하던 만큼의 여성인권회복은 이루어지지 못하고 말았다(김선묵, 「한국 여성 해방사에 빛나는 폐창 민권 운동」, 정하은 편, 『金末峰의 文學과 社會』, 종로서적, 1986). 김말봉이 1946년부터 『부인신보』에 연재한 『화려한 지옥(원제 : 카인의 시장)』은 기생중에서도 가장 천대받던 하위그룹인 창녀의 수난을 사실적으로 그려낸 작품으로 공창제에 대한 강한 비판을 드러내고 있다.

광기의 미학

– 진실을 드러내는 전략

– 김현주(연세대 강사) –

인간은 본질적으로 광기에 걸려 있다. 따라서 미치지 않았다는 것
은 아마도 미쳤다는 것의 또 다른 형태일 것이다.

– 파스칼 –

1. 비이성적 행위로서의 광기

'때론 미치고 싶다'고 할 정도로 현대인들은 광기에 대한 강렬한 욕
구를 순간적으로 느끼며 살아간다. 평소 생활을 하면서 사소하지만 불
쾌한 일을 겪게 되는데, 이런 사소한 일들이 광기를 유발하는 동인이
된다. 그런 의미에서 사람들은 누구나 광기를 내재하고 있다고 말할
수 있다. 보통 광기라고 하면, 그것은 정신병의 일종이다. 그것 때문에,
사회 생활에 심각한 장애를 가져오기도 하고, 비이성적인 행동을 취하
기도 한다. 그러나 겉으로 드러난 행동이 광기의 모든 것을 말해주는
것은 아니다.

그런 이유로 광기의 치유는 그 본질, 즉 일상에서 광기를 유발한 동
인을 찾아내더라도 근원적으로는 불가능하다. 광기의 치유는 분명한
한계를 지닌다고 말할 수 있다. 프로이드에 의하면, 광기 즉 신경증의
원인은 리비도의 고착으로 생긴 소질에 우연적인 경험, 외상적 경험이

라고 한다. 그리고 유전적 소질, 특히 앞 세대의 성적 체험과 유아기에 획득한 경험이 리비도를 고착시킨다고 한다.[1]

그런데 광기는 단순히 신경증 증세라고 볼 수 없다. 그 속에서 존재의 무의식을 발견하게 된다는 점에서 지식이다. 다만, 광기는 부조리한 현실의 모습을 비밀스럽고 난해한 방식으로 인식하고 행동할 뿐이다. 그러므로 광기는 보통 사람, 아니 광기를 보이는 인물의 주변인들에게는 금지된 지식일 수 있다. 광기가 금지된 지식이라는 점에서, 그것으로 인해 생성되는 환상적인 형상들은 순간적으로 나타났다가 순간적으로 사라지는 형상이라고 할 수 없다. 광기는 이미 그 광기를 보이는 사람의 내면 깊숙이 새겨진 비밀이 노출된 것이기 때문이다. 보통사람들의 눈에는 단지 어떤 우연적 사건에 의해서 광기가 보여지는 것처럼 보인다. 그러나 광기는 인간 존재의 내면에 자리잡은 필연적인 본질을 겉으로 드러내는 전략이다.[2] 따라서 광기에 대한 고찰은 존재의 본질을 찾아내는 작업이 된다.

요컨대 광기는 그것을 억압하고자 하는 욕구와 그것을 노출하고자 하는 욕망의 갈등 상태이다. 사람들은 은폐와 노출의 갈등을, 그것의 팽팽한 긴장을 일상적인 것으로 받아들이고 살아간다. 그런데 어느 한 쪽이 더 강화되는 계기가 외부나 내부로부터 주어질 경우, 그 긴장감은 이완된다. 긴장감이 이완되었다는 것은 억압과 욕망을 통제하는 이성적 사고의 정지를 의미한다.

이성적 사고가 정지되는 순간, 잠재되어 있던 무의식, 자신의 욕망, 꿈을 비이성적으로 노출한다. 그 순간이 바로 인간 존재의 본질을 드러내는 순간인 것이다. 광기는 인간과 인간이 자기 자신에 대해서 지각할 수 있는 모든 진리와 연결되어 있기 때문이다. 보통의 경우 광기가 노출될 때는, 비이성적인 언어의 형태로, 광포한 행동으로, 즉 비일

---

1) 프로이드, 『정신분석학 입문』, 삼성출판사, 1982.
2) 미셸 푸꼬, 『광기의 역사』, 인간사랑, 1996.

상적인 형태로 드러난다.

더 정확하게 말하자면, 광기의 노출은 은폐하고자 하는 욕구로부터 비롯된다. 즉 노출과 은폐라는 이중의 고통이 광기를 심화시킨다. 광기의 심화는 다시 노출과 은폐의 긴장감을 더 팽팽하게 만든다. 팽팽한 긴장감이 어느 순간 이완하게 되면, 광기는 비이성적 형태로 다른 사람에게 노출된다. 노출된 행동은 비일상적인 행위로 간주된다. 그리고 비일상적인 형태의 행동, 즉 광기를 노출시킨 사람은 일상 생활로부터, 보통의 사람들이 보이지 않는 곳으로 격리된다.

그러나 비이성적인 형태의 무의식적 세계가 이성적 행동으로 인식되거나, 이성적 행동 속에 묻혀 그 존재조차 인식되지 않는 경우가 있다. 이러한 광기를 일상적인 형태의 광기라고 할 수 있다.

한무숙의 「감정이 있는 심연」은 광기의 일상적인 형태와 비일상적인 형태를 모두 보여주고 있다는 점에서 주목해 볼만한 작품이다. 이 소설의 여주인공 전아는 죄악 망상이라는 비일상적 형태의 광기를 보임으로써, 정신병원에 격리된다.

아이러니한 사실은 광기를 노출한 주인공의 정신적 상태보다, 그를 둘러싼 인물들의 정신적 상태가 실은 더 광적이라는 점이다. 그들의 광기는 일상적 형태를 띠기 때문에, 그들 자신뿐 아니라, 타인에게도 자각되지 않을 뿐이다. 그들은 억압된 무의식이 있다는 사실을 아주 순간적으로 의식하면서, 일상을 살아간다. 전아의 주변인들은 자신의 무의식을 의도적으로 노출하려고도 하지 않을 뿐더러, 노출되지도 않는다. 다시 말해 그들은 전아처럼 비이성적인 행동으로 광기를 노출하지 않는다. 다만 그들은 이성적인 행동을 통해서, 자신의 광기를 억제하기도 하고, 순간적으로 드러내기도 한다. 그러므로 그들은 자신들의 광적인 행위를 자각하지 못한 채, 일상적인 생활을 무리 없이 영위하는 듯이 보인다.

2. 일상적인 형태로서의 광기

「감정이 있는 심연」은 1957년에 발표된 단편으로 「유수암(流水庵)」, 「어둠 속에 갇힌 불꽃들」과 함께 한무숙의 대표작 중 하나다. 이 작품은 자유 문학상 수상작으로, 당시 문단에 충격을 던진 문제작으로 평가된다.

「감정이 있는 심연」의 주인공 전아는 무엇인가를 억압하면서 성장한다. 따라서 자신의 정체성을 갖지 못한 채 어른이 된다.

> 대체로 전아의 성격은 무슨 액체나처럼 윤곽이 없었다. 기이한 환경 속에서 엄청나게 상이된 사람들 틈에 끼어 자라는 동안에 아무하고나 어울릴 수 있는 양순하고 고분고분한 성격이 되어 버린 것인지 모른다(90, 이하 괄호 숫자 쪽수).[3]

그런데 고분고분한 성격의 전아가 비이성적인 형태로 감정을 폭발한 것이다. 그녀의 광적 행동은 자신의 정체성을 찾는 과정에서 보여지는 것이며, 그녀의 주변인들의 내면화된 광기를 발견하게 하는 계기가 된다는 점에서 의미가 있다. 더욱이 전아의 발광으로 인해, 일상적인 형태의 광기, 즉 그들에게 내면화된 광기가 일상적인 형태로 타인의 경험세계를 지속적이고도 집요하게 지배한다는 사실이 폭로된다.

이 소설에서 나타나는 일상적인 형태의 광기는 보통사람들보다 과도한 망상 내지 사랑, 그리고 집착으로 보이는 정도이다. 그러므로 타인에게 거리감을 갖게 할지는 모르나, 비일상적인 형태처럼 혐오감을 주지는 않는다. 그런 일상적인 형태의 광기를 전아의 큰고모나, 작은고모, 남자친구인 '나'에게서 발견할 수 있다.

첫 번째로 전아의 큰고모가 보여주는 광기는 일종의 도덕적 완결성

---

3) 한무숙, 『감정이 있는 심연』, 을유문화사, 1992.

에 대한 망상이다.

전아네는 집안에 남성이라고는 일하는 사람을 제외하고는 아무도 없다. 전통적인 봉건 질서와 같은 남녀의 역할 구분이 해체된 상황, 더 간단히 말하면 남성 부재 상황이다. 그런데 가장의 부재는 큰고모가 전아네에 존재하는 이유를 제공한다. 전통적인 가부장 사회에서의 가장의 역할을 큰고모가 대신한 것이다. 남성의 자리를 대신한 큰고모의 가장 자리는 늘 불안정한 자리일 수밖에 없다. 그래서 큰고모는 불안정한 자리, 불안정한 권력을 강화한 힘을 외부에서 끌어온다. 그것이 바로 기독교적 원죄의식에 의한 성적 욕망의 억압이라는 도덕적 규범이었다.

큰고모의 행동은 도덕적 성격을 띠기 때문에 광기라기보다는 지나친 규제라고 인식된다. 큰고모는 전아네 식구들에게 매일, 매순간 자신의 죄를 속죄하면서 살아갈 것을 요구한다. 삶 자체가 죄악이기 때문에, 삶이란 죄를 씻는 과정이라고 각인 시킨다. 그런데 작은고모의 불륜을 계기로 큰고모의 광기는 더 강화되고, 불안정한 권력은 오히려 더 안정된다. 큰고모는 작은고모의 사건을 자신에 대한 반란이며, 도덕적 규범을 해체하려는 의도로 간주한다. 그렇기 때문에 작은고모의 불륜 사건 이후, 그녀의 광기는 더욱 강화된 방식으로 가족들의 일상을 규제한다.

> 사람은 남으로써 죄를 지니게 된다는 것이다. 인생의 궁극의 목적인 영생에 이르기에는 속죄를 하여야 한다는 것이다. 그녀의 말을 들으면 신은 지고의 사랑이 아니고 지고의 악의자라는 느낌이 더 커지는 것이었다(88).

사랑이 제거된 원죄의식은 실제로 기독교 사상이라고 할 수 없다. 그런데 원죄의식만을 강요하는 큰고모의 기독교 사상은 기독교 사상의 왜곡임에도 불구하고, 가족 구성원을 억제하는 기제가 된다. 그것은 절대 권력자의 힘의 근원으로 작용한다.

> 전아의 큰 고모는 다른 사람들과는 자세부터가 다르다. 오히려 얼굴을 치켜들었다. 무슨 격심한 고통을 참고나 있는 것처럼 잔뜩 미간에 주름을 잡고 두 눈을 꽉 감았다. 무어라고 쉴 새 없이 입 속에서 뇌는 모양인데 입술의 달싹임보다 턱이 더 까불었다. 간간 이 격분에 못 이기기나 한 것같이 어깨가 움직일 정도로 고개를 혼들고 깍지를 낀 손에 힘을 주는 것이다. 그것은 단란한 식탁 앞에서의 감사의 기도라기보다 오히려 거기 다소곳이 고개를 조아리고 대죄하고 있는 아리따운 여인과 어린 소녀의 죄상을 주워섬기고 있는 고발자의 모습이었다. 이 기이한 광경이 그대로 어린 전아의 환경이었던 것이다(86~87).

인용문에서도 볼 수 있듯이, 큰고모는 전아네를 통제하는 도덕심 높은 사제관과 유사하다. 그러나 큰고모는 정당한 규범과 처벌을 행사하는 사제관이라기보다는 왜곡된 규범과 처벌을 가하는 비뚤어진 사제관인 것이다. 그럼에도 불구하고 큰고모는 스스로를 자신을 가부장적 권위의 대행자 내지 신의 사제라고 착각하는 한편, 자신이 세운 규범과 처벌을 진리라고 믿는다. 그런데 그것이 망상적인 집착 즉 광기라는 사실을 자신 뿐 아니라, 타인들도 자각하지 못한다. 도리어 그런 망상적인 집착은 도덕적 규범으로 오인된 상태로, 큰고모가 전아네 가족들에게 절대적인 권력을 행사하는 도구가 된다.

두 번째로 일상적 형태의 광기는 작은고모처럼 사랑의 형태를 띠기도 한다. 그녀의 광기는 큰고모가 지배하는 소우주로부터 도피하고자 하는 욕망에서 비롯된 것이다. 작은고모는 일시적인 사랑이 지속적인 책임을 수반한다는 사실을 깨닫는 순간, 그 책임을 회피하려고 한다. 즉 그녀는 불륜으로 잉태한 아이를 불법적으로 사산하려다가 감옥에 갇힌다. 그녀가 법을 위반하게 된 것은 광기의 성격에서 그 요인을 찾을 수 있다. 즉 그녀의 광기는 큰고모의 절대권력으로부터의 탈주 욕망이었기 때문에, 큰고모의 권력 밖의 세계를 인식하지 못했던 것이다. 그녀는 광기를 보이기 전까지, 큰고모가 지배하는 소우주가 세계라고 착각했던 것이다.

> 어쨌든 하나의 삶을 살아가며 있는 모습이 영광되건 욕되건 간에 자신의 삶을, 살고 삶으로써 자신을 더럽히고 자신의 죄를 지고 스스로 그것을 지으며 살아가는 모습이었다. 이모의 말을 들으면 한때는 무던히도 괴로워 몸부림도 쳤다는데 출옥 후에는 오히려 명랑해져서 그렇게도 이루지 못하던 잠도 곧잘 자게 되었다는 것이다. 형이 그녀의 죄를 한정시켜 그의 인간적인 괴로움을 덜었던 것인가. 하여튼 그녀는 그런 평온한 태도로 어린 조카딸의 양육에 전부를 바쳐 왔던 것이다(89~90).

법적 처벌에도 불구하고, 큰고모는 작은고모를 옥죈다. 왜곡된 도덕적 규범의 속죄양으로 작은고모를 내세워, 큰고모는 가족에게 자신과 같은 망상을 갖도록 강요한다. 큰고모의 속죄양이 된 작은고모는 순간적인 사랑의 광기에 자신의 삶을 온통 소진해버린 듯 행동한다. 자신의 삶을 주체적으로 이끌어 나가기보다는 가족의 삶, 특히 전아의 삶을 보조하는 역할에 만족하면서 살아가는 것처럼 보인다. 출감 후 작은고모의 행동은 권력 밖으로의 도피가 완전히 좌절된 상태에서 취할 수 있는 행동으로, 절망적인 삶을 표현하는 행동으로 이해할 수도 있다.

마지막으로 '나'와 같은 사람이 지향하는 출세의 집착도 일상적 형태의 광기라고 할 수 있다. '나'는 남성이기는 하지만, 봉건사회에서 뿐만 아니라, 산업사회에서도 소외된 계층에 속한다. 조실부모한 마름의 조카이기 때문이다. 유형무형의 억압을 받고 성장하면서, '나'는 출세 욕망을 강렬하게 지니게 된다. 그러나 타자의 욕망은 실현될 가능성이 희박하기 때문에 출세에의 강한 집착으로 왜곡된다. 즉 타자가 욕망을 표출하는 방식은 비이성적인 형태를 띠게 마련이다. 그러나 '나'는 표면적으로는 비이성적인 형태로 광기를 드러내거나, 도덕적 규범을 위반하는 형태로 광기를 노출하지 않는다. '나'의 광기는 큰고모와 마찬가지로 일상적인 형태를 띤다.

'나'의 광기는 출세를 위한 성실한 노력을 수반한다. 그러한 '나'의 노력은 타인들에게 '내'가 선망 받는 한 요인이 된다. 따라서 '나'는 입지전적 인물로 인정받게되고, 그런 이유로 전아네와 교류할 수 있는 길도 넓어진다. 큰고모의 사업을 돕는 조력자로, 나중에는 전아의 가정교사로 전아네와 친밀하게 교류한다. 그럼에도 불구하고 '나'의 광기는 심화된다. '나'의 광기가 심화되는 근원적인 이유는, '내'가 마름 집 조카라는 신분적 열등감 때문이다.

> 동급생보다 훨씬 연장이라는 것이 기묘하게 열등감을 가지게 하여 제 나이대로 진학할 수 있는 환경이 시새워, 나는 마음이 거세져 있다. …… 중략 ……. 그러한 반감과 증오감은 전아의 집이라는 특정한 대상에 대한 것이 아니고 전아의 집이 대표하는 어느 계급에 향했던 것이라고 하는 것이 타당할지 모른다(87).

요컨대 신분적 열등감이나 상층 계급에 대한 증오심이 '나'를 출세에 집착하도록 만든 것이다. 그런 '내'가 라이너 대위를 만난 것은 출세 욕망을 실현할 수 있는 좋은 기회였다. 고고학자인 미국인 대위는 틈만 나면 '나'를 동행하여, 문화유적지인 경주를 찾곤 했다. 자연히 그의 안내를 맡은 '나'는 영어 실력을 쌓게 되었을 뿐만 아니라, 고적이나 고대 예술품에 대한 지식을 얻게 되었다. 더욱이 '나'는 고대 예술품에 대한 팜플렛을 뒤지는 등의 성실한 자세로 말미암아 고고학에 대한 전문 지식을 축적해 나간다. 그런 '나'의 모습에 라이너 대위는 경탄한다. 그러나 '나'의 고고학에 대한 관심은 지적 호기심에서 비롯된 순수한 지적 행동이 아니라 출세를 하기 위한 몸부림이었던 것이다. 어떻든 라이너 대위를 도와준 것이 계기가 되어, '나'는 대학에서 고고학을 전공하게 된다.

전아와 사귀면서, '나'의 열등감은 더 심화되고 출세에의 집착은 더 강화된다. 그런 '내'게 미국 유학의 기회가 주어진다. 미국으로 건너간 라이너 대위가 미국 유학의 길을 터준 것이다. 그러므로 '나'에게 미국 유학은 상급학교에서 공부할 수 있는 기회만을 의미하지 않는다. 더 중요한 사실은 그것이 열등감에서 해방될 수 있는 결정적인 기회, 즉 출세의 결정적 기회라는 점이다.

3. 타자성을 확인하는 자리.

광기는 은폐와 노출의 갈등, 욕망의 억압에서 비롯된다. 욕망을 억압할 수밖에 없는 처지가 바로 타자의 처지이다. 그러므로 광기는 바로 '타자성'을 확인하는 자리가 된다.

전아의 큰고모나 작은고모는 과부이다. 한국 사회의 관습상, 과부는 스스로의 성적 욕망을 억제해야한다. 그렇지 않을 경우, 사회적인 지탄을 면하기 어려워진다. 물론 그러한 지탄은 법적인 제재가 뒤따르는 것은 아니지만, 경우에 따라서는 생존에 치명적인 위협이 될 수도 있다. 과부이기에 성적욕망을 억제해야 한다는 윤리의식을 지금의 시각으로 본다면 구태의연한 사고이며, 어처구니없는 말로 이해될지도 모른다. 그러나 전쟁 이후 한국사회의 가족 윤리는 봉건적인 윤리의식에서 완전히 벗어나 있지 않았다. 작가의 글에서도 이러한 사실을 짐작할 수 있다. 그 시대는 '어른들 앞에서 조는 것은 흉이 안돼도 신문을 보는 것은 힐난의 대상이 되는'[4] 시대였다. 여성이 신문을 봐서도 안

되는 시대가 바로 이 소설이 처한 시대인 것이다. 이 시대는 일부종사는 여성에게는 너무나도 당연한 윤리적 덕목으로 여겨지던 시대였다. 또한 근대적인 생활양식과 봉건적인 윤리의식이 공존하는 시대였다. 이런 비동시적인 것이 공존하는 시대의 모순은 그 사회의 타자에게는 더욱 심각한 억압 요인으로 작용한다.

그런데 이 소설에는 과거와는 다른 상황, 다른 여성들과는 다른 상황에 처한 여성, 즉 과부들이 등장한다. 그들이 놓여 있는 상황은 유산으로 물려받은 땅을 담보로 한 수입, 즉 소작료만으로도 생활을 영위할 수 있는 폐쇄적인 봉건시대가 아니다. 남성들이 지배하는 사회에 편입하여 물질적 자산을 축적해야만 생존을 할 수 있는 개방적인(?) 시대인 것이다. 하여튼 남성 지배 사회에서 여성은 타자로 존재하기 때문에, 그들은 끊임없이 무엇인가에 억제 당하고, 무엇인가를 억압해야 한다. 그런 사회에서 타자의 덕목은 자신의 무의식, 즉 욕망을 억압하는 것, 그리고 인내, 순종이다. 그런 덕목이 과부에게 특히 강제성을 띠는데, 「감정이 있는 심연」의 여성들에게서 그것을 확인할 수 있다.

우선 큰고모가 성적 욕망을 죄악시하는 데에서 그것을 확인할 수 있다. 전아네 집의 절대 권력자인 큰고모는 사랑과 죄를 극단적으로 동일시하고 있다. 기독교의 중심 덕목이 타인에 대한 배려, 즉 박애임을 누구나 다 알고 있을 것이다. 그런데 큰고모는 기독교의 핵심 적인 덕목인 사랑을 죄악시한다. 그 이유는 그녀가 사랑은 성적 욕망의 다른 이름이며, 또 그것은 비윤리적 행위를 동반한다고 굳게 믿기 때문이다. 그녀의 광기는 그 믿음이 절대적인 진리이며, 그 진리는 보편적인 사상에 근거하고 있다고 착각하는데 있다. 그러나 그녀가 굳건하게 믿는 기독교 사상도 실은 기독교의 윤리의식을 바탕으로 한 것이 아니라, 봉건 사회의 윤리의식인 정절의식을 바탕으로 한 것이다. 즉 형식적인

---

4) 한무숙, 「나의 처녀작과 그 주변 – 등불 드는 여인」, 『사상계』, 15권 제3호, 1967.

틀은 기독교적 윤리의식일지 모르지만, 본질적으로는 전근대적인 정절 의식을 현대 산업사회에 원용한 것뿐이다.

큰고모의 광기는 죄의 실체를 깨우쳐준다는 명분 하에 동생의 재판 정에 어린 조카를 끌고 간 사건으로 그 정체가 드러난다. 재판정에 끌 려 간 전아는 자신의 작은고모가 죄수복을 입은 것을 본 충격으로 쓰 러진다. 이 사건으로 큰고모는 어린 조카에게 사랑은 죄라는 의식을 확실하게 심어 준다. 이 사건은 전아에게 물리적인 힘을 가한 것은 아 니나, 분명히 폭력적인 행위임에 틀림없다. 이러한 큰고모의 행동은 도 덕적 완결성에 대한 망상에서 비롯된 것이다. 그녀의 행위가 비록 전 아에게는 큰고모의 광기를 각인 시킨 결정적인 계기가 되었으나, 주변 인들에게는 지나친 행동 내지 도덕적 엄격성으로 인식될 뿐이다. 그녀 의 광기는 도덕적 성격을 지녔기 때문에, 유용한 것이라고 착각하게 만든다. 그래서 전아를 기절시킨 사건도 큰고모가 잠시 지탄받는 정도 로 끝난다.

문제는 큰고모의 광기가 타인의 경험 세계를 억제하는 정도로 끝나 지 않는다는 점이다. 큰고모 자신의 내면세계를 황폐하게 만드는 요인 으로도 작용한다는 데서 문제의 심각성이 있다. '격심한 고통을 참고 나 있는 것처럼 잔뜩 미간에 주름을 잡'은 큰고모의 모습은 인간적 정 감이라고는 느껴지지 않는 광인의 모습이다.

그러나 큰고모의 광기는 그녀 자신의 광적인 본성에서만 원인을 찾 을 수 없다. 그것은 전근대적인 의식의 팽배, 그럼에도 불구하고 발생 하는 산업화로 인한 소외 현상, 그리고 불행한 가족사에서 근원적인 원인을 찾아야 한다. 전아네는 4대째 과부집안이며, 여성만이 존재한 다. 그리고 6 · 25 전후의 한국사회는 산업화 초기 단계로서, 아직도 가 부장적 윤리의식이 지배하던 사회였다. 그런 사회에서 가장의 부재는 여성의 생존을 위협할 수 있는 악조건이었다. 사회의 타자이면서 동시 에 그러한 악조건을 가진 큰고모는 그것을 극복할 수 있는 방법을 취해야만 했다. 그 결과 선택한 것이 성적욕망을 억압하는 것이었다. 그런데 문제는 큰고모가 그것을 스스로 뿐 아니라, 집안식구들에게도 강요한다는 데서 발생한다. 그녀의 광기로 인해 그녀 자신이 사회적 편견으로부터 자유로워지기는커녕 오히려 그 편견에 구속되어버리는 자가당착에 빠진다.

　　두 번째로 '나'에게서 타자성을 찾을 수 있다. 이 소설에서 미국비자는 '나'의 타자성을 재인식시켜 주는 소설적 장치이다.

> 내게는 최대한이 그녀에게는 평상인 것이다. 내가 획득하려고
> 애쓰는 것을 그녀는 이미 가지고 있는 것이다(91).

　　전아에게 미국 비자는 허무와 성적 죄의식으로 가득 찬 집안에서의 탈출 수단이다. 그러나 '나'에게 있어서 미국비자는 계급적 열등감에서 벗어나서 전아와 동등한 계급으로 거듭날 수 있는 보증수표인 것이다. 그것은 빈천한 가정 출신이라는 콤플렉스를 극복하고자 하는 '나'의 허영심의 상징이기도 하다. 그렇기 때문에 늦게 신청한 전아의 미국비자가 자신보다 먼저 나오자, '나'는 쉽게 흥분하고 절망한다. 다시 말해, '나'의 비자보다 늦게 신청한 전아의 비자가 먼저 나옴으로써 '나'의 열등감은 더 깊어진다. 그런데 '나'의 욕망이 꺾여진 것은 외적 조건 으로 인한 것이 아니라, 내적 조건에 의한 것이었다. '나'의 신체적 조건이 비자 발급의 결격사유가 된 것이다.

> 입국을 거부당할 정도로 험한 흉이 남도록 가슴이 나빴다면서
> 자신이나 남이나 모르고 지내왔다는 엄청난 사실이 새삼스러운 굴
> 욕과 분노가 되어 서글픈 낙오감에 심각하게 와 감겼다.
> 　전아가 떠날 생각으로 있는 것은 당연한 일이었다. 그러나 뒤에
> 남게 되는 마음에는 그것이 어떤 배신감같이만 느껴지는 것이다.
> 아니 배신이 아니고 농락이라는 쪽이 옳을지 모른다(92).

흥분한 '나'는 전아와 오랫동안 말다툼을 하나, '말다툼이래야 전아는 그저 내 말에 동의를 하지 않았을 뿐, 나 혼자만이 뇌까려 대'는 정도였다. 그런 전아의 태도가 '나'를 더 흥분시킨다.

갈망의 정도는 그것이 좌절되었을 때 절망의 정도와 비례한다. 또한 남과 비교될 때, 좌절로 인한 절망감은 더 심화된다. 그런데 '내'가 그렇게도 갈망하던 비자는 보류되고, 전아의 것은 쉽게 나온 것이다. 그런 이유로 '나'는 전아에게 화를 낸다. 그러나 그것은 전아 개인에 대한 격분이 아니다. 전아를 대표하는 계급, 아니 자신의 욕망을 좌절시키는 어떤 대상에 대한 격분인 것이다. 그런 '나'에게 전아가 반응을 보이지 않듯이, 그의 광기는 늘 사회적 힘을 발휘하지 못한다. 이런 좌절을 거듭 겪어야 했던 '나'는 출세 욕망을 내면화시키고 이성적으로 행동해야만 했다. 욕망의 드러냄과 내면화가 교묘하게 짜여져 있는 생존방식이 '나'의 광기가 지닌 운명이며, '나'와 같은 사회적 타자가 존재하는 방식이다.

이처럼 큰고모와 '나'의 광기는 타자성을 확인하는 자리이다. 그런데 그 자리에서 이들의 광기가 자신의 무의식으로 내면화되면서 동시에 타인에게 전이된다는 사실을 발견하게 된다. 큰고모는 자신의 광기를 전아네 가족 모두에게 전이시키고, '나'는 전아에게 그것을 전이시킨다. 그러므로 이 소설에서 타자에 의해서 억압받는 또다른 타자를, 그리고 그들의 생존방식을 발견할 수 있다.

과부로 친정살이를 하는 작은고모는 집안에서나 사회에서 타자일 뿐이다. 그녀는 절대권력자의 권력 안에서 강제로 자신의 성적 욕망을 폐쇄하고 원죄 의식으로 무장해야만 살아갈 수 있는 처지이다. 그 굴레 속에 머무는 한, 그녀는 수동적인 삶을 영위할 뿐이다. 이때 타자가 자신의 정체성을 찾는 방식, 억압으로부터의 해방할 수 있는 방법은 억제로부터의 탈주하는 것이다. 따라서 작은고모는 일시적인 광기를 보임으로써, 큰고모의 절대권력이 지배하는 소우주로부터 일탈을 꾀한다. 작은고모의 일탈은 도덕적 완결성으로부터의 해방이었다. 즉 큰고모가 죄악시하는 성적 욕망에 충실함으로써, 그곳으로부터 일탈하고자 한다. 그러나 안타까운 사실은 인간의 행동은 개인적 욕망을 드러내는 차원에서 끝나지 않는다는 사실이다. 즉 작은고모는 큰고모의 권력 밖으로는 일시적으로 일탈하나, 사회적 책임을 수반하지 못함으로서 일탈은 실패로 돌아간다. 즉 아이의 잉태와 불법적인 사산으로 인해 그 일탈은 불발로 끝나버린 것이다.

이와 같은 작은고모의 일탈적 행동은 큰고모의 등쌀에 못 이겨 산후욕으로 정신이상이 된 전아엄마와는 분명히 다른 행동 방식이다. 전아 엄마는 광기를 작은고모처럼 바깥세상으로 드러내지 못하고, 자신의 내면으로 그 화살을 돌림으로써 정신이상이 되어 버린다.

> 광란하는 전아를 이곳에 맡기고 그녀의 작은고모와 더불어 돌아
> 가며 나는 자꾸만 분노같은 것이 치밀어 오르는 것을 억제할 수 없
> 었다. 무엇을 탓하고 싶은 심정이었다. 그 탓하고 싶은 심정 갈피에
> 서 노상 해쭉해쭉 웃고만 있던 그녀의 어머니의 해맑간 얼굴이 뺑
> 긋이 내다보이고, 그녀의 큰고모의 험한 얼굴이 <뉘우쳐라 뉘우쳐
> 라>하며 이를 악물었다(89).

인용문에서처럼 전아 엄마는 큰고모의 절대권력 앞에 일찍 감치 주저앉아 버렸으나, 작은고모는 순간적이나마 욕망을 구속하는 소우주로부터 일탈할 수 있었던 것이다. 감옥에 갇힌 것이 일상적인 시각에서 보면 구속이라고 볼 수 있으나, 작은고모에게는 해방이고 구원이었다. 즉 큰고모의 광기가 지배하는 소우주로부터의 해방이며, 구원인 것이다. 작은고모는 큰고모의 광기가 아무런 힘도 발휘하지 못하는 세계에 잠시나마 있음으로써, 영원한 평온을 얻는다.

출옥 후, 작은고모는 외형적으로는 큰고모의 절대권력에 복종하는

삶을 살아가는 듯이 보인다. 그러나 그것은 절망에서 비롯된 행동으로 오인해서는 안 된다. 그것은 마음의 평화를 되찾았기 때문에 가능한 행동으로 이해해야 한다. 작은고모는 큰고모의 힘이 미치지 못하는 자신만의 세계, 침묵의 세계를 터득한 것이다. 큰고모가 건설한 소우주에서 타자로 살아갈 수밖에 없었던 것이 과거의 작은고모다. 그러나 비이성적인 형태의 광기, 즉 사랑의 광기를 노출한 이후, 작은고모는 큰고모의 권력 안에서도 권력 밖에서와 동일한 평화를 찾게 된다. 그녀가 법정에도 서고, 그로 인해 무수한 타인들에게 지탄을 받았는데, 무슨 평화냐고 반문할지도 모른다. 그러나 깊이 생각해 보면, 광기, 수감, 출옥 등 작은고모가 겪었던 일련의 사건들은 자신의 삶에 대해서 객관적으로 인식할 수 있는 기회였던 것이다. 그 결과 큰고모의 권력이 절대권력이 아니라는 사실을 인식하게 된다. 작은고모는 자신과 마찬가지로 큰고모에게서도 타자성을 확인하게 되면서, 타자 속의 타자의 생존방식을 터득하게 된 것이다.

이상에서 살펴보았듯이 전아의 큰고모와 '나', 그리고 작은고모, 전아엄마는 일상적인 형태의 광기를 보여준다. 거기서 그들이 타자임을 확인할 수 있었다. 이들과는 달리 전아는 비일상적인 형태의 광기로 타자성을 드러낸다. 전아는 불행히도 자신의 정체성을 찾지 못하게 하는 한편, 성적욕망은 곧 죄라는 의식을 심어주는 환경에서 성장한다. 당연한 결과로 전아는 이성과의 만남에서 죄의식을 갖게 된다. 전아의 죄의식은 '나'에 대한 사랑의 강도에 비례하여 더 심화된다. '나'와의 사랑이 진행되면서, 전아의 내면에서 성적 욕망과 도덕적 규범 사이의 갈등이 점차 격화된다는 것이다.

> "나두 어떤 의미가 되구 싶었는데…… 선생님한테"
> "나한테? 그야말루 무슨 의미지?"
> 나는 어떤 기개 같은 것으로 음성이 걸떴다.

"글세 사랑일것이라구 생각해봤어요."

　오히려 무감동할 정도로 조용한 어조였다. 단정하게 앞으로 향
한 무표정한 옆얼굴이 창백하게 고상했다. 지금 내 옆을 거닐고 있
는 바로 이 옆얼굴이다(94).

　전아는 '나'에게 의미 있는, 사랑 받는 사람이 되고 싶다고 간절하게
말한다. 기묘하게도 그런 말을 하는 전아에게서는 사랑에 빠진 여성의
흥분된 감정을 발견할 수가 없다. 역설적으로 들릴지 모르나, 이러한
차분함은 도리어 그녀의 의식의 심연 속에 자리 잡은 감정, 성적 욕망
이 격렬하게 요동치고 있음을 보여준다. 특이하게도 전아는 비이성적
인 형태의 감정을 이성적인 언어로 드러낸 것이다. 이것은 사랑, 성적
욕망의 감정을 지속적으로 억압받아 왔던 전아의 행동이라는 점을 감
안한다면, 대단한 의미를 지닌다. 애인에게 사랑 받는 사람이 되고 싶
다고 한 말은 분명히 전아의 무의식에서 우러나온 진실이다. 이런 전
아의 발언은 그녀가 내적 갈등을 심각하게 겪고 있음을 간접적으로 보
여주는 것이다. 이성적 언어로 비이성적 감정을 설명한다는 것 자체가
비이성적 감정에 휩싸여 있다는 사실을 인정하는 것이기 때문이다. 그
런데 감정이 격렬해지면 격렬해질수록, 은폐와 노출의 갈등은 증폭되
게 마련이다. 보편적으로 갈등의 증폭은 광기의 노출 가능성을 높인다.
　'나'와 사랑을 나눈 날, 전아가 비이성적인 형태의 광기를 보여주었
다는 사실도 이에 근거한다. 전아는 호송되는 여죄수를 우연히 보게
된 순간, 큰고모가 각인 시킨 의식을 되살린다. 죄수복을 입은 작은고
모가 연상되면서 성적 욕망은 죄라는 초자아가 불현듯이 전아의 무의
식을 지배한 것이다. 그리고 나서 전아는 누군가를 사랑하는 자신이
죄인이라는 망상에 빠진다. 그 다음 순간 전아는 발광을 하는데, 그 순
간 전아의 이성적 사고는 정지된다. 그 순간은 왜곡된 도덕적 규범이
욕망을 심판한 순간이며, 그 심판을 거부하고자 하는 욕구가 강렬하게

작용한 순간이기 때문이다. 다시 말해서 그 순간은 비이성적 감정을 노출하고자 하는 욕망과 은폐하고자 하는 욕구 사이의 팽팽한 긴장감이 이완되는 순간인 것이다.

> 바로 그 순간이었다. 옆에 앉았던 전아가 외마디 소리를 지르며 내 무릎 위에 쓰러져 왔다. 이윽고 사시나무처럼 파르르거리며 딱 딱 마치는 잇새에서 같은 말을 밀어내듯이 되풀이하는 것이었다.
> "숨겨 주세요. 놓쳐 주세요. 빨리 빨리!(96~97)"

발광 이후 전아는 정신분석학적 용어로 죄악망상이라는 진단을 받게 된다. 진단에 따라 전아는 타인으로부터 완전히 격리된다. 전아의 감금은 사회로부터 격리되는 타자의 비극적 운명을 보여주는 듯하다.

4. 내적 진실을 드러내는 전략

전아가 정신병원에 감금되었다고 해도 광기가 완전히 치유될 수 있는 것은 아니다. 감금은 비이성을 은폐시키는 행위이며, 그 결과 비이성으로 인한 수치심을 박탈하는 과정일 뿐이다. 비이성으로 비쳐지는 광기를 특정한 장소에 감금하는 것은 광기를 치유하는 것이 아니라, 광기를 사람들의 눈에서 제거하려는 행위이다.

광인의 발작과 광포함은 사회적 위험요소로 비쳐진다. 여기서 주목되어지는 것은 광기가 동물적 성향을 지닌다는 것이다. 광기는 동물적 자유를 보여주기 때문에 사회적 위험요소로 간주된다. 인간의 행동을 규제하는 사회적 질서, 사회적 제도나 규범으로부터 일탈된 형태를 보여주기 때문이다. 광기는 자연이 동물들에게 부여한 것과 유사한 성질이다. 그 결과 혼돈스런 상태, 비이성의 상태인 광기로 인해, 인간은 동물성을 보이게 된다. 그로 인해 인간은 자연과 친밀성을 회복할 수 있게 되었다.

그런데 인간은 동물성을 인간에게 위해한 것으로 인식함으로써, 감금을 당연한 것, 아니 동물성의 광포함을 제거하는 것이라고 미화하였다. 그럼으로써 광기를 보통사람들로부터 분리, 구별시키려고 했다.

묘한 것은 광기를 보통사람들로부터 격리시켰는데, 광기가 사람들의 내면으로 파고든다는 사실이다. 따라서 광기는 징벌인 동시에 영광이라고 볼 수 있다. 그것은 비이성적인 행위인 동시에 이성적인 행위를 유발시키기 때문이다. 광기가 무의식에 잠재된 진실을 드러내는 행위라는 것을 깨닫게 된다면, 광기를 노출한 사람을 단순히 특정한 장소에 감금하는 행위의 부당성을 인식하게 될 것이다.

광기는 감금됨으로써 사회적 질서체제로부터 격리되고, 그 질서체제에 아무런 힘을 갖지 못하게 된다. 광기가 아무런 힘을 갖지 못하게 됨으로써, 그것은 아무 것도 아닌 것이 된다. 결국 감금은 광기가 아무 것도 아닌 것, 비존재라는 사실을 역설적으로 드러내 준다. 광기가 일상적인 삶의 양태 중 하나라는 역설을 가능하게 한다. 보통 광기는 이질적인 것으로 인식된다. 그러나 감금함으로써, 노출된 광기 그 자체는 이질적인 것이지만 그 본질은 이질적인 것이 아닌 것으로 전화된다. 광기는 존재 내적인 진실을 드러내는 방식이기 때문이다.

이것은 억압된 것, 프로이드식으로 표현하자면 리비도를 드러내는 방식이다. 리비도가 사회적 제도나 환경에 의해서 인간 존재 내면에 고착된다. 그 고착은 간접체험을 통해서나, 자신의 유아기나 성장기 경험에 의해서 이루어진다. 광기는 보통 사람들에게는 보이고 싶지 않은 행위일지도 모른다. 그러나 광기를 통해 인간은 자신의 리비도 속에 내재한 소질, 인간적 진실을 드러낸다. 이 소설에서 정신병동에 입원한 환자들이 '나'에게 건네는 말에서도 알 수 있다. 빨갱이가 아님을 증명하고 싶어하는 청년, 자신을 고관부인으로 착각하는 여인은 자신의 욕망, 내면적 진실을 타인에게 전달하여 그것을 인정받고 싶어하며, 그럼으로써 타인과 소통하고 싶어한다.

그러므로 전아의 광기는 전아 자신을 찾는 과정이며 그녀의 내면적 진실을 공인 받는 계기가 된다. 또한 그것은 주변인들의 광기를 폭로하는 계기로 작용한다. 비일상적인 형태의 광기가 도리어 내면화된 일상적 형태의 광기를 관찰하고 폭로하는 효과를 낸다. 즉 비이성적인 행위가 이성적인 행위를 유발시킨 것이다. 따라서 전아의 광기는 타자의 생존 방식이며, 인간적 진실을 드러내는 전략이라는 점에서 금지된 지식의 성격을 띤다. 전아의 광기가 금지된 지식을 드러낼 수 있었던 것은 그녀의 성격에서도 그 요인을 찾을 수 있다. 전아의 심약한 기질은 병적일 정도이지만 그로 인해서 발동되는 감수성은 순수한 감정이다. 그 순수한 감수성 때문에, 타인의 광기에 쉽게 상처받기도 하며, 비이성적인 감정에 더 쉽게 빠져들기도 한다. 그러나 그런 성격 때문에, 전아는 자신뿐 아니라 타인의 내면적 진실에 접근하게 된다.

광기는 가장 순수하고 가장 총체적인 형태의 착오 상태이기 때문에 쉽게 관찰되거나 폭로되지 않는다. 그러면서도 광기는 거짓을 진리로, 죽음을 삶으로 착각하게 한다. 그래서 광기를 노출한 사람은 비극적인 운명으로 수렴해 들어간다. 전아 역시 자신을 죄인으로 착각함으로써 사회로부터 격리되는 불운을 겪는다. 그러나 실제로 그 지점으로부터 행복을 되찾는 길이 나타난다. 광기 속에는 평정과 균형이 확립되어 있기 때문이다. 광기는 새로워진 언어에 접근하도록 인도한다. 그 언어는 해석의 언어이며 회복된 실재성의 언어인 것이다.

정신병원에 입원한 조카를 만난 큰고모는 침묵한다. 이 침묵은 큰고모에게는 조카가 자신의 권력 밖으로 일탈했음을 인정하는 표식이다. 그리고 전아에게는 절대 권력처럼 보였던 큰고모의 권력이 아무 것도 아님을 깨닫는 계기이다. 큰고모이 다녀간 후, 즉 큰고모가 침묵으로 일관하고 떠난 후에야 전아는 자신의 내면적 진실을 자유롭게 드러낸다. 전아는 그것을 일반적인 언어의 형식이 아니라, 그림을 통해서 보여준다. 그러므로 전아의 그림은 자신의 인간적 진실을 해석하는 언어이며, 자신의 정체성을 드러내는 실재성의 언어인 것이다.

> 그것은 의식의 심연에서 일어난 비사(秘事)를 보는 것같은 느낌
> 을 주었다. 바탕에는 남김없이 푸른 빛이 돌도록 농후하게 검은 빛
> 이 깔렸는데 가루민 레드와 은빛이 서로 얽히어 또아리를 틀며 몸
> 부림을 쳤다. 공포와 쾌감과 죄스러움의 불안한 교착(交錯) - 그 위
> 를 칼끝 같은 섬광이 무슨 구원이나처럼 새하얗게 번득이고 있는
> 것이다(99).

전아가 미국유학 직전에 광적인 행동을 하고 정신병원에 입원한 것
은 언뜻 보면 안타까운 일이다. 그러나 전아가 미국으로 순조롭게 유
학을 떠났다면, 그녀나 주변인들의 광기는 영원히 베일 속에 가려졌을
것이다.

감금을 통해, 더 엄밀히 말하자면 광기를 통해 전아는 유학을 떠나
는 것보다 더 빨리 더 확실하게 큰고모가 지배하는 소우주로부터 해방
된다. 전아는 큰고모의 권력 안에서 타자였으나, 광기를 통해 그 권력
밖으로 일시적으로 탈주한다. 그러나 다음 순간 또 다른 지식을 깨닫
게 된다. 큰고모와의 권력관계에서 해방되었으나, 자신이 살아가야 하
는 사회와의 권력관계에서는 여전히 타자임을 인식한다.

> 울먹울먹한 얼굴이 자꾸만 숙여지는 것이 이즘의 버릇이 되어버
> 린 전아는 가느다란 소리로 이런 말을 했었다. 이런 데서 얼마를
> 지낸 이상 결혼을 할 자격은 영원히 잃은 것이 아니겠느냐고(84).

병원에 감금된 전아를 보면서 '나'는 전아의 발병에 책임이 있음을
통렬히 자각하면서도 일단은 전아에게서 도망치고 싶어한다. 그러나
다음 순간 '내 품속에 그녀를 다시 품음으로써, 아니면 영원히 그녀를
잃음으로써 자신을 찾아야겠다'고 다짐한다. '나'의 다짐은 '나'자신의

인간적 진실이 그 무엇보다도 소중하다는 사실을 깨닫는다. 전아가 큰 고모와 만난 후에야 자신을 객관적으로 인식할 수 있었듯이, '나' 역시 전아를 통해 내면의 소리를 듣게 된다. '나'에게 소중한 것은 출세가 아니라, 타인과의 진실한 소통임 깨닫게 된 것이다.

그녀의 순수한 사랑의 감정이 비일상적인 형태의 광기로 '나'를 변화시킨 것이다. '나'는 '나'를 옭아매던 광기로부터 해방할 수 있는 방법을 깨닫게 된 것이다. 그 결과 열등감에서 비롯된 출세에의 집착을 무의미한 것으로 인식하게 된다. 출세에의 집착을 무의미한 것으로 인식하는 순간, 아이러니컬하게도 그토록 갈망하던 미국비자가 뒤늦게 나온다. 자신의 비자를 보는 순간, '나'는 일생을 바쳐 모았던 구화(舊貨)가 화폐 개혁으로 쓸모 없게 된 악덕상인을 머리 속에 떠올린다. 악덕상인과 같은 심정으로, '나'는 비자를 날려버리고 싶은 강렬한 충동을 느낀다. 그것은 왜곡된 욕망을 날려버리고 싶은, 그래서 순수한 내적 욕망에 따라 살고싶은 충동인 것이다.

참고 문헌

한무숙, 『감정이 있는 심연』, 을유문화사, 1992.
한무숙 재단 편, 『한무숙 문학 연구』, 을유문화사, 1996.
강난경, 「한무숙 연구」, 숙명여자대학교 석사학위 청구논문, 1989.
구정순, 「한무숙 소설 연구」, 고려대학교 석사학위 청구논문, 1996.
변지연, 「한무숙 소설연구 - 비극적 세계인식과 허무지향」, 동국대학교 석사학위 청구논문, 1994.
송인화, 「성적 욕망의 풀어냄과 감추어짐」, 한국문학연구회 편, 『페미니즘과 소설비평 - 현대편』, 한길사, 1997.
이애자, 「한무숙 소설의 인물연구」, 숙명여자대학교 석사학위 청구논문, 1998.
정재원, 「한무숙 단편소설 연구」, 연세대학교 대학원 석사학위 청구논문, 1995.

한무숙 수필 연구
– 글쓰기를 통해 형성되는 '자기 의식'의 문제를 중심으로

- 김현주(경원대 강사) -

1. 수필쓰기를 통해 형성되는 한무숙의 '나'는 누구인가

한무숙(1918~1993)의 작품 활동 기간은 거의 40여 년에 달한다.[1] 그 중 한무숙이 가장 활발하게 작품 활동을 했던 때는 보통 50년대로 알려져 있지만 기간을 조금 더 넓게 잡을 경우 그 시기는 1948년 등단에서부터 1960년대 초까지라고 할 수 있을 것이다.[2] 첫 번째 수필집『열 길 물속은 알아도』[3]에 실린 글들이 쓰여진 시기는 한무숙이 활발하게

---

1) 한무숙의 작가생활이 1948년 「국제신문」에 장편『역사는 흐른다』가 당선되면서 본격화되었다고 했을 때 그녀는 약 40여 년 간 작품활동을 한 셈이다. 그러나 그녀가 1942년 「신시대」사의 장편소설공모에『등불드는 여인』을 응모하여 당선하였으며, 그 후 조선 연극 연구회의 작품 모집에 단막「마음」과 4막 5장의 「서리꽃」이 수석 당선하기도 한 것을 고려한다면 그녀의 글쓰기의 연원은 좀더 깊다고 할 수도 있을 것이다(한무숙, 「불씨」,『전집』제8권, 34~37쪽 참조).

2) 한무숙은 1964년 장편『석류나무집 이야기』를 연재한 이후 긴 휴지기를 가진다. 그녀는 70년대에 들어서 작품 활동을 재개하는데 78년도에서 80년대 초까지를 작품 활동의 제2기라고 할 수 있을 것이다(「작품연보」,『전집』제7권, 381~382쪽 참조).

3) 한무숙,『열 길 물속은 알아도』, 신태양사, 1963. 이 글에서『열 길 물속은 알아도』에 있는 작품을 인용할 경우, 1992년에 을유문화사에서 펴낸『한무숙문학전집』제7권의 쪽수를 표기하기로 한다.

작품 활동을 했던 위기간과 대략 일치한다. 그녀는 첫 번째 수필집을 출간하고 약 스물 여덟 해가 지난 후 두 번째 수필집『내 마음에 뜬 달』4)을 출간하는 바, 두 번째 책이 포괄하는 기간은 앞의 것보다 훨씬 길다고 하겠다. 두 권의 책에 실린 작품은 총 179편에 달하며, 작품들은 자서전적인 것, 자화상적인 것, 문학이나 자신의 작품에 관련된 것, 주변의 인물에 대한 전기 혹은 스케치에 해당하는 것, 전통적인 생활문화와 풍습에 관한 것, 사회 현상에 대한 평론에 해당하는 것 등 아주 다양한 부면에 걸쳐있다.

　40여 년 간 작품 활동을 하면서 200편 미만의 수필을 썼다면 이는 결코 많다고는 할 수 없는 분량이다. 한편 내용의 다양성은 곧 무계획성의 증거일 수도 있다. 즉 한무숙이 수필이라는 장르에 대하여 어떤 일관된 문제의식을 가지고 접근한 것이 아니라는 얘기가 될 수도 있다는 것이다. 각 권은 열세 개의 소제목 아래 적게는 서너 편에서 많게는 십여 편까지의 글들을 묶어놓았는데, 이는 이전에 쓴 글들을 소재나 주제의 유사성을 기준으로 하여 편집한 결과로 보인다. 각 권과 그 안의 소분류들이 일정한 주제나 체제를 지향하고 있다든지, 아니면 그 안에 속한 글들이 새로운 글쓰기를 시도하고 있다든지 하는 면모를 찾을 수는 없다. 여기에는 이를테면 계절이 바뀌거나 해가 바뀔 때 잡지사 등의 청탁에 의해 쓰여졌을 것 같은 상투적인 글들도 적지 않다. 그녀 스스로 '청을 받아 끼적거리듯이 써갈기는, 수필이라는 이름의 잡문을 쓰기 싫어했다'고 말하고 있기도 하거니와 두 권의 수필집은 '그렇게 싫어 싫어 쓴 것들이' 어느덧 한 권 분량이 되게 쌓였을 때 묶어서 펴낸 것에 불과하다고 할 수도 있을 것이다.5) 따라서 이제까지 수필

---

4) 한무숙,『내 마음에 뜬 달』, 스포츠 서울, 1990. 이 글에서『내 마음에 뜬 달』에 있는 작품을 인용할 경우, 1992년에 을유문화사에서 펴낸『한무숙 문학전집』제8권의 쪽수를 표기하기로 한다.
5) 한무숙,「작가의 말」,『전집』제7권, 379쪽.

작품이 한무숙의 작품에서 주변(periphery)의 위치에 있는 텍스트로 대우받아 온 근원은 무엇보다도 수필쓰기가 그녀에게 '여분의' 글쓰기였다는 데 있다고 하겠다.

이제까지 문학사 연구에서도 수필은 대개 작가의 '작품'을 이해하기 위한 보조 텍스트로서 작가에 대한 전기적 사실들을 참조하는 정도로만 언급되어 왔다. 한무숙 연구에서도, 그녀의 삶에서 드러나는 구체적인 사실들과 작품 사이에 분명하고도 인상적인 연관성이 있다고 상정하는 경우, 수필 작품들은 그녀의 삶을 구성하는 구체적인 사실들과 그것들에 대한 그녀의 태도를 드러내고 있는 보조 텍스트로 활용된 바 있다.[6] 그러나 수필 특히 자전적 텍스트를 통해 위와 같은 것 - 작가의 삶을 구성하는 구체적인 사실과 그것에 대한 작가의 태도 - 에 대해 '진실한' 정보를 얻을 수 있다고 가정하는 것은 좀 성급한 믿음일 수 있다. 자서전적 글쓰기는 필연적으로 주관성을 내포하게 되는 바, 그 텍스트는 객관적 실재로서 저자의 진실을 드러내는 것이라기보다 저자가 무엇을 자신의 진실이라고 여기는지를 드러내는 것이라고 할 수 있기 때문이다. 우리는 수필집에 실린 다른 글들, 즉 자화상적 텍스트나 명상적 텍스트, 또는 전기적 텍스트 안에 있는 정보들에 대해서도 비슷한 말을 할 수 있을 것이다. 즉 수필 역시 엄밀한 의미에서는 '진실하지 않다'는 것이다.

이 글은 한무숙의 수필이 한무숙이라는 개인을 진실하게 드러내고 있다고 상정하기보다는 한무숙이라는 개인이 수필쓰기를 통해서 '구성' 또는 '형성'된다는 관점에 서 있다. 글쓰기는 저자가 자아를 표현하는 계기일 뿐만 아니라 자아를 구성하고 형성하는 계기이기도 한 것이

---

6) 정재원은 한무숙의 여성 문제를 다룬 소설들에서 작가가 체험한 전통 문화와 근대 문화 사이의 긴장이 어떻게 드러나고 있는지를 연구했는데, 여기에서 수필 작품은 중요한 참조 자료가 되고 있다. 이에 대해서는 「한무숙단편소설연구」, 연세대 석사논문, 1995 참조.

다. 자서전적 텍스트에 대해서는 이러한 관점이 일반적으로 받아들여지고 있는 것 같다. 즉 자서전은, '자서전적 글쓰기가 어쩔 수 없이 내포하게 되는 주관성이 바로 현실과 허구 사이의 상호작용을 드러냄으로써 저자가 자신의 참모습, 곧 진실이라고 여기는 것이 무엇인가를 살펴볼 수 있게 한다. 그래서 자서전은 한 개인의 삶의 기록에 그치지 않고 저자가 현실 속에서 자신을 인식하는 과정을 보여주는 글쓰기일 수 있'는 것이다.[7] 그런데 이러한 자기 인식의 과정은 타자에 대한 글쓰기에서도 이루어진다고 할 수 있다. 즉 주변 인물에 대한 전기적 글쓰기나 스케치적 글쓰기 등에도 저자가 현실 속에서 자신을 인식하는 과정이 잠재적으로 관여하고 있는 것이다. 타자를 인식하고 평가하는 과정이란 곧 자아가 자기를 규정하는 과정이기 때문이다.

한무숙은 여성의 삶과 생활에 큰 관심을 가졌던 작가로 평가되고 있다. 그녀의 수필들 중 특히 여성의 삶과 생활을 주제로 하는 텍스트는 여성 인물의 삶을 조명하는 전기적인 글이나 스케치적 성격을 가진 글, 여성의 삶과 생활에 대한 명상을 담은 글, 자기 소설의 여성 주인공에 대한 글, 그리고 자화상적인 글을 포함한 자전적인 글들이다. 한무숙은

---

7) 사실 자서전 글쓰기는 이중의 실패의 위협에 당면해 있다. 먼저, 저자는 글쓰기를 통해 자기를 인식하는 일이 어렵다는 것이다. 두번째는 그러한 시도 자체가 독자에게 의심스럽게 받아들여진다는 것이다. 그런데 자서전에 대한 최근의 관심은 자서전 글쓰기를 일종의 모험으로 만드는 이러한 위협들이 역설적으로 자서전을 가능하게 하는 조건인 동시에 자서전을 의미있는 문학 텍스트로 만드는 근본적인 문제의식이라는 데서 비롯한다. 이는 우리가 이제 확고부동한 객관적 실재로서 진실이 무엇인가를 묻는 것이 아니라 무엇을 진실이라고 여기는지를 묻는다는 것과 관련된다. 폴 드 만에 의하면, 최근의 비평 경향은 문학의 허구적 위상보다 이러한 허구와, 현실에 속하는 것들로 여겨지는 범주들 ― 자아, 인간 사회, 예술가, 그의 문화, 인류 공동체 등 ― 사이의 상호작용에 관심을 가진다. 허구와 현실 범주의 상호 작용에 주목한다는 것인데, 이는 진실의 개념이 달라진 것과 관련이 있는 것이다. 자서전 글쓰기의 특징과 그에 관련된 '진실'의 문제에 대해서는 문경자, 『루소의 자서전 글쓰기와 진실의 문제』, 서울대 박사 논문, 1998 참조.

특히 자서전적 글쓰기를 통해서 자신이 진실이라고 생각하는 자기의 모습을 구성해 간다고 할 수 있지만 어머니를 비롯한 여성 친족들, 친구나 친분을 맺고 있는 여성들, 다른 여성 작가, 자기 작품 속의 여성들에 대한 이야기를 쓰면서도 자신의 정체성을 구성하고 확인한다고 할 수 있다. 이 글은 글쓰기를 통해 형성되는 이러한 자기 인식의 문제를 한무숙의 첫 번째 수필집과 두 번째 수필집 사이에 나타나는 일련의 차이에 초점을 맞추어 해명하고자 한다.

2. '글쓰는 사람'으로서의 자기 의식

이 장에서는 한무숙의 자화상적 텍스트를 포함한, 넓은 의미의 자전적 텍스트들을 중심으로 저자의 자기 의식의 문제를 다룬다.8) 그런데 그녀의 자전적 텍스트들은 첫 번째 수필집인『열 길 물속은 알아도』에 집중적으로 개제되어 있는 바, 이는 첫 번째 수필집에 실린 글들에 의

---

8) '자서전autobiography'이란 한 실제 인물이 자기 자신의 존재를 소재로 하여 개인적인 삶, 특히 자신의 인성의 역사를 중심적으로 이야기한, 산문으로 쓰인 과거회상형의 이야기이다. 이에 대해 '자화상autoportrait'은 이야기가 아니고 과거회상형으로 쓰여있지 않다는 점에서 자서전과는 다르다 (자서전과 자화상의 정의는 필립 르죈(윤진 옮김),『자서전의 규약』, 문학과지성사, 1998 참조. 옮긴이는 'autoportrait'를 '자기를 묘사하는 이야기'로 옮겼는데 이는 '이야기가 아니라는 점'에서 자서전과 차이가 있다는 해설과 상충된다고 보아 '자화상'이라고 번역하였다). 그러나 자화상은, 마찬가지로 자서전의 인접 장르인 자전소설이나 사소설보다 자서전에 가깝다고 할 수 있으며, 또 실제 작품에서 두 성격은 서로 결합되어 나타나기도 한다. 그리고 무엇보다도 저자와 화자 그리고 인물이라는 서술의 세 층위가 서로 관계맺는 양상을 볼 수 있다는 점에서 넓은 의미의 자전적 텍스트에 포함되는 것으로 함께 다룰 수 있다고 생각된다. 한편 한무숙의 텍스트를 말 그대로 '자화상' 혹은 '자서전'이라고 명명하지 않은 것은 그녀의 텍스트들이 자화상이나 자서전을 목적의식적으로 지향하면서 일목요연하게 추구하고 있는 것은 아니기 때문이다. 이 장에서는 이를테면 한무숙의 수필집에 산재해 있는 자서전적이거나 자화상적인 텍스트들을 자(서)전적 텍스트로 포괄하여 논하기도 하였다.

해 형성되는 한무숙의 자기 의식을 살펴보는 일이기도 하다.

> 온통 연녹색에 덮인 세계였다. 이름 모르는 나무들이 서로 정답
> 게 가지를 섞으며 서 있고 나무 밑에도 연한 녹색의 풀들이 피어
> 오르고 있었다. 가지마다에, 풀끝마다에 꽃들이 달려 있었다. 못 위
> 에 떠 있는 부평초에도 연분홍 노랑보다 흰색의 꽃들이 피고 그렇
> 게 곱게 꽃 핀 부평초로 못은 덮여 있었다.
> 순이에게 엎혀 간 나는 풀 속에 앉은 채 따뜻한 햇볕과 맑은 공
> 기에 취해 있었다. 녹색에 쌓여 앉아 있는 그것만으로 가득 차 있었
> 고 평화롭고 행복했다.
> 산들바람이 지나갔다. 가벼운 소요가 일어나고 부평초들이 꽃을
> 단 채 조금씩 움직였다. 그러나 물꽃에 가리웠던 수면이 물꽃 사이
> 로 얼굴을 내밀었다. 내리쪼이는 햇빛을 받아 반짝거리며.9)

한무숙은 네 살 때 초여름의 '최초의 눈뜸'을 위와 같이 기억하며,
'너무나 순수하고 청신하고 아름다웠던 이 광경은 아직도 내 안에서
선명하고 신선하다'고 말하고 있다. 모든 자서전에서 이러한 최초의
눈뜸 '이전의' 시기는 인물의 주변 — 부모를 비롯한 가족관계나 생활
환경 — 에 대한 설명이 주가 되며, 그것은 사실 인물이 당시에 '의식
한' 것은 아니다. 한무숙에게도 그 시절은 '아늑하고 아득한 태 속같이
짙은 혼돈에 잠기어 있을 뿐'이며, 최초의 눈뜸으로부터 비로소 그녀
의 기억이 성립한다고 할 수 있다. 그러나 이 경우에도 인물의 자아는
아주 징후적으로만 나타난다. 앞의 인용문에 다루어진 것과 같은 아주
어렸을 적의 사건에 대한 이러한 기억은, 다른 글에서 그녀가 말하고
있듯이, '자란 후에 본 일이 있는' 어떤 장면이 오버랩된 것일 수도 있
고10) 현재 서술하는 화자의 시각에 의해 재구성 또는 재해석된 것일

---

9) 한무숙, 「나의 문학의 스승들」, 『전집』 제8권, 42쪽.
10) 한무숙, 「계절의 고향」, 『전집』 제7권, 135쪽. 이 글에서는 최초로 기억하

수도 있다. 사건 당시의 '나'는 자신의 자아를 명료하게 의식하지 못한다. 그것이 일종의 풍경화로 나타나는 것은 그 때문이다.

앞에서 말했던 것처럼, '최초의 눈뜸'으로부터 시작되는 한무숙의 자화상적 텍스트와 자전적 텍스트는 첫 번째 수필집에 집중되어 있다. 한무숙의 수필 중에 자전적 텍스트는 「불씨」 외 12편 정도에 이르며11), 자화상적 텍스트는 「망상과 착각의 늪에서」 외 10편 정도에 이른다.12) 그런데 이들 텍스트들 중 거의 80% 이상이 첫 번째 수필집인 『열 길 물속은 알아도』에 실려있다. 물론 예를 들어 자전적 텍스트들 중 가장 완결적인 글은 두 번째 권의 맨 첫머리에 있는 73년에 쓰여진 「불씨 - 신사임당 상 수상작」이다. 그러나 이 글은 첫 번째 권에 있었던 「다시 돌아가더라도 - 여자 나이 스물 두 살」, 「가혹한 삶의 현장을 산 회색빛 계절의 노역부 - 나의 20대」, 「등불 드는 여인」 등의 통합적 재서술의 성격이 강하다. 즉 「불씨」는 첫 번째 수필집에서 중점적으로 행해진 자전적 글쓰기의 연장선상에 있는 것이자 그것의 완결이다.

한무숙의 자서전적 텍스트와 관련하여 하나 더 지적할 것은 그것이

는 날이 진주 상봉리에서의 봄날이며 그곳을 떠난 것은 여섯 살 때 봄이었다고 적고 있다. 그러나 「나의 문학의 스승들」에서는 최초의 기억이 진주 상봉리의 초여름날이며, 상봉리를 떠난 것은 네 살 때 가을이라고 하는 등 다르게 말하기도 하는데, 이는 기억의 부정확성에 기인한 착각으로 보인다.

11) 자전적 텍스트에는 「영란꽃 향기가 번지는 아픔 속에서」, 「'그림 소녀'의 독백이」, 「인생 밖 시간 밖에서」, 「다시 돌아가더라도 - 여자 나이 스물두 살」, 「구름」, 「전보 한 장으로」, 「바다의 배를 헤아리던 소녀」, 「나를 앞질러 간 소망과 절망」, 「가혹한 삶의 현장을 산 회색빛 계절의 노역부 - 나의 20대」, 「풀색 노트의 기억」, 「등불 드는 여인」(이상 『전집』 제7권」)과 「불씨」, 「나의 문학적 스승들」(이상 『전집』 제8권) 등이 있다.

12) 자화상적 텍스트에는 「고약한 나의 버릇 - 나의 독서법」, 「이솝의 까마귀」, 「나의 특권지대」, 「나의 의장」, 「구차한 독백」, 「모방」, 「태몽 없는 연년생」(이상 『전집』 제7권)과 「망상과 착각의 늪에서」, 「어리석고 못난 인간 본성을 추구하며」, 「'나'라는 존재」, 「시간과 나」(이상 『전집』 제8권) 등이 있다.

소녀시절에서 등단까지의 시기를 서술하는 데 초점을 맞추고 있다는
점이다. 소녀시절은 사실 자아가 눈뜨는 시기로서 그 이전과는 획기적
으로 구분된다. 따라서 인물이 자아를 의식하게 된 소녀시절에서부터
자서전 서술이 시작되는 것은 별반 특별하지 않은 일이다. 문제는 자
전적 이야기가 대개 등단 초기 시점에서 중단된다는 점이다. 물론 위
에서 말한 두 가지 현상이 외부적 요인에 말미암은 것이라고 생각할
여지가 없는 것은 아니다. 지금도 작가의 '수업시대'나 '첫 작품을 쓸
때'는 독자들의 특별한 관심사인 바, 작가가 나름대로 문명(文名)을 떨
치고 있을 때 이러한 내용은 청탁의 단골 메뉴였다고 할 수 있을 것이
다. 그러나 작가가 어떤 시기에 자서전적인 글쓰기를 집중적으로 시도
한다거나 또는 그 자서전적인 글쓰기가 대상으로 하는 것이 특정 시기
의 삶에 한정된다는 것은 단순히 외적인 요인이 아니라 저자 내적인
요구에 말미암은 것일 수 있다.

> 시댁은 누대 봉사의 대종가로 범절 높은 층층 시하였고 시어머
> 님은 4년째 중환으로 내일을 기약할 수 없는 용태 속에 계셨다. 묵
> 은 집안의 인습의 무거움과 낙탁한 대가의 어둡고 침울한 분위기
> 와 상봉하솔의 생계의 어려움과 거듭되는 불운이 변질시켜 버린
> 잔인하다고밖에 보이지 않는 인심의 시달림 속에 고달픈 신역의
> 나날이 시작되었다.[13]

한무숙이 어린 마음에 천직으로 여겼던 그림을 버리게 된 것이 열여
덟 살 때 폐결핵의 발병 때문이라면, 그녀가 소설을 쓰게 된 것은 '아
주 묵은 집안에 출가를 하여 눌려 사는 동안에 행복하게 곱게만 자라
던 소녀 시절엔 상상조차 못했던 설움이 쌓여갔기 때문이다.'[14] 한무

---

13) 한무숙, 「불씨」, 『전집』 제8권, 23쪽.
14) 한무숙, 「'그림 소녀'의 독백이」, 『전집』 제7권, 72쪽.

숙은 그 시절 자신의 처지를 "감정이 없는 한낱 노역부(勞役婦)",[15] "남들이 말하는 '며느리는 똥 친 막대기'의 그 며느리"[16]였다고 말하고 있는 바, 그녀는 '서글프고, 억울하고, 하고 싶은 말이 너무 많았던 것이다.' 그녀는 '낮에는 죽였던 감정을 깊은 밤에 불러일으키는 버릇이 생겼다'고 말하고 있는데, 밤에 불러일으켜진 '불씨'가 바로 '인간답게 살고 싶다, 내 의지가 참가하는 인생을 살고 싶다'는 열망이었으며, 그 불씨를 지피며 써낸 것이 바로 소설이었던 것이다.[17] 이런 점에서, 한 여성으로서 여성에 대한 인습적인 시선을 비판적으로 인식하고 자기표현 형식을 갈망한 데에 그녀의 글쓰기의 출발이 있었다'는 지적은 설득력이 있다.[18]

자서전이 그 총체적인 층위에서 이야기(recit)인 것은 나 – 화자가 나 – 주인공으로부터 거리를 유지하며 그의 삶을 서술하고 있기 때문이며, 이때 담론(discourse)의 개입은 나 – 주인공을 바라보는 나 – 화자의 주관성이 드러나는 장치가 된다. 화자는 텍스트 내적인 존재이며, 하나의 텍스트는 결국 그 화자와 동일 혹은 긴장의 관계를 맺는 저자가 독자를 향해 던지는 메시지, 즉 하나의 담론이다. 이런 점에서 본다면, 자기의 삶을 과거회상형으로 서술하는 자서전 글쓰기의 핵심은 바로 이 이야기와 담론의 관계맺음을 통해 드러나는 '자아의 글쓰기'에 있다고 할 수 있을 것이다.[19] 즉 한무숙의 자서전적 글쓰기가 소녀 시절에서 등단하게 되기까지의 과정에 집중되어 있다는 것은 당시의 저자가 그 글쓰기를 통해 인식하고자 하는 자아가 어떤 자아였는지를 드러내준다. 간단히 말하자면, 당시의 한무숙은 자서전적 글쓰기를 통해 자신이

---

15) 한무숙, 「가혹한 삶의 현장을 산 회색빛 계절의 노역부」, 『전집』 제7권, 277쪽.
16) 한무숙, 「나를 앞질러 간 소망과 절망」, 『전집』 제7권, 273쪽.
17) 한무숙, 「불씨」, 『전집』 제8권, 33쪽 참조.
18) 정재원, 앞의 글 참조.
19) 필립 르죈, 앞의 책, 18쪽 참조.

왜, 어떻게 글쓰기에 들어섰는가를 인식하고자 한 것이다. 이러한 태도에 대하여 우리는 자신의 글쓰기의 지반을 검토하고자 하는 욕망이라는 이름을 붙일 수도 있을 것인데, 이러한 욕망이 저자의 글쓰기가 한창 활발한 시점에서 이루어졌다는 것은 어쩌면 당연한 일이다. 자서전의 저자는 자서전을 쓰는 순간에도 삶을 계속하고 있으므로, 그의 구체적인 현실 상황이 화자에게 미치는 영향은 텍스트의 의미 형성에 결정적인 작용을 한다고 볼 수 있기 때문이다. 즉 자신을 글쓰는 사람으로 인식하고자 하는 욕구는 글쓰기를 할 때 가장 고조되는 법이다.

> 요즘은 신혼 때도 하지 못했던 남편과 둘만의 오붓한 생활을 하고 있다. 은혜스럽게도 아이들이 모두 각 분야에서 박사학위를 받고 성실하게 살고 있어 그것만으로도 나는 언제나 감사하고 있다. 해방 후의 혼란 속에서 월남해오신 어른들과 여러 가족을 모시고 거느리고 겪었던 그 수많은 고초도 이제 모두 은혜로만 여겨진다. 그 질병과 실의와 가난과 고통을 통하여 나는 인생의 저변을 알았고 가혹한 삶의 현장을 목격했고 사람의 마음의 심연에까지도 내려가 볼 수 있었지 않았던가. 지금와서 생각하니 완고하고 가혹하다고 생각했던 시어른들은 모두 세대와 사고와 가치관을 나와 달리할 뿐 범절 높고 점잖고 품위있는 인생의 교사들이었다.[20]

「불씨」는 73년 제5회 신사임당 상 수상작이다. 이 글은, 앞에서 말했던 것처럼, 63년에 출간한 첫 번째 수필집 『열 길 물속은 알아도』에 실려 있는 여러 자전적 텍스트들의 통합적 재서술에 해당한다. 단, 위 부분은 「불씨」의 마지막 부분으로서 저자의 '요즘'의 상황에 기반해 있는 것이다. 즉 이는 자신이 어떻게, 왜 글쓰기를 시도했는가를 서술함으로써 글쓰는 사람으로 자신을 정립하고자 했던 저자의 욕구가 한풀 꺾인 시점, 즉 그녀의 작품 활동의 긴 휴지기 중간에 쓰여진 것이다.

---

20) 한무숙, 「불씨 – 신사임당 상 수상작」『전집』제8권, 37쪽.

여기에서 한무숙은 자신을 남편의 아내이자, 아이들의 어머니, 시어른들을 모시고 시댁 가족들을 거느리는 한 집안의 며느리로서 회고함으로써 그렇게 자신을 구성하고 있는 것이다. 두 번째 수필집 『내 마음에 뜬 달』에 특히 자녀와 손자녀들에 대한 글들이 많은 것이나, 그녀의 '잊지못할 사람들'이, 첫 번째 수필집에서처럼 김말봉이나 공초 오상순이나 펄 벅이 아니라, 요절한 아들이나 개인적인 친분관계에 있던 여성들인 것도 이 때문인 것으로 생각된다.

3. 글쓰기의 욕망과 '착각'의 문제

자서전의 저자와 전기의 저자를 본질적인 의미에서 에세이스트라고 정의할 수 있다고 하더라도 그것이 같을 수는 없을 것이다. 자서전과 전기의 가장 두드러진 차이점은, 자서전의 경우 화자와 주인공이 일치하는 반면 전기의 경우 화자와 주인공이 일치하지 않는다는 것이다. 자기의 이야기를 하는(자기 서술적) 이야기는 삼인칭으로 주어지는(이질 서술적) 이야기로 결코 환원될 수 없다. 필립 르죈은 자서전적 글쓰기의 특성을 아래와 같이 설명한다.

> 자기 서술적인 이야기에서 언술 행위의 주체와 언술 내용의 주체 사이에 성립되는 동일성은 다시 모종의 상태를 갖는 유사성을 끌어들인다. 즉 자기에 관해 이야기하는 경우 그것이 아무리 먼 옛날에 겪은 일에 관한 이야기라 하더라도 이야기의 주인공은 동시에 이야기의 서술을 만들어내는 '현재'의 사람인 것이다. 언술 내용의 주체는 언술 행위의 주체로부터 분리될 수 없다는 점에서 이중성을 갖는다. 따라서 화자와 주인공의 동일성이 의미하는 것은, 화자와(과거와 현재의) 주인공 사이의 관계는 저자와 모델의 관계와 동일하다는 것이다. 우리가 유사성의 관계로 추론할 경우, 진리라는 최종의 용어는 더이상 과거의 즉자일 수 없고 언술 행위의 현재 속에 드러나는 대자성을 내포한다.[21]

따라서 언술 행위의 현재 속에 드러나는 실수, 거짓, 망각, 왜곡을 잘 분별해보면 우리는 그것이 이야기의 다른 양태들과 마찬가지로 언술 행위의 한 양상으로서의 가치를 갖는다는 것을 알 수 있다. 그렇다면 우리는 한무숙의 언술 행위의 현재 속에 드러나는 '차이'를 잘 분별해 봄으로써 그것이 한무숙 자신에 대하여 언술하고 있는 바가 무엇인지를 생각해 볼 수 있을 것이다. 이 장에서는 두 번째 수필집『내 마음에 뜬 달』에 실린 글쓰기를 통해 형성되는 자아 인식의 문제를 첫 번째 수필집『열 길 물속은 알아도』를 통해 형성된 자아의 문제와 비교하여 그 차이를 부각시키려 한다.

> 어려서부터 병약했던 까닭에 내 자신의 무게 이상으로 고임과 위함을 받았던 나는 결혼 후 비로소 자기가 아무 것도 아닌 사람이라는 것을 알았다. 착각에 사로잡혀 있었던 나는 비로소 눈을 뜬 것이다. 그때부터 어리석고 어딘가 빠진 듯한 못난 사람에게 애정이 쏠렸다. 그래선지 나의 작중 주인공들은 대개가 어리석고 결점과 모순투성이의 치우(痴愚)로 사는 사람들이다.[22]

한무숙은 위 문장에서 자신이 쓴 소설의 주인공의 성격을 해설하고 있는데, 주인공의 성격이 과연 그러한지는 여기에서 문제삼지 않기로 한다. 왜냐 하면 위 문장에서 필자가 관심을 가지는 부분은 그녀가 자신의 삶의 과정과 그로부터 얻은 깨달음을 자기 소설의 작중 주인공의 성격화와 연결시키는 바로 그 논리이기 때문이다.

위 글에서 한무숙은 자신이 처녀 시절 스스로 비범한 사람이라는 병적인 착각 속에 살다가 결혼 후 비로소 자기가 아무 것도 아니라는 것을 깨달았으며 그때부터 어리석고 못난 사람들에게 애정을 가지게 되

---

21) 필립 르죈, 앞의 책, 58~59쪽 참조.
22) 한무숙, 「어리석고 못난 인간 본성을 추구하며」,『전집』제8권, 59쪽.

었다고 말하고 있다. 그러나 그녀는 다른 글에서는 다르게 말한 바 있다. 우리가 앞장에서 살펴본 자서전적인 글들에 의하면 그녀가 결혼 생활로부터 얻은 깨달음은 그런 것이 아니었다. 말하자면, 인간답게 살고 싶다는 열망은 '감정이 없는 한낱 노역부'로서 살기 싫다는 의식이며, '똥 친 막대기'의 신세로서 살아서는 안 된다는 깨달음이었다. 즉 한무숙은 특히『열 길 물속은 알아도』에서 중점적으로 행한 자서전적 글쓰기를 통해서는 결혼 생활에서 자신이 아무 것도 아니라는 것을 깨달은 것이 아니라 자신이 아무 것도 아닌 것이 아니라는 것, 그렇게 되어서는 안 된다는 것을 깨달았던 것으로 의식하고 있는 반면『내 마음에 뜬 달』에 실린 위의 글에서는 결혼을 통해 정반대의 깨달음을 얻은 것으로 의식하고 있는 것이다. 이 두 가지 중 어느 편이 한무숙의 진짜 모습이고 진짜 의식인가를 판별하려 하는 것은 어리석은 일일 수 있다. 즉 두 글에서의 자기 의식, 더 구체적으로 말하자면 자기의 과거 - 결혼생활의 경험 - 에 대한 이해와 평가가 글쓰는 행위의 현재 속에서는 모두 저자 자신에게 진실한 것으로 의식되고 있는 것이라고 볼 수 있다는 것이다. 따라서 과거의 자기에 대한 재평가 혹은 재인식이 저자의 현재에 대해 언술하고 있는 바를 찾아내는 것이 중요하다.

　위 인용문에 나오는 '치우로 사는 사람'의 표본은 한무숙의 소설 중 『축제와 운명의 장소』의 '전옥희 여사'이다. 이 소설은 1962년에 쓰여졌기 때문에 그 주인공 전옥희 여사는 1963년에 출간된『열 길 물속은 알아도』에도「치우(痴愚)를 산 서글픈 여인」이라는 글 속에 언급되어 있다. 한무숙은 이 글을 앞의 글과 비슷하게 "어딘가 좀 잘못된 딱하고 우스꽝스러운 인물에게 마음이 끌리게 된 것은 오래 전부터의 일이다" 라는 말로 시작하고 있다.

　　전옥희 여사는 그런 여인이다. 아무 재능도 갖지 못하면서 자기
　는 평범한 여인일 수는 없다고 생각한다. 아름다운 용모도 고운 자

태도 아니면서 매력적인 여성이라고 믿는다. 이루어 놓은 것도 별 자격도 없으면서 마땅히 남의 고임을 받는 것으로 알고 있다. 곁에서 보면 우스꽝스럽고 뻔뻔스럽고 기가 막힌다. 그렇다고 악질은 아니다. 한마디로 곤란한 여인이다. 꿈이 많다기에는 현실 여건이나 사람됨이 당치도 않지만 그녀는 그렇게 산다. 이러한 여인을 나는 몇 사람 보았다. 젊었을 때는 딱하게 보이고 나이 들어서는 지겨워지고 늙어가면서 측은함을 느끼게 할 인간 실격자들이다.[23]

한무숙은 이 글의 끝부분에서 자신이 본 '그러한' 여인 몇 사람을 더 구체적으로 묘사하기도 하는데, 그녀가 이 글에서 말하고 있는 바에 의하면, 『축제와 운명의 장소』는 '어리석고 딱하게 살아온 그녀들'에게 자기가 표하는 '조그마나 진정어린 사랑과 동정'이다. 여기에서 중요한 것은 한무숙이 이 '치우'를 자신의 삶 또는 성격과 연결시키지는 않는다는 점이다. 병적인 어리석음은 '그녀들'의 성격이자 운명인 것이지 결코 작가 자신의 성격과 운명은 아닌 것이다.

필자는 이 장의 첫 인용문에 나타나는 것 같은, 그녀들과 나를 '동일화'하는 의식이 두 번째 수필집 『내 마음에 뜬 달』에 집중적으로 나타나고 있는 점을 중시하고자 한다. 「망상과 착각의 늪에서」에도 비슷한 얘기가 나오는데, 한무숙은 그 '인간 실격자들의 뻔뻔스러움과 망상에 곤혹하면서 어이없어 하면서 찌푸리며 눈길을 돌린 일이 수삼 번이 아니었는데 어느 날 나는 내가 눈길을 돌린 그 자리에 서있는 내 자신을 보았다'고 적고 있다. 그녀는 "딱하고 우스꽝스럽고 덜되고 못난 망상과 착각에 사는 여인, '축제(祝祭)와 운명(運命)의 장소' 속의 전옥희 여사는 나다"라고 말하고 싶을 때가 있다고 한다.[24] 그런데 여기에서 한층 문제적인 것은 한무숙 자신이 빠져있다고 의식하는 망상과 착각의 늪이 바로 글쓰는 사람으로서의 정체성과 관련된 것이라는 데

---

23) 한무숙, 「치우를 산 서글픈 여인」, 『전집』 제7권, 301～302쪽.
24) 한무숙, 「망상과 착각의 늪에서」, 『전집』 제8권, 41쪽.

있다.

> 특히 글을 쓰는 데는 신경이 곤두세워진다. 글을 쓸 수 있다고
> 착각하고 있는 것 같아 딱해진다. 불쌍도 해진다. 어이가 없어질 때
> 도 있다. 내가 가장 서글프고 불쌍해지는 것은 이럴 때이다. 그러면
> 나는 괴로워하면서 몸부림치면서 더욱 그 착각에 집착하는 것이
> 다.[25]

앞에서 한무숙은 처녀 시절 병약했던 까닭에 지나친 고임과 위함을
받음으로써 자신이 특별한 사람이라는 착각 속에 살았다고 말한 바 있
는데, 이제 그녀는 자신이 글을 쓸 능력이 없으면서 쓸 수 있다는 착각
속에 살고 있다고 고백하고 있다. 우리는 이러한 발언을 한무숙이 글
쓰는 사람으로서의 정체성을 버리는 것이 아니라 오히려 확고하게 인
식하는 것이라고 이해할 수 있다. 글을 쓸 수 있다는 착각에 집착하는
것은 글을 쓰고 싶다는 욕망의 다른 표현이기 때문이다. 그러나 문제는
그러한 욕망이 어떤 계기에 의해서 불러 일으켜지는가에 있다. 글을 쓰
고 싶다는 욕망은 글을 쓰지 못하고 있는 현실에서 오는 것일 수 있다
는 얘기이다. 이렇게 되면 문제는 좀 복잡해진다. 「'나'라는 존재」라는
글에서도 '문학하는 나'와 '생활하는 나'가 서로 간섭하고 힐책하고 변
명하는 갈등 속에 사는 괴로움을 표하며 어느 하나만을 '나'라고 할 수
는 없다고 말하고 있기도 하거니와,[26] 이러한 글들에서 과거와 현재의
'착각들'을 서술하는 현재의 화자는 한무숙이라는 개인의 정체성의 혼
란을 반영하고 있는 동시에 그녀가 혼란을 통과하여 정립하고자 하는
자아가 어떤 것인지를 짐작할 수 있게 한다. 한무숙이 10대의 그림 그
리는 소녀 혹은 책 읽는 소녀로서의 정체성과, 30~40대의 글쓰는 사람

---

25) 한무숙, 앞의 글, 40쪽.
26) 한무숙, 「'나'라는 존재」, 『전집』 제8권, 68~70쪽 참조.

으로서의 정체성을 부정함으로써 또는 그것이 착각이었다거나 착각일 수 있다고 의식함으로써 형성되는 자기 정체성은 과연 무엇인가?

한무숙이 수필쓰기를 통해 형성하는 자아는 결코 단일하지 않으며, 그 자아는 객관적인 실재라기보다 주관적인 가상에 더 가깝다. 한무숙은 한창 활발하게 작품 활동을 할 때의 자서전적 글쓰기를 통해서는 자기를 글쓰는 사람으로서 정립하려고 한 반면 작품 활동의 휴지기에 들어섰을 때는 자기를 며느리, 아내, 어머니로 의식(하고자) 한다. 과거의 자신은 글쓰는 현재의 상황에 의해 영향을 받아 재구성·재인식되는 바, 그녀 자신이 활발하게 작품 활동을 하고 있을 때 그녀는 자신이 혹독한(?) 결혼 생활을 통해 인간다운 삶에의 열망을 가지게 되었고 이것이 곧 소설쓰기를 추동했다고 의식(하려) 하지만 그렇지 않을 때 결혼은 그녀에게 자신을 처녀 시절의 미몽으로부터 깨어나게 한 계기로서 부각(시키려) 하는 것이다.

4. 다른 여성들과 공존·대결하는 '나'에서 그들 속에 파묻힌 '나'로

허구적 이야기와는 달리 전기는 그 외부세계에 지시 대상(= model)을 갖는 텍스트이다. 과학 담론이나 역사 담론과 똑같이 전기는 텍스트 외적인 '현실'에 관한 정보를 제시하려 하며, 그 정보는 검증의 대상이 된다. 그런데 전기적 텍스트의 목표는 단순한 유사성 – 즉 실제처럼 보이는 효과 – 이 아니라 바로 진실에의 유사성이다. 그런데 유사성은 두 가지 양태로 존재한다고 할 수 있다. 이야기의 요소들이라는 측면에서 '정보의 정확성'이라는 기준이 개입되며, 이야기의 총체적인 측면에서 '의미의 성실성'이라는 기준이 개입된다. 여기에서 '의미'란 이야기의 기법과 이야기하는 사람의 이데올로기를 내포하는 설명체계의 개입으로 생성되는 것이다.[27] 전기 텍스트의 위와 같은 성격은,

---

27) 필립 르죈, 앞의 책, 54쪽 참조. 필립 르죈은 이를 '대상 지시의 규약'이라

루카치가 말한 바, '진실에 다가가기 위한 에세이스트의 투쟁'을 떠올리게 한다. 루카치는 에세이스트를 초상화가에 비유했다. 그에 의하면 에세이스트는 마치 초상화가처럼 모델에 대해 진실을 말해야 하며 또 그것의 본질에 대한 표현을 찾아내야 한다. 따라서 에세이스트의 진실을 위한 투쟁은 표피적인 유사성을 위한 싸움이 아니라 이상적인 표현을 쟁취하기 위한 싸움이다.[28] 루카치가 말하는, 모델의 본질에 대한 표현이란 곧 초상화의 기법과 초상화가의 이데올로기를 내포하는 설명 체계의 개입으로 생성되는 '의미'와 다르지 않다. 하나의 모델에 대해 두 사람의 초상화가가 각기 다른 초상화를 제작해내는 이유가 바로 초상화가의 기법과 이데올로기의 차이에 있듯이 전기의 '의미'란 다른 사람들의 삶과 성격을 이야기하고 설명하는 방법에 의해 형성되는 것이며, 방법에는 저자의 인식이 개제되기 마련이다. 2장과 3장에서 살펴본 바, 두 개의 수필집 사이의 차이는 비단 자전적 글들에서뿐만 아니라 주변 인물들에 대한 전기 혹은 스케치적인 글들에도 나타나는 것으로 보인다. 글쓰는 자아의 현재 상황과 의식은 다른 사람들에 대해 이야기하고 설명하는 방법에도 영향을 끼치는 것이다. 이 장에서는 두 수필집에 실린, 주변 인물들에 대한 전기 혹은 스케치적인 글을 대상으로 한무숙이 타인의 삶과 성격을 이야기하고 설명하는 방법이 어떻게 달라지고 있는지를 논의하며, 타자를 이야기하고 설명하는 과정에서 간접적으로 형성되는 한무숙의 자기 의식의 문제를 다룬다.

한무숙은 여성의 삶에 특별한 관심이 있었다. 「신부처럼 곱게만 사신 어머니」, 「아아 김말봉 선생」, 「순백의 인생」 등 첫째 권에 실린 전기적인 글들은 모두 여성들의 삶에 관한 것이며, 「유수암(流水庵) ─ 그

는 말로 요약한 바 있는데, 이러한 규약은 자서전에도 똑같이 해당되는 것이다.

28) 게오르그 루카치(반성완·심희섭 역), 「에세이의 본질과 형식」, 『영혼과 형식』, 심설당, 1988 참조.

작품의 실상」, 「마음의 교류를 빌며」, 「치우(痴愚)를 산 서글픈 여인」 등은 자신의 소설의 여성 인물에 대한 글이다. 둘째 권의 「서울 여인」, 「서울 여인의 매력」, 「보잘것없는 일에 정성을 다해」는 어머니와 큰어머니에 관한 글이며, 「존경하고 사랑하는 어진 분」, 「불국생 보살과 그의 아들」은 친분을 나누었던 여성들에 대한 글이다. 이외에도 「아름다운 여인(1)」, 「아름다운 여인(2)」 역시 이상적인 여성상에 대한 글이다. 물론 이 글들에 등장하는 다양한 여성들의 삶과 성격을 일원화하는 것은 가능하지 않다.

> 표준어를 고집하는 그녀(어머니 : 인용자)는 또 '정통'을 고집했다. 몸가짐 하나까지도 들들 볶을 정도로 딸들 단속이 심했다. 바느질을 가르치려면 우선 자세부터 단정히 가져야 한다고 타이르는 어머니였다. 아침마다 공단 결 같은 검은 머리를 한 시간 가깝게 걸려서 쪽찌는 어머니는 세트도 않고 헝클어진 머리로 있는 딸들이 마땅치 않아 눈살을 찌푸렸다. …… 중략 ……. 머리에 흰 것이 섞이게 되어도 이 부부는 신혼 때처럼 아기자기한 정을 그대로 지니고 있었다. 아내는 남편의 말이라면 계명같이 지켜 결점까지도 남편의 고지식한 성격을 어느만치 수식하는 것이라고 생각하는 모양이었다. 온후하고 점잖은 남편은 술을 즐겼다. 밤마다 술상이 벌어졌지만 그것을 마련하는 데 아내는 기쁨을 느꼈다. 술안주를 장만하는 것은 그녀의 큰 낙 중 하나였다.[29]

> 아주머니(김말봉 : 인용자)는 여공이 서툴렀다. 아기들의 저고리 하나 지어 입히지 못했고, 곰살궂게 고시런을 해준 일도 없었다. 아기들은 제멋대로 놀다가 어머니(김말봉 : 인용자)가 외출을 할 양이면 울고 따라나서는 것이 일쑤였다. 그러면 어머니는 꾸짓지도 않고 옷을 갈아입히는 일도 없이 곧잘 아기손을 붙들고 거리로 나가는 것이었다.

---

29) 한무숙, 「신부처럼 곱게만 사신 어머니」, 『전집』 제7권, 83~84쪽.

(아기들의 : 인용자) 저고리 고름이 한 쪽 떨어져 있어도 예사였고, 맨발에 헐은 고무신을 신고 있을 때도 있었다. 나들이를 할 때면 꾸며 주느라고 법석을 하던 우리 어머니만 보던 눈에 그런 일은 놀라움이 아닐 수 없었다. 그러나 꼼꼼하고 얌전한 우리 어머니는 아주머니를 사랑했다.

"솔직하고 명랑하고 그리고 무엇보다도 협기(俠氣)가 좋단 말야."[30]

앞의 이야기에 있는 어머니는 마음가짐과 몸가짐이 깔끔하고 단정했으며 그러한 것을 딸들에게 철저하게 교육한 그야말로 전통적인 여성으로 묘사되어 있다. 그에 비하면 뒤의 이야기에서 김말봉은 좋게 말하면 대범하고 나쁘게 말하면 무심한 어머니로 묘사되어 있다. 앞의 글에도 나타나 있다시피, '꼼꼼하고 얌전한' 어머니를 보아왔으며 그러한 여성이 되도록 교육받아온 나 – 화자의 눈에 김말봉의 그러한 행동거지는 놀라운 것일 수밖에 없다. 그렇지만 정작 어머니 자신은 김말봉의 '솔직하고 명랑하고 의협심이 강한' 성격을 좋게 보고 사랑하는 것이다. 뒤의 글은 한 마디로 다성적이다. 여기에는 인물들 – 김말봉, 나 그리고 나의 어머니 – 과 나의 목소리가 각기 독립적으로 존재하고 있으며 목소리들은 서로를 제한하고 견제한다.[31] 앞의 이야기도, '어머

---

30) 한무숙, 「아아 김말봉 선생」, 『전집』 제7권, 92~93쪽.
31) 「아아 김말봉 선생」에서 김말봉은 '가난과 쓰라림과 고루한 세인의 눈초리와 그리고 사랑하는 사람들과의 사별' 등을 겪으면서도 그 기구한 역경에 휘임없이 숱한 일 – 공창 폐지에 앞장섰으며, 유네스코 대회에서 당당하게 신념을 피력하고, 50세가 넘은 나이에 미국 유학을 해낸 일 – 을 해낸 강인한 여성이지만 한편 앞에 말한 무심하고 털털한 어머니, 40이 넘어도 소녀 같은 감수성으로 비가 오는 날이면 빗속을 달려와 영화 구경를 청하고 영화관을 나와서는 영화의 감명을 잃지 않기 위해 빗속을 손을 쥔 채 걷자고 하던 여자, 스무 살이나 차이가 나는 나 – 화자를 스스럼 없이 자기와 대등으로 취급하며 재혼을 의논하는 여인, 남편과 자식을 앞세우게 된 시련을 종교에 의탁하여 극복하던 종교인 등으로 아주 다채롭게 묘사되고 있다.

니는 …… 생각하는 모양이었다'라는 표현이 드러내고 있듯이, 단성적이지만은 않다. 게다가 위의 글들이 함께 만들어내는 '의미의 공간'을 생각한다면 한무숙이 여성의 어떤 하나의 모습만을 인정하거나 추구했다고 말할 수는 없을 것이다. 필자는 이러한 다성성이, 앞장에서 말한 바와 같이, 한무숙이 자기와 '그러한' 삶을 살아가는 '그러한' 여성들을 분리하여 의식한 것과 관련된다고 본다. 즉 치우 속에서 사는 여인들을 '그러한 여인'들로 거리를 두고 보는 것과 아주머니로 지냈던 김말봉이나 어머니를 거리를 두고 보는 것은 구조적으로는 다르지 않다는 것이다.

한무숙의 첫 번째 수필집에 실린 주변 인물에 대한 글들은 길이도 상대적으로 길고 전기(傳記)적 성격이 강하다. 위에서 인용한 「신부처럼 곱게만 사신 어머니」, 「아아 김말봉 선생」을 비롯한 「순백(純白)의 인생」 등은 모두 분량이 7~8쪽에 달하며 그래서 인물의 인생 전반이 부각되고 있다. 그에 비해 두 번째 수필집에 실린 「존경하고 사랑하는 어진 분」 등은 모두 분량이 3~4쪽에 불과하여 인물에 대한 스케치의 성격이 강하다. 이것들에 대하여 우리는 앞에서 말한 정보의 정확성과 의미의 성실성이라는 문제를 모두 거론할 수 있겠지만, 이 중 더 중요한 것은 이야기의 기법과 이야기하는 사람의 이데올로기를 내포하는 설명 체계의 개입으로 생성되는 '의미'의 문제일 것이다.

> 그로부터 40년, 우리는 한 번도 언짢은 사이가 된 일이 없다. 섭섭한 말이나 야속한 행동을 한 일도 없다. 언제나 감싸 주듯 아껴주는 그분(박홍득 여사)의 너그럽고 따뜻한 사랑 덕분이다.
> 40년간의 우의를 통하여 나는 그분에게 배운 것이 많다. 성실, 꾸준함, 어진 마음, 매운 살림 그리고 놀라운 노력 등등이다.[32]

---

32) 한무숙, 「존경하고 사랑하는 어진 분」, 『전집』 제8권, 203쪽.

「존경하고 사랑하는 어진 분」은 인물에 대하여 이야기하고 설명하는 방법이 앞의 글들과는 매우 다르다. 여기에서는 나 − 화자와 인물의 관계가 중요하게 부각되며, 인물들은 자기 나름대로의 삶을 살아가는 것으로서 묘사된다기보다 나 − 화자와의 관계 속에서 묘사된다. 결국 그 인물의 됨됨이 역시 그들과 특별한 관계를 맺고 있는 나 − 화자 개인의 위치에서 파악되므로 거리가 유지되기 어려우며 보여지는 인물의 모습 역시 일의성을 면치 못하게 된다. 그렇다고 이 글에서 나 − 화자의 목소리가 유일하고 세력 있는 목소리로 군림하며 주도적인 힘을 행사하고 있다고 말할 수는 없다. '그분에게 많은 것을 배우다'라는 표현에 드러나 있듯이 이는 실상은 '나'가 다른 사람 − '그분' − 과 동질화되(기를 원하)는 것을 의미하며, 자신만의 색깔을 갖지 못하고 있음을 드러낸다. 이러한 구조 속에서는 오히려 나의 자기 의식이 더욱 희미해지며, 그럴수록 대상의 개성 역시 희미해진다. 두 번째 수필집에는 나 − 화자가 다른 인물에 대하여 매우 상투적으로 이야기하고 설명하는 경우가 훨씬 많이 눈에 띄는데, 대상에 대한 이러한 상투적 반응이 의미의 공간을 매우 협소하게 만들리라는 것은 충분히 짐작할 수 있는 일이다.

5. 결 론

한무숙은 수필을 소설만큼 진지한 문학으로는 인식하지 않았다. 따라서 그녀의 수필쓰기는 소설쓰기라는 본연의 작업의 잉여분에 해당한다. 작가의 의도라는 측면을 차치하고 결과로써 평가하더라도 한무숙이 수필의 영역에서 어떤 새로운 문학적 실험을 꾀했다거나 어떤 특정한 미적 경지를 개척했다고 말할 수는 없을 것 같다. 따라서 이 글에서 필자는 한무숙의 수필을 그녀의 작가적 개성을 드러내는 글로 읽기보다 수필이라는 장르의 특성을 드러내는 하나의 모델로 읽었다. 이 글의 목표는 한무숙의 수필 작품을 작가 연구의 맥락에서 연구하는 것이 아니라 장르 연구의 맥락에서 연구하는 것이었다.

위와 같은 독서에 의해 도달할 수 있는 지점이란 수필 일반의 성격일 것이다. 이 글에서 필자가 특히 주목한 것은 수필이 말 그대로 저자의 진실을 드러내는 것이라기보다 저자가 드러내고자 하는 진실을 드러내는 것이라는 점이다. 수필이 그대로 저자에 대한 객관적인 정보를 제공하는 텍스트라고 볼 수는 없으며, 그런 점에서 수필 역시 어떤 면에서는 '허구적인' 글쓰기로서의 성격을 가졌다고 할 수 있다. 자전적 텍스트들에 나타나있는 화자의 자기 의식은 그 자체로 진실이라기보다 글쓰기를 하는 자아의 현재적 상황과 욕망에 의해 제한된 것인 동시에 글쓰기를 하는 현재적 자아의 자기 의식을 확정하는 데 영향을 끼치는 것이다. 다른 사람의 삶을 이야기하고 묘사하는 글에서도 타자에 대한 이해는 글쓰는 자아의 현재적 상황과 욕망에 의해 제한되는 동시에 그것을 규정한다. 이렇게 본다면 전기적 텍스트 역시 대상에 대한 객관적인 정보를 담고 있다고는 할 수 없다.

필자는 한무숙의 수필 작품 중 특히 자전적 텍스트와 자화상적 텍스트, 다른 인물들에 대한 전기적 텍스트와 스케치적 텍스트를 대상으로 하여 수필쓰기를 통해 형성되는 저자의 자기 의식이라는 문제를 한무숙의 두 권의 수필집 사이의 차이를 분별함으로써 밝히고자 했다. 글쓰기를 하는 현재적 자아의 상황·욕망과 나 - 화자의 자기 의식의 관계는 앞에서 말했던 것처럼 일방적인 것이 아니라 상호 규정적인 것이다. 저자의 현재적 상황과 욕망이 나 - 화자의 자기 의식에 영향을 끼치는 동시에 저자의 자기 의식은 나 - 화자의 자기 의식에 의해 영향을 받으며 형성된다. 한무숙의 경우, 수필 작품 안에서 자기를 글쓰는 사람으로 확정하는 의식이나 글쓰는 사람으로서의 자기 정체성을 회의하거나 의심하는 의식은 모두 글쓰기를 하는 현재적 자아의 상황과 욕망에 의해 규정되는 동시에 그러한 확신 또는 의심에 의해 글쓰기하는 자아의 자기 의식은 형성된다. 다른 사람들에 대한 글쓰기에 대해서도 같은 말을 할 수 있다.

수필에 드러난 '나'의 자기에 대한 의식은 있는 그대로의 자기라기보다 되고 싶은 자기에 의해 규정되며, 동시에 수필 텍스트의 생산 과정은 곧 저자의 자기 의식의 형성 과정이다. 이는 수필이 제공하는 정보의 객관적 사실성에 대해 회의를 표명하는 의견이라고 볼 수 있다. 즉 수필을 저자의 삶을 구성하는 구체적인 사건들과 그것들에 대한 저자의 반응을 솔직하게 담고 있는 텍스트로 설정하거나 저자의 자아가 동일하다고 전제할 경우 실제적인 삶을 살아가는 한 인간으로서의 저자에 대한 이해가 협소하고 단순한 것이 될 위험이 있다고 할 수 있을 것이다. 이는 수필을 작가의 작품을 이해하기 위한 보조 텍스트로 활용할 경우 특히 유념해야 할 사항이다.

삶, 처연한 운명에의 긍정

- 한무숙의 단편을 중심으로

- 김예림(연세대 강사) -

한무숙은 1948년 장편소설『역사는 흐른다』가 국제신문 소설공모에
당선되면서 본격적인 창작활동을 시작한다. 이후 그녀는 50년대에『월
운』(1956),『감정이 있는 심연』(1957)과 같은 창작집을 발간하고, 60년
장편『빛의 계단』, 1964년『석류나무집 이야기』를 상자한다. 이어 1963
년 창작집『축제와 운명의 장소』, 1987년『우리사이 모든 것이』, 그리
고 1987년『생인손』을 발간하였다. 대체적으로 살펴본 작가이력이 보
여주듯이 한무숙은 해방 후의 문단 형성기 때부터 80년대에 이르기까
지 꾸준하게 작품을 발표해 왔다. 전통적인 양반가문에서 태어나 작가
가 되기까지 한무숙이 걸어온 길은 그녀의 작품을 이해하는 데 있어서
중요한 틀을 제공해준다. 결혼 전까지 한무숙은 전통적인 양반문화를
간직하고 있으면서도 개방적인 분위기를 지녔던 집에서 성장하였다.
그녀가 작가로서의 길에 들어선 것은 결혼을 한 이후였다. 여러 가지
맥락에서 한무숙의 삶은 봉건적인 세계에서 한 여성이 자신의 정체성
을 찾아 고투하는 현장을 고스란히 보여주고 있다. 작가로서의 길은
이 과정에서 발견한 절실한 방법이었다고 할 수 있다. 이 시절을 한무
숙은 다음과 같이 술회한 바 있다.

시집가기 전, 난 내가 뭐라고 - 섬바디라고 생각했어요. 그런데
시집을 가니까 아무것도 아니에요. 노바디예요. 옛부터 며느리는
똥 친 막대기라잖아요? 막대기두 소용없는데 똥까지 쳤으니 무슨
쓸모가 있겠어요. 하루아침에 바닥두 그런 바닥이 없지요. 철저한
전락이지요. 시부모 탓도 아니지요. 세대, 가치관, 사고 방식의 차
이지요. 오랜 중병 환자를 간병해야 하고 시조모님까지 모셔야 하
는 처지라 신문 볼 새도 없어요. 내가 볼땐 벌써 조각이 나서 거기
(화장실) 가 있다구. 그런 상황에서 문예공모를 보고 '써야겠다' 결
심했지요. 그런데 층층 시하의 웃어른들 뒷수발 다 하구 시간이 있
어요? 앉아 있을 기운도 없지요. 그래서 그『역사는 흐른다』 1700내
를 누운 자세로 종이를 벽에 대고 썼어요. 누워서 쓰니 잉크는 흘러
서 안 되고 꼭 연필로 썼어요. 그래서 지금도 누워서 잘 써요. 이따
실연해 보일게. 시어른들의 반대같은 건 있을 턱이 없었지요. 아무
도 몰래 밤에만 썼으니까. 신랑만 알구 시험지에 등사판을 밀어서
원고지를 만들어 주는 외조를 했지(대담, 「나의 문단 40년 회고」,
『한무숙문학연구』, 을유문화사, 1996, 338~339쪽).

봉건적인 제도와 문화 속에서의 억압적인 생활과 더불어, 항상 죽음
과 씨름했을 정도로 병약했던 몸, 이로 인해 애초에 가졌던 성악가, 화
가로서의 길을 포기할 수밖에 없었던 상황, 병상에서의 책읽기로 시작
된 문학 수업 역시 작가로서의 한무숙을 이야기할 때 빠짐없이 거론되
는 점들이다.

나는 아주 단순하게 살았어요. 소설가가 되어야겠다는 확고한
스스로의 결단에 의한 시작이 아니었어요. 도리어 미술에 천부적인
소질이 있다고 해서 화가가 되려고 했어요. 1935년 「동아일보」에
연재하던 김말봉 선생의 장편소설『밀림』의 삽화를 맡아 242회 분
을 그리기도 했지요. 좀 조숙한 편으로, 병고와의 싸움이란 결국 자
기 자신과의 싸움인데, 내 젊은 시절은 스스로와의 싸움으로 이어
졌지요. 병이력이 깊었으니까요. …… 그렇게 앓다 보니 누워서도

할 수 있는 게 책 읽는 일밖에 더 있어요? '가'자 뒷다리 알고부터
는 늘 독서로 소일했지요(대담, 위의 글, 337~338).

한무숙의 작품 세계를 구성하는 여러 가지 미적 장치들과 세계관의
가장 밑바닥에는 이러한 현실적 체험들이 녹아들어 있는 것이다. 그녀
에게 문학은 불가피한 대안으로 가장 나중에 선택된 것이었지만 그런
만큼 그녀의 삶이 고통과 희망 속에서 체험한 모든 것들을 온전하게
담아내고 있는 셈이다. 특히 한무숙의 소설을 전기적 관점에서 분석하
는 많은 연구들은 그녀의 삶이 지닌 이러한 극적인 요소들을 참조하면
서 작품에 나타난 세계관을 해명한다.[1] 이러한 방향의 분석 가운데서
도 유종호의 다음과 같은 견해는 한무숙 소설에서 중요한 부분을 차지
하고 있는 독특한 죽음 의식의 형성 근원을 매우 적확하게 설명한 것
이라 하겠다.

이와 함께 몇몇 중요 작품에서 무대가 병원으로 되어 있다는 것
도 이와 연결시켜 생각할 수 있다. 가령 릴케의 유명한 『말테의 수
기』에서 병원은 화자의 소외를 시사하는 주요 은유가 되어 있지만
한무숙 여사의 작품에서 병원은 무대이면서 무대 이상의 것이 되
고 있다. 삶도 일종의 질병이라는 생각과 함께 어떤 국외자의 설움
을 시사하는 데 병이 활용되고 있는 것이다. 생각건대 이 또한 젊은
시절의 가슴앓이 경험과 유관한 것인지도 모른다. …… 가슴앓이라
는 당대의 난치병을 감수성 예민한 시절에 경험했다는 것의 의미
는 이렇게 크다고 할 수 있다(유종호, 「삶의 진실과 슬픔」, 『감정이

---

1) 정재원은 개화한 가풍에서 자라면서 근대적 교육을 받은 한무숙이 결혼
후에 봉건적인 세계와 부딪치게 되면서 이 두 문화 체계에 대해 양가적인
태도를 가지게 되었음을 밝히고 있다. 그러나 이 양가적 태도는 그녀의
작품에서 심각한 갈등이나 내적 분열 양상으로 나타난다기 보다는 결합
과 조화 지향적인 성향으로 드러난다고 한다(이상, 정재원, 「한무숙 단편
소설 연구」, 앞의 책, 249~261 참고).

있는 심연』, 을유문화사, 1992, 322쪽).

이처럼 유종호는 한무숙의 '문학에의 개안과 몰두가 사춘기의 일시적인 분출현상이 아니라 육신의 특정 상황과 연관된 일종의 육체적 열망이었음'을 설득력있게 밝히고 있다. 일반적으로 한 작가의 현실적 체험들은 그 작가의 작품에 독특한 질감과 색감을 불어넣게 된다. 그렇기 때문에 세계에 대한 다양한 해석과 재현들이 가능해지는 것이다. 하지만 한 작가의 작품 혹은 세계관이 전기적 요소들로 완벽하게 설명되거나 환원될 수 없다는 점 역시 자명한 사실이다. 따라서 이 글에서는 작가의 전기적 생애에 대한 참조는 가능한 한 지양하면서 작품 자체를 중심으로 작가의식을 고찰해보고자 한다.

한무숙에 대한 전기적 연구 못지않게 작품론 역시 여러 방향에서 이루어져 왔는데 그 하나로 페미니즘적 관점에서 이른바 '여성적 글쓰기'의 의미를 찾으려는 연구들이 중요한 부분을 차지하고 있다. 이와 관련하여 한무숙은 '남성 중심적 전통과 억압받는 여성의 문제를 과격한 진보적 사고에 의해 신경질적으로 처리하는 방식을 극도로 삼가고' 있으며 '전통적 여인상에서는 절약과 부덕의 미를 부정하지 않고 현대적 삶 속에서는 여성의 정당한 욕구가 억압될 수 없다는 점을 제시한다'는 평가를 받기도 한다.[2]

이 글은 초중기 단편을 중심으로 한무숙의 문학적 관심을 살펴보고자 한다. 한무숙이 문단의 주목을 받기 시작한 것은 앞에서 언급했듯이 장편 『역사는 흐른다』를 통해서였다. 그러나 이 작품에 이어 그녀는 본격적으로 단편을 발표하기 시작한다. 따라서 한무숙의 단편들을 고찰하면 작가로서의 그녀가 초기부터 가졌던 문제의식이 무엇이었으며, 이들이 어떤 식으로 변화 혹은 심화되고 있는지를 따라가 볼 수 있

---

2) 홍기삼, 「균형과 조화의 원리」, 위의 책, 73쪽

는 것이다. 한무숙은 장편과 단편 그리고 중편 형식을 모두 거치고 있지만 단편에서는 그녀의 세계관 혹은 작가로서의 관심이 가장 집약적으로 제시되어 있다고 할 수 있다. 그리고 초중기의 단편을 통해 우리는 작가로서 그녀가 어떤 지점에서 출발하고 있는 지를 그리고 이 출발점에서 시작하여 어떤 영역을 완숙하게 다루게 되는지를 살필 수 있을 것이다. 단편에서 다루어진 것들이 이후의 작품들과 구체적으로 어떤 관련성을 갖는가가 포괄적으로 논의되어야 하겠지만, 이 글에서는 우선 이를 위한 전초 작업으로 단편중심의 작품 해석을 하고자 한다.

1. 절망적 현실과 존재의 고통

한무숙의 첫 장편『역사는 흐른다』는 동학혁명기로부터 식민지 시기를 거쳐 해방기에 이르기까지의 역사적 시간을 다루고 있다. 이 작품을 관통하는 것은 우선 역사 구성의 욕망이라 하겠다. 한무숙은 여기에서 격동적인 역사적 전환기를 선택하여 '전근대적' 세대 – 구문화의 몰락과 '근대적' 세대 – 새로운 문화의 대두를 보여주며 또 식민지 시기의 이념적 – 현실적 지향점들을 제시하고 있다. 그러나 이 거시적인 역사적 관심은 지나치게 압축되어 있다. 무수한 등장 인물들, 시대적 상황 등의 기계적 나열은 작가의 욕망이 적정한 서사 구성을 넘어서서 독주하고 있다는 느낌을 갖게 한다. 작가의식적으로, 개화기이래 우리 문학에서 줄곧 지배적인 담론으로 존재해온 계몽주의적 지향을 벗어나지 못한 면이 강하다. 그 결과 근대화와 계몽의 이데올로기를 본격적으로 담기 시작한 최초의 양식인 신소설의 서사구성과 상상력의 틀에서 벗어나지 못한 면이 많이 있는 것이다.

한무숙의 두 번째 장편은『빛의 계단』으로, 1960년에 발간되었다. 이 작품은『역사는 흐른다』와는 대략 10여 년의 시간적 차이를 가지고 발표된 셈이다. 그 사이에도 한무숙은 단편을 중심으로 창작활동을 계속하였다. 두 번째 장편 『빛의 계단』은 주제의식 면에서나 형상화 면에서 그녀가 여태까지 보여준 단편들의 세계를 종합적으로 담고 있다. 후에 구체적으로 살펴보겠지만, 인물의 성격이나 유형, 탐구해 들어가는 대상이나 이 과정을 통해 드러나는 작가의식이 단편들에서 파편적으로 제시되는 것과 크게 다르지 않기 때문이다. 어쨌든, 『빛의 계단』에서는 첫 장편 『역사는 흐른다』를 조직하는 원리, 즉 역사적 격동기의 숨가쁜 변화를 압축시키려는 욕망과 시대적 변전의 정황을 조감하고자 하는 거시적 시선이 뒤로 물러나면서, 인간의 삶과 어두운 세계에 대한 작가 특유의 정적이면서도 섬세한 고찰이 전면화되기 시작한다. 물론 작가의 사회적이고 현실적인 관심은 초기 단편들에서도 여전히 이어지고 있다. 하지만 초기 단편들에서 나타나는 가장 뚜렷한 특질은 이 사회적이고 현실적인 관심이 각 개인들의 내면을 투영함으로써 제시되고 있다는 점일 것이다. 한무숙의 작품이 사건의 현장성이나 직접성을 떠나 깊이를 갖춘 성찰적 면모를 강하게 드러내기 시작한 것은 단편들에 와서인데, 이 점은 한무숙 소설 고유의 미덕이기도 하다. 첫 작품집에 실린 작품들이 대부분 전시에 혹은 전후에 쓰여졌다는 사실을 감안할 때, 한무숙 작품의 현실에 대한 관심 혹은 현실을 들여오고 반영하는 방식의 간접성은 더욱 분명해진다.

전쟁이라는 강력한 현실적 상황이 간접화되는 양상은 사실 50년대 작가들에게서 공통적으로 나타나는 현상이기도 하다. 물론 여기에서 언급한 간접화란, 실제적인 사실이 문학적 가상으로 전환될 때 근본적으로 또 필연적으로 일어날 수밖에 없는, 허구화에 따른 간접화를 의미하지는 않는다. 이보다는 좀더 구체적인 차원에서, 개별 작품들이 현실을 어떤 식으로 담아내고 어떤 식으로 반영하고 있는가에 따라 결정되는 문제인 것이다. 예를 들어 장용학은 추상화, 이론적 담론화 작업을 통해 전쟁과 전후현실을 간접화하였다. 선우휘 역시 장용학과 유사한 방식으로 전쟁이라는 극단적인 실감의 세계를 추상화시켰다. 그리

고 이들과는 다른 경로로 손창섭은 인물들의 내면과 구체적 일상에 초
점을 맞춤으로써 간접적으로 그 시대의 정신적, 현실적 정황을 제시하
였다. 손창섭의 세계는 냉소적이고 위악적인 내면 그리고 절규에 가까
운 자기 모멸의 시선을 통해 시대의 문제를 간접화한 것이다. 그렇다
면 한무숙은 어떤 방식으로 당시의 현실을 담아내고 있는가. 한무숙의
방법은 손창섭의 그것과 동일한 범주로 묶일 수 있다. 즉 한무숙 역시
'한 시대'는 개인들에 의해 '체험'되고 그들의 삶에 지울 수 없이 '각
인'되는 것이라고 생각한다. 따라서 그녀 작품에서 현실의 수용은 추
상화의 방식이 아니라 개별화, 내면화의 방식으로 이루어지고 있는 것
이다.

이런 식의 간접화가 이루어지는 순간, 한무숙 작품의 테마는 개인의
삶, 개인 내면의 재현으로 전환, 압축된다. 「파편」(1951)은 이러한 양상
을 가장 잘 보여주는 작품이다. 좁고 어두운 창고에서 집단으로 피난
생활을 하는 인간군상들에 대한 관찰적 묘사를 통해 전쟁기의 부조리
한 현실을 그려내고 있는 이 작품에서, 암담한 현실을 상징하는 공간
은 다음과 같이 묘사되어 있다.

> 담뿍 물을 먹은 무거운 먹서리떼기를 걷고, 발을 드려 놓으니 퀴
> 퀴한 냄새가 코를 찔렀다. 태현이는 힘없이 좁은 통로를 걸어, 자기
> 자리에 들어가, 신을 신은 채, 불결한 침구 위에 덜컥 주저앉았다.
> 남편이 돌아온 것도 모르듯, 과로해 잠든 아내 옆에 더러운 얼굴을
> 한 어린 것들이 셋, 이불을 걷어차고 서로의 몸에 다리를 걸치며
> 거센 명석자리 위에 곤드라져 있고 손잡이가 떨어진 새까맣게 걸
> 은 냄비랑 풍로, 양재기, 새끼로 묶은 나무단 같은 것으로, 겨우 경
> 계를 한 옆칸, 한가운데에는 찌글어진 냄비가 자리를 잡고, 젊은 내
> 외는 따로따로 머리를 맞대고 벽쪽에 딱 붙어 직각으로 누워 역시
> 잠이 들었다(「파편」, 『월운』, 정음사, 1956, 5쪽).

50년대, 개인이 맞닥뜨린 현실은 이처럼 어둡고 신산한 것이다. 한무숙이 포착한 현실, 모든 사람들의 앞에 놓여 있는 이 절대적 절망은 바로 당대인들의 불변하는 삶의 조건이다. 이런 상황에서 주인공 태현은 인간의 존재 조건과 의미에 대한 실존적 고민에 빠진다.

> 언젠가 읽은 톨르게네프의 한 구절이 머리에 떠올랐다. 이런 창고 지붕이라도 지붕이라 할 수 있다면 자기는 행복하다고 할 수 있을 것인가? 아니다. 이곳이 무엇 따듯한 한 구석이리요. 여기는 다만 전쟁이란 선풍에, 뿔뿔이 흩어진 민족의 파편을 아무렇게나 쓸어담은, 구접스레한 창고 — 실질적으로나 상징적으로나 한 개의 창고에 지나지 않는다. 이윽고 자기도 역시 한쪽의 파편, 완전체의 파편으로 인간감정을 무시한 삶의 막다른 골목, 생활을 잃은 생존을 하고 있는 것이다(「파편」, 앞의 책, 17쪽).

한 존재의 의의를 완전히 무화시켜 버리는 현실에 대한 절망, 그리고 이런 현실 속에서 '알량한' 자존심과 타인에 대한 경멸감으로 자기를 지탱시키고 있는 상황에 대한 고민이 시작된다. 창고에서의 암담한 생활로부터 스스로 한치도 벗어날 수 없으면서도, 태현은 그 속에서 아웅다웅하며 목숨을 부지하고 있는 사람들에게 모멸의 시선을 던진다. 그러나 태현 역시 이들과 크게 다르지 않은, 아니 오히려 이들보다 훨씬 더 위선적이고 허위의식에 찬 인물인 것이다. 스스로도 자신의 허위와 가식을 의식하고 있다. 타인에 대한 모멸감은 결국 자기 모멸을 감추기 위해, 자기의 허위의식을 정당화하기 위해 만들어 놓은 얄팍한 방어막에 지나지 않는 것이다. 이 작품에서 주인공의 이러한 모순적인 내적 상태를 상징하는 것은, 그가 마치 자존심처럼 간직하고 있는 양복이다. 하지만 이 양복은 타인에 대한 무시와 무관심을 지시하는 것이기도 하다. 그는 양복이 의미하는 바, 허위적인 자존심과 배타적인 자의식을 스스로 모독함으로써 자신의 실체에 맞대면할 것을 선택한다. 자기 모멸을 통한 자기 회복이라는 역설적인 방법의 선택은 자신의 전존재를 건 실존적인 선택인 것이다. 이는 작가가 표현했듯이, '선악을 구별할 수 없는 시대'에 '나에게서 출발하여 나에게서 그치는 도덕'을 찾는 절박한 행위이다. 가치론적 기준이 깡그리 무화된 세계에서 개인은 오직 자기로부터 윤리적 기준을 찾을 수밖에 없다. 그리고 그 유일한 방법은, 자신이 속이고 있는 자기 내부의 악, 부도덕, 냉혈함을 인정하여 그 허위의 망으로부터 스스로를 구제하는 것이다.

> "…… 글쎄 옷을 쫄딱 버린 후부터는, 그저 마른 땅 걷는 것과 마찬가지로 진 땅을 걸을 수가 있지 않겠어요? 전차도 기다리지 않구, 내처 돈암동까지 걸어버렸어요, 나중에는요 일부러 진창을 철벅철벅 걷기두 허구, 그 기분이란 무엇일까요? 참 자유롭구 거리끼는 것이 없구, 말하자면 불명예의 향락이랄까요? 네 그래요. 옷을 버리지 않으려구 애를 쓰지 않으니깐 아주 쉽게 힘 안드리고 걸어갈 수가 있었어요 호호" 그 웃음소리가 귓전에 잔잔하다. 문득 언젠가 박태현이가 하던 말이 머리에 떠올랐다. "자기로부터 시작되어 자기에서 그치는 도덕 ……."(「파편」, 앞의 책, 42쪽)

한무숙은 이처럼 개인의 실존이 문제가 되는 시대, 개인을 주체로 세우는 결정적 기제로 윤리가 부재하는 혼란스러운 현실을, 인물들의 내적 방황과 갈등 묘사를 통해 제시하고 있다.

한 시대를 살아가는 개인들의 내면적 피폐라는 문제는 이후의 작품에서도 지속적으로 다루어지고 있다. 이러한 상황을 상징하는 전형적인 인물이 바로 퇴락한 혁명가이다. 이러한 유형의 인물은 한무숙의 작품에서 매우 중요한 의미를 갖고 반복적으로 등장한다. 앞서 살펴보았던 「파편」의 주인공 태현 역시 황해도 대지주의 외아들로서, 말하자면 시대적 상황에 의해 몰락한 수재형으로 설정되어 있다. 그리고 1953년에 발표한 「허물어진 환상」의 주인공 혁구 역시 과거에는 동맹휴교를 주도했던 젊은 혁명가였으나 지금은 과거의 열정과 정의감을 모두 상실한 채 소멸의 길을 걷고 있는 인물인 것이다. 한무숙의 소설에서 이러한 인물이 중요한 의미를 차지하는 이유는 우선 그녀가 파악하고 있는 외부세계의 상황, 즉 개인의 존재 의미를 모두 무화시켜 버리는 폭력적이고 억압적인 상태를 이들이 극적으로 반영해줄 수 있기 때문이다. 그리고 보다 중요하게는, 몰락한 혁명가가 환기시키는 바, 어두운 정열, 허무, 소멸에의 안타까움 등과 같은 정서가 작가의 세계관 혹은 세계감각을 드러내는 데 효과적이기 때문이다. 자신이 형상화한 인물에 대해 한무숙은 다음과 같이 설명한 적이 있다.

> 젊은 시절 나는 주로 파벨같은 남성상을 그리고 있었어요. 투르게네프의 『아버지와 아들』의 주인공 바잘로프를 니힐리스트로 부른 바로 그 파벨페트로비치지요. 아주 다 타버린 사람이에요. 모든 정열을 인생, 모험, 여성에게 다 태워 버리고 여열이 조금 남은, 허무적이면서도 따뜻함이 남은, 냉혹한 것 같으면서도 냉혹하지 않은, 어디까지나 많이 알면서도 겉으로 나타내지 않고 생긴 것도 고비가 넘은 얼굴.『쿠오바디스』의 페트로니우스 같은 남자(「나의 문단 40년 회고」, 앞의 책, 341쪽).

일반적으로 특정한 인물군에 대한 편향이나 선호는 그 인물에 대한 심미화를 낳게 마련이다. 인용문에서 볼 수 있듯이, 한무숙의 작품에서도 이러한 성향은 강하게 나타난다. 여기에는 남성에 대한 환상이 강력하게 작용하고 있다. 강렬한 허무, '남성적' 열정은 일종의 이상적인 아름다움으로 찬양되고 있는 것이다. 이와 같은 인물은 장편『빛의 계단』에서도 여전히 중요한 위치를 차지하고 있다.

이러한 인물을 통해 작가가 다루고자 한 또 하나의 테마는 일종의 운명론적인 문제라 할 수 있다. 한무숙은 앞에서 언급했듯이 현실에 대한 관심을 지니고 있지만, 이것이 드러나는 것은 언제나 생의 숙명적 성격, 벗어나고 싶어도 벗어날 수 없는, 모든 존재를 구속하고 있는 숙명에 대한 고찰을 통해서이다. 그녀의 소설이 당대적 관심사를 포섭하면서 점차 생명과 죽음에 대한 존재론적인 문제를 중심으로 재편되는 것도 이러한 맥락에서 이해할 수 있을 것이다. 「허물어진 환상」 역시 이러한 주제의식을 담고 있는 작품이다. 영희는 타인의 죄를 판단하는 사법관 남편과 정치적 운동을 하는, 한때 자신의 우상이었던 혁구 사이에서 갈등한다. 이 과정에서 작가는 「파편」에서 던졌던 질문, 즉 무엇이 도덕인가라는 질문을 우리에게 다시 던진다.

> 그녀는 무엇이 무엇인지, 알 수가 없어져 버렸다. 죄라는 것이 무엇인가? 왜 일면으로는 숭고한 희생적인 행위가 타면으로는 반역죄라는 끔찍한 이름을 갖게 되는가? 왜 사람이 사람을 재판할 수 있는가? 남편은 허구많은 직업 속에서 왜 사법관으로써, 침략자에게 협력을 아끼지 않고 있는가? 이러한 자각은 남편에 대한 횃살이었다(「허물어진 환상」, 위의 책, 76쪽).

여기에서도 역시 모든 판단의 기준이 무화된 세계, 선이 악이 되어 버리고 악이 선이 되어 버리는 부조리하고 아이러니한 세계에 대한 질문이 강하게 제기되고 있다. 영희는 남편과 혁구 사이에서 갈등하고 회의하다가 그 어느 편에도 서지 않고 스스로 비밀 문서를 불태움으로써 오직 자신만의 결정, 자신만의 행위를 완수한다. 그리고 남편은 해방 후 삼년 만에 세상을 떠나고, 혁구는 마치 백치처럼 다방 한 구석에 앉아 사소한 일거리에 몰두하고 있는 것이다. 영희는 폐인이 된 혁명가를 바라보면서 '고문을 너무 받아 천치가 된 것이 아니고 의미를 잃어버린 자기존재에 걸려 넘어진 것 같다'는 생각을 하게 된다. 지금 혁구에게는 아무런 정열도 남아있지 않고 자신의 젊은 시절에 대한 기억도 남아있지 않다. 혁구라는 인물을 통해 이 작품에서 우리가 감지하게 되는 것은 작가의 관심이 삶의 의미에 대한 질문으로 나아가고 있다는 점이다. 이에 따라 시대의 구체적인 정황들은 한 인물에게로 좁혀진다. 「파편」에서 배경적으로 등장하는 여러 인물들이 그 당시의 사회적 현실 전반을 은유하는 복수의 장치들이라면, 이 작품에서는 혁구라는 한 인물이 관찰의 대상으로 명확하게 조준되고 있는 것이다. 이와 동시에 시대적, 현실적 정황들은 서사 속에서 다시 한 번 걸러지고 간접화되면서, 한 개인의 몰락한 인생 자체가 환기시키는 삶의 비극성에 대한 탐구가 전경화되고 있다. 한무숙에게 생은 소멸해가는 것이고, 열정과 화려했던 행적을 뒤로 하고 언제나 저무는 것이며, 따라서 쓸쓸하고 적막한 것이다. 그리고 동시에, 이러한 절망적인 조락 ─ 삶의 비극적 본질을 인정하고 감내해 가는 과정 그 자체인 것이다. 이 존재의 역설은 「돌」(1955)에서 다음과 같이 표현된다.

　　허전하고 아쉬우면서도, 무지개가 사라지고 언제나와 같은 하늘이 거기 그렇게 펼쳐져 있는 것을 보았을 때, 체념이라고 할까, 무슨 안도같은 느낌이 가슴에 번져 갔던 것이 잊혀지지 않는다. 그런 것이 삶일지도 모른다고 그런 우발된 현상을 삶에 비겨 본 것은 훨씬 나중의 일이었지만, 사실 삶이란 허망한 하나의 과제이고 '나'라는 것은 무지개처럼 그것을 다양화하고 산일시킬 따름인 존재일지도 모르겠다.
　　몇해 전만 하더라도 그런 것이 안타까웠다. '나'라는 것이 없어져도 결코 공간이 생기지 않을 것이라는 것, 내가 사라진 후에도 해는 빛나고 바다는 출렁거릴 것이라는 것, 말하자면 '나'라는 것은 있어도 없어도 좋은 존재라는 것, 그런 상념은 참기 힘들었다(「돌」, 『감정이 있는 심연』, 을유문화사, 1992, 105쪽).

생에 대한 작가의 운명론적인 해석은 초기작 「부적」에서 볼 수 있듯이 '인생만사가 모두 인과응보요, 자업자득이어늘 고쳐잡고 바로 놓는 수작은 헛된 것이기도 하거니와 반드시 사도(邪道)이니라' 하던 스승의 타이름이 귀를 스치는 것이었다'라고 직접적으로 제시되기도 했으나, 「그대로의 잠을」(1958)에서는 좀더 극적으로 구성되고 있다. 살인할 운명을 가지고 태어난 아기에게 입혀지는 남저고리는 바로 어렸을 적 주인공에게 입혀졌던 것이기도 하다. 오랜 시간이 지난 후, 그는 자신의 '숙명'을 알지 못하는 상태에서 사창굴의 한 여성에게 폭력을 가하게 되고, 공교롭게도 이 여인은 화재를 피하지 못하고 죽게 된다. 그리고 이 사건 이후 그는 자신 역시 사람을 죽일 운명을 가지고 태어난 존재였음을 알게 되는 것이다. 이 작품이 분명하게 드러내는 것은 순환하는 어두운 운명, 벗어나고 싶어도 결코 벗어날 수 없는 불가해한 운명의 덫이다. 작위적인 설정에서 벗어나지 못한 면이 있으나, 이 작품은 작가의 중심적인 세계관을 잘 보여주고 있다. 이러한 생을 살아가야 하는 자의 고통 – 한무숙에게 이것은 모든 인간의 고통이기도 하다 – 그리고 이 고통에의 수용과 인내의 의미를 이 작품은 매우 직접적으로 묻는 것이다.

이처럼 작가의 초중기 단편들을 관통하는 공통적인 주제는 삶의 괴로움, 이 괴로움과 더불어 존재하고 행위하는 인간, 이러한 인간이 지니고 있는 포용력과 실존적 선택이라고 정리할 수 있을 것이다. 이러한 관점은 여성 주인공을 중심으로 다시한번 제시되고 있는데, 이런 유형의 작품에서는 삶의 문제가 여성적 체험과 의식의 특수한 면면과 결합되어, 좀더 복합적으로 그리고 다소 변형되어 다루어진다. 이것은 작가가 자신이 지금까지 일관되게 천착해 온 주제를 여성적 삶을 매개로 하여 특수화, 구체화하는 작업이기도 하다. 작품들에 대한 논의를 통해 삶의 부조리와 비극성에 대한 고찰이 여성을 향한 관심과 어떤 식으로 결합하게 되는가를 살펴보아야 할 것이다.

2. 여성의 삶을 향한 시선

많은 여성작가들에게서 볼 수 있듯이, 이른 바 '여성적 체험'이라는 것은 작품의 매우 중요한 원천이 되고 있다. 그러나 여성적 체험 자체를 추상화하여 본질적인 것으로 파악하는 것은, 여성성 혹은 여성적인 것 자체를 신비화하거나 절대화할 위험이 있다. 이러한 위험성을 의식할 때, 우리는 구체적인 상황과 경험 속에서 여성이 겪게 되는 실제적인 외적·내적 사건을 제대로 인식하게 될 것이다. 이 체험적 직접성이란 본질적으로가 아니라 상황적으로, 그리고 추상적으로가 아니라 현실적으로 존재하는 것이며, 이러한 맥락에서 여성적 체험을 논할 때 그 의미와 타당성을 획득할 수 있다.

앞에서 대략적으로 살펴보았듯이 한무숙의 작품에는 퇴락한 혁명가, 세상에 적응하지 못한 채 방황하는 국외자가 되버린 수재 등과 같은, 일종의 심미화된 남성 인물들이 많이 등장하였다. 이들을 형상화하고 묘사하는 작가의식의 저변에는 데카당스한 것에 대한 애호와 함께 남성에 대한 환상이 깔려 있다. 남성에 대한 환상은 앞에서 잠시 언급한 바 있거니와, 데카당스한 것에 대한 애호는 퇴락과 몰락을 아름다운 것으로 치환하는 과정에서 나타난다. 한무숙은 소멸해가는 것, 몰락해가는 것을 근본적으로 긍정하고 있다. 물론 이것이 그녀가 생각하는 삶 자체의 표상이기 때문이다. 이 점은 그녀의 작품이 지니고 있는 포용과 인내의 세계관과 연결되는 것이기도 하지만 또다른 맥락에서 규명될 필요가 있는 특징이기도 하다. 즉 남성에 대한 여성작가의 환상이라는, 심리적이고 징후적인 현상으로 읽을 수도 있다는 뜻이다. 이와 관련하여, 아름다운 남성(몰락한 혁명가, 소외된 수재) = 생의 본질에 대한 가장 적확한 메타포라는 공식은 한 여성작가의 '의식적' 지향과 무의식적 지향 사이의 거리와 충돌을 규명하는 데 결정적인 대상이 될 수 있을 것이다. 하지만 이 글에서는 이 점을 문제제기 수준에서만 지적하고, 한무숙이 여성 인물들을 통해 어떤 문제들을 어떻게 다루고 있는가를 고찰하고자 한다.

한무숙의 작품은 여성을 주인공으로 세우는 경우, 남성에 대한 환상적 설정이 가져오는, 어느정도 과장되고 극적인 성격에서 벗어나고 있다. 물론 남성 주인공이 등장하는 작품들이 모두 다 과장되거나 극화되었다는 의미는 아니다. 그러나 남성에의 환상이 어쩔 수 없이 드러내게 되는 작위적이고 가공적인 면들이, 여성 인물을 중점적으로 다루는 작품들에서는 자연스럽게 약화되고 있는 것이 사실이다. 여성의 체험을 본격적으로 다루고 있는 단편으로는 「감정이 있는 심연」(1957)과 「축제와 운명의 장소」(1962)가 대표적이다. 이와 같은 작품들에서 생의 본질에 대한 천착과 더불어 새롭게 의미있는 문제적 요소로 들어오는 것은 바로 '성'에 대한 탐색이다. 그 대표적인 작품이 「감정이 있는 심연」과 이보다 조금 일찍 쓰여진 「월운」(1955)이다. 작품이 나오기 이전에도 한무숙은 「램프」(1948), 「수국」(1949), 「명옥이」(1953)등을 통해 여성의 심리를 날카롭게 포착하여 보여주었었다. 이들은 모두 인물의 이중적인 심리, 여성으로서 갖게 되는 불안감과 같은 미세한 감정적, 심리적 양상을 다루고 있다. 「램프」는 어느 하나 특별할 것 없는 여성 옥란이 어느날 갑자기 받게 된 연애편지로 인해 삶의 활기와 여성으로서의 행복감을 느끼다가 나중에 그 편지가 자신의 아름다운 친구에게 온 것이었음을 알게 되는 내용이다. 「수국」에서는 유복한 가정에서 행복한 결혼 생활을 누리던 한 여성이, 남편과 젊은 여성이 함께 있는 장면을 목격한 후 자신이 '버림받은 아내'였을지도 모른다는 불안감에 빠져들게 된다. 「명옥이」는 거짓으로 스스로를 치장하고 꾸며온 명옥이의 실체를 '나'가 우연히 확인하게 되는 과정을 그린 작품이다.

이 소설들은 모두 삶의 아이러니에 대해 말하고 있다. 모든 기대는 마지막에 가서 배반당한다. 한무숙은 앞서 언급한 작품들에서 지속적으로 역설해온 점, 즉 개인은 자기 삶의 전모를 알 수 없으며 언제나 뒤늦게 자신의 현실을 알뿐이며, 이를 수용하거나 감내해야 한다는 점, 그리고 이 자명한 사실로부터 도피하기 위해 혹은 그 드러남을 지연시키기 위해 끝없는 허상이나 환상을 만들게 된다는 점을, 일련의 작품들을 통해 단적으로 보여주고 있는 것이다. 전자에 초점을 맞출 때 그녀의 소설은 삶의 숙명성과 처연함에 대한 내성적 성찰이 되고 후자에 초점을 맞출 때는 인간의 이중성, 복잡 미묘한 심리와 욕망에 대한 관찰이 되는 것이다. 이 짤막한 단편들은 주로 후자의 경향을 띠고 있다. 특히 여성 인물들이 서사에 기용되면서, 여성이 각자에게 주어진 다양한 삶의 영역에서 경험하게 되는 심리적 사건들이 구체적으로 드러난다. 특히 「수국」은 남편에 의해 배제되어왔던/배제될 여성의 뒤늦은 현실 파악과 안온한 환상으로부터의 추방에 따른 심리적 갈등을 잘 포착하고 있다.

> 일루의 희망은 모든 것이 다 자기의 오해가 그려 낸 악몽에 지나지 않기를 바라는 마음이었다. 그러나 자동차를 떠나 보낸 후 자기에게 보인 남편의 그 얼굴 ─ 열쩍은 웃음 ─ 언제 증오로 변할지 모르는 남편의 양심이 보인 복잡한 표정이었다. 가슴이 터질 듯했다. 순간 아내로서의 긍지도 어머니로의 기쁨도 자랑도 귀찮았다. 그녀는 일어서서 창을 열었다. 물같은 달빛이 마당에 가득 찼는데 구름같은 수국 송이가 달빛을 안고 창백하게 웃고 있었다(「수국」, 『감정이 있는 심연』, 을유문화사, 1992, 257쪽).

여성의 복합적인 심리와 여성으로서의 삶에 대한 자의식을 본격적으로 다룬 작품은 「축제와 운명의 장소」(1962)이다. 이 작품에는 그간의 단편들에 등장했던 인물들이나 모티프가 종합적으로 재구성되어 있다. 중요한 차이점을 든다면 퇴락한 혁명가가 서사의 중심에서 벗어나고 이런 유형의 남성 인물을 사랑했던 여성이 그 중심에 등장한다는 것이다. 이 점은 일면 표면적인 차이일 수 있으나, 실제적으로는 여성에 대해 많은 공간을 열어놓고 있다는 점에서 의미를 갖는다. 즉 「허물어진 환상」에서 수동적이고 관찰적인 주변 존재로 설정되어 있던 '영회'가 실제적인 육체와 내면 그리고 자신의 인생을 지닌 '전옥회'로 입체화된 것이다. 그만큼 전옥희라는 인물의 성격과 삶은 복합적이다. 전옥희는 현재 죽음을 앞둔 폐암 말기 환자이지만 본인은 이 사실을 전혀 알지 못한다. 게다가 그녀의 시신이 부검용으로 이용될 것이라는 점 역시 알지 못한다. 그녀의 성격은 매우 이중적인 것으로 그려지는데, 이 이중성의 근원은 그녀가 자기 삶의 전성기였던 한시절에 고착되어, 허황한 논리와 망상으로 보잘 것 없는 자신의 현재를 지탱해 왔다는 데 있다. 그녀는 과거에 젊은 혁명가를 사랑했으나 그 사랑은 혁명가의 옥사와 아이의 사산이라는 아픈 결과로 끝나고 만 것이다. 이런 사건을 겪은 후에 쭉 전옥희는 한 번의 선택이 자기 '운명'을 결정지었다고 생각하며, 자신의 비참한 운명을 스스로 의식하고 있음에도 불구하고 아니, 오히려 의식하고 있기 때문에, 사실에 대한 방어기제로서 자신을 거짓으로 감싸면서 살아왔다. 그러나 전옥희는 자신의 병과 죽음 앞에서 그리고 마치 젊은 날의 자기와 같은 상황에 놓여 있는 젊은 간호사 미연을 보면서 스스로에게 부여했던 거짓을 벗고 그동안 억눌렀던 자신의 진실한 내면을 정시하게 된다. 그것은 자신의 착각과 위선을 정면으로 인식하는 행위, 나아가 그녀가 선택할 수 있었던, 삶의 또하나의 가능성에 대해 솔직하게 인정하는 행위로 이어진다.

"미스 송! 조심 해! 여자란, 여자란 한 번밖에 승부를 할 수 없는 거야. 아무에게두 져선 안 돼! 열정에두, 연인에두, 자신에두!" 그리고 또 없어 마음으로 외쳤다. '나를 보란 말야! 나를'. 이 말은 전옥희 여사가 일생을 통해 처음 외친 부르짖음이었다. 벌거벗은 자기를 스스로 정시한 외침이었다. 아무 일에나 건성으로 집적거리던 그녀가, 이처럼 어느 일에 심각하고 집요하게 관심하여 본 일은 일찍이 없었다. 그녀는 왠지 미연을 통하여 자신의 삶이 다시 한 번 허락되는 것 같은 착각을 가졌던 것이다. 허식과 굴욕과 멸시와 궁핍에 찬 자신의 삶을, 새로이 주어진 삶에서는 다시는 되풀이해선 안되었다. 같은 오욕과 불행이 닥친다면 모처럼 허락된 두 번째의

인생마저 그녀는 구기고 찢어 버리는 것이 되지 않겠는가?(「축제와
운명의 장소」, 위의 책, 66쪽)

한 남자와의 만남이, 한 여성의 운명을 결정짓는 결정적인 인자라는
설정 자체는 진부한 것일 수 있으나, 이 작품에서는 인물의 이중적 심
리에 대한 묘사와 더불어 설득력을 얻는다. 그리고 주인공은 자신의
죽음을 '죽음이란 순시에 결정되는 것이 아니고 삶 속에 있는 것이어
서 사람은 일순일순 죽어가고 있고, 그러니깐 일순일순이 죽음의 미분
치'이라는 생각으로 담담하게 받아들인다. 작가 역시, 죽음 앞에서 진
정한 자기와 직면한 그녀를 포용적인 시선으로 묘사한다. 죽음은 주체
로 하여금 자신의 허구와 거짓과 망상과 비틀린 욕망의 실체를 똑바로
바라보고 인정하도록 한다. 하지만 이 작품에서도 역시 한 여성의 자
기 성찰은 세계에 대한 운명론적 성찰과 연결된다. 여성의 심리 상태
와 삶에 대한 탐색과 결합되어 있는, 이 작품에서 중요한 또하나의 의
미 지점은 바로 '성'이다. 한무숙에게 있어서 성은 여성의 삶을 결정하
는 절대적인 계기로 제시된다. 한무숙 특유의 이러한 인식은 사실상
여성과 성에 대한 보수적인 전제를 바탕으로 하고 있다. 성을 여성의
인생 자체를 규정하는 운명적인 것으로 의미화하고 절대화하는 한무
숙의 전제에는 이미 시대적이고 이념적인 한계가 내재되어 있는 것이
다. 그러나 이와 같은 의미의 성이 한무숙의 소설에서는 그녀의 주제
의식, 즉 죽음에 대한 성찰, 삶의 운명적 성격, 여성의 삶이라는 중심적
인 세 개의 테마를 묶는 거멀못 역할을 한다. '여성의 성'이라는 마디
로 묶일 수 있을 이 연속적인 테마는 다음과 같이 반추되고 있다.

미연이 그 청년에게 순결을 바쳤는지 아닌지는 잘 모른다. 그러
나 언젠가는 일어날 일이고, 그 관능과 환희의 절정이 곧 부검에
이르는 여자의 운명에 직결되는 일이 있다 할지라도, 어느 시인이

말하듯 '성'이란 인간의 귀속을 확증하는 축제의 자리임에 틀림이 없을 것이었다. 전옥희 여사는 현실적으로 자신에게 다시 한 번 인생이 주어진다 하더라도, 역시 같은 치우(癡愚), 같은 실수와 고통에 찬 길을 되풀이할 수밖에 없을 것이라는 것을 뼈저리게 실감하였다. 그것은 패배를 정당화함으로써 인생을 긍정하려는 뜻이라기보다는, 죽음 앞에 선 사람만이 가지는 하나의 깨우침이었다(「축제와 운명의 장소」, 위의 책, 78쪽).

이렇게 해서 여성에게 성은 '축제와 운명의 장소'가 되는 것이다. 젊은 시절 한 순간의 축제는 여성의 인생에 영원한 흔적을 남기고, 이 흔적은 곧 고통 – 죽음으로 이어진다. 그러나 작가가 강조하는 점은 고통스러운 죽음으로 이어질지라도 성은 '그럼에도 불구하고' 축제라는 점이다. 성은 축제이면서 운명이고 또 동시에 이 둘 다인 것이다. 성에 대한 작가의 인식은 이 작품에 이르러 뚜렷하게 정돈되었다고 하겠다.

성에 대한 고찰이 본격적으로 이루어진 작품으로는 「축제와 운명의 장소」외에 이보다 앞서 발표된 「감정이 있는 심연」(1957)이 있다. 성에 대한 작가의 의식이 어떠한가라는 문제와 관련지어 보자면, 「축제와 운명의 장소」에서는 「감정이 있는 심연」에서보다 성에 대한 의식이 좀 더 긍정적이고 적극적으로 발현되었다고 할 수 있다. 「감정이 있는 심연」은 심리학적 장치를 지닌 작품으로서, 복잡하고 어두운 인간의 심층심리의 틀 안에서 성의 의미를 다루고 있다. 여성의 체험과 내면이 전면적으로 드러나는 형식을 취한 「축제와 운명의 장소」와는 달리, 이 작품은 남성의 목소리를 통해 한 여성의 내적 상처를 전달하고 있다. 전아는 아버지를 여읜 후 네 명의 과부 할머니, 큰고모, 작은 고모, 어머니의 손에서 성장한다. 어머니가 정상적인 생활이 불가능한 사람이었기 때문에 전아는 특히 큰고모의 영향을 받으면서 자라게 된다. 큰고모는 '광신적인 기독교인같이 잔인한' 인물로서, 어린 전아에게 끊임없이 강압적으로 죄의식을 심어놓았다. 게다가 악을 응징해야 한다는 맹목적인 신념에 젖어, 부정을 저지른 작은 고모의 공판정에 어린 전아를 데리고 간다. 한편 '나'는 전아를 사랑했지만 언제나 '내게는 최대한이 그녀에게는 평상'이라는 우울한 자괴감과 낙오감을 가지고 있었기 때문에 둘의 애정은 평탄하게 진행되지 못했다. 어느날 '나'와 함께 있던 전아는 푸른 수의를 입은 여죄수들을 보고 정신발작을 일으키고, 이후 정신병원에 들어가게 된다. 병원을 찾은 '나'는 전아가 그린 그림을 보고 그녀의 신경발작과 죄악망상증의 기원에 자신과의 성적 결합이 놓여있다는 사실을 확인하게 된다. 성적 쾌감과 어렸을 때부터 쇄뇌 당해온 죄의식 간의 격한 충돌을 이기지 못하고 전아는 스러져 버린 것이다. 성은 응당 처벌받고 단죄되어야 할 죄악이라는 폭력적인 훈육이 그녀의 삶을 미망에 빠뜨렸다. 결과적으로 이 작품에서 여성은 '처창한' 성적 결합을 통해 전존재를 뒤흔들 정도의 '공포와 쾌감과 죄스러움의 불안한 교착'을 경험하는 것으로 그려진다. 한무숙은 성적 결합이 ― 전아의 성장 배경이 특수하긴 하지만 그녀는 여성 일반을 대표한다 ― 여성에게 결정적인 폭력으로 작용하는 것에 비해 남성에게는 상대적으로 그렇지 않은 것으로 제시한다.

그래도 나는 정상인이란다. 전아마냥 자기 감정의 경사를 끝까지 타고 내려가지는 않는다. 그러나 이 안타까운 심정 ― 아무래도 내 품 속에 그녀를 다시 품음으로써, 아니면 영원히 그녀를 잃음으로써 자신을 찾아야겠다. 나는 전아를 범한 것은 아니다. 사실 우리는 어느쪽에서 먼저 끌어안았는지 몰랐던 것이다. 내 품속에서 그녀는 불타는 여인의 목숨 그것이었다. 내가 범했던 것이라면 그녀는 피해감과 분노와 원한을 가졌을 따름 거기에 죄악감을 느끼지는 않았으리라. 대체로 성의 교합이란 서로 사랑하는 부부 사이에 있어서까지 어떤 처창한 감정이 따르는 것인지 모르겠다. 그러나 성은 생체의 내용의 하나가 아니겠는가. 구태여 죄라면 그 죄를 거듭함으로써 구원을 받을 수도 있는 것이 아닐까(「감정이 있는 심연」,

위의 책, 89쪽).

'나'는 전아의 심리적 충격을 이해하고 포용하려 하지만, 전아의 정신 밑바닥을 휘저어 놓은 이 혼란과 착란이 '나'의 생각대로 '구원받을 수 있'을 것인지는 확실치 않다. 그러나 우리는 전아가 자신의 착란 상태를, 성적 결합의 경험에 고착되어 있는 자신의 내면을 한 장의 그림으로 표현함으로써, 자기 회피가 아닌 자기 극복의 어려운 첫발을 디뎠다고 이해할 수 있을 것이다. 이 작품은 정신적 외상이라는 맥락에서 여성과 성의 문제를 추적해 들어가고 있다. 여기에서도 성은 '축제와 운명의 장소'라는 의미를 지닌다. 그러나 그 운명은 「축제와 운명의 장소」에서 제시된 그것보다 훨씬 더 파괴적이고 충격적인 상처에 의해 지배된다. 물론 전아가 성적 결합을 일종의 강력한 충격으로 경험하게 된 직접적이고도 결정적인 원인은 남성 - 남성성의 폭력이라기 보다는 같은 여성에 의해 강제로 주입된 죄의식이다. 여성의 문제를 다루는 데 있어서 남성이 배타적이고 폭력적인 존재로 그려지지 않는다는 점 역시 한무숙 소설의 특징이기도 하다. 이런 양상이 나타나는 이유는 그녀가 여성 문제를 포착하는 방법과 방향에서 찾을 수 있을 것이다. 한무숙은 성적인 문제 역시 존재론적인 차원으로 환원시켜 다루는 면이 강하기 때문에, 성이 현실적인 관계의 문제나 외향적인 갈등으로 직접적으로 다루어지기 보다는 한 개인의 내밀한 영역으로, 내면적이고 심리적인 사건으로 수렴되어 다루어지는 것이다. 그러나 「감정이 있는 심연」에서 한 여성의 전존재를 혼란스럽게 한 성 - 성적 체험은, 앞에서 언급했듯이 「축제와 운명의 장소」에서는 긍정해야 할 / 긍정할 수밖에 없는, 삶의 한 부분으로 인식되고 있다. 그리고 작가는 성이 쾌락과 고통의 '처창한' 순환일지라도 이를 솔직히 인정하고 자기 것으로 만들어 갖기를 요구한다. 그리고 이 긍정은 성의 운명성을 가장 절실하게 체험하는 존재인 여성이 선택해야 할, 불가피하지만 동시에 적극적인 행위인 것이다.

　지금까지 한무숙의 초중기 단편을 중심으로 작가의 세계관을 살펴보았다. 이에 대한 고찰을 통해 확인하게 된 것은 그녀의 작품이 죽음에 대한 성찰과 삶의 운명성에 대한 탐색에 천착하고 있다는 점이었다. 인간 존재의 비극성에 대한 의식은 이 시기에 발표된 단편들에서 동시적으로 반복되고 있다. 이런 맥락에서 그녀의 작품에는 소멸해가는 것, 퇴락해 가는 것, 보잘 것 없는 것, 중심에서 소외된 것들이 지닌 처연한 아름다움이 섬세한 묘사를 통해 부각되는데, 이 점이 한무숙의 작품에 독특한 정서를 부여해준다. 작가의 이러한 세계감각은 여성의 삶이 지닌 의미를 물을 때에도 여전히 생생하게 살아 있다. 세계와 인간에 대한 운명론적 접근은 자칫 보수적이고 소극적인 면모를 띤 것으로 보이기도 한다. 하지만 궁극적으로 한무숙은 비극적 운명을 있는 그대로 수용할 때 비로소 개인이 자신의 존재 의미를 획득하고 존재 기술을 터득하게 될 것이라고 강조하고 있다. 이런 맥락에서 '수용'과 '인정'은 곧 가장 정직하고 용감한 자기 결단이 되는 것이다. 이는 자기와 세계를 향한 실존적 선택을 요구하는 것이다. 허위와 환상을 벗고 삶의 본질과 자기의 실체를 직시하는 것은 바로 과감한 결단의 행위이고, 포기와 수용을 통해 자신을 추스리는 행위이다. 비극적 삶을 향한 이 역설적인 시도에 대한 성찰이 바로 한무숙의 작품세계를 이루는 가장 근저의 바탕인 것이다.

섭리의 손
– 소설 『만남』

– 정재원(연세대 강사) –

인생이란 약한 풀과 같은 것 / 더구나 극도로 쇠약한 몸인데서야.
풀잎의 이슬은 아침이면 마르는데 / 이런 의미 아는 자 그 누구냐.
　– 정약용, 「아들 학가가 찾아와 이끌고 보은 산방에 이르러 짓다」 중에서[1] –

1. 편지로 만든 노끈

　정약용이 경오년 2월 다산(茶山)의 동암에서 쓴 것으로 되어 있는 「학
유가 떠날 때 노자 삼아 준 가훈」이라는 글에는 다음과 같은 구절이
있다. "남이 알지 못하도록 하고 싶으면 행위를 하지 않는 것보다 더
좋은 것이 없고, 남이 듣지 못하도록 하고 싶으면 말을 하지 않는 것만
한 것이 없다." 이어서 "매양 열흘쯤이 되면 집안에 쌓여 있는 편지를
점검하여 번잡스럽거나 남의 눈에 걸릴 만한 것이 있으면 하나하나 가
려내어 심한 것은 불에 태우고 덜한 것은 노를 꼬고 그 다음 것은 찢어
진 벽을 바르거나 책 걸장을 만들어 정신이 산뜻해지도록 해야 한다."[2]
면서 아들에게 매우 세세히 행동양식까지 지정하는 대목이 눈길을 끈
다. 먼저 우리는 편지를 꼬아 노를 만들라는 대목에서 종이가 귀하던

---

1) 박석무, 『다산행기』(한길사, 1888), 116쪽에서 재인용.
2) 정약용 지음, 민족문화추진회 편, 『다산문선』(솔, 1997), 98~99쪽.

시절 간직할 필요가 없는 편지로 노끈을 만들거나 책 겉장을 바르던 당시의 풍속에 흥미를 느낀다. 그리고 우리는 한밤 편지를 골라 노끈을 만드는 사사로운 행위에서 한 인간의 성격과 운명, 나아가 매우 사적인 영역까지 거침없이 침투해 들어오는 역사의 거대한 힘에 대해서 생각해 볼 수 있을 것이다. 먼저 억울하게 사화를 겪고 유배당한 뒤에야 비로소 여유(與猶) - "겨울에 시내를 건너는 것처럼 신중하게 하고(與), 사방에서 나를 엿보는 것을 두려워하듯 경계하라(猶)"는 노자(老子)의 말을 되새기게 된, 한때 야심만만하던 정치가로서의 모습이 떠오른다. 그리고 이어서 생각해볼 수 있는 것은 종이를 함부로 버리지 않고 다시 썼던 검소한 생활인의 모습, 무조건 지식을 쌓기 이전에 먼저 평소의 행동을 바로 잡는 것이 중요하다고 믿었던 선비의 모습이다. 그리고 무엇보다 일상에서 사사로이 읽히는 편지라는 사적인 형식을 통해 엿보게 되는 것은 아들의 앞날을 걱정하며 다 자란 자식을 아직도 믿지 못해 꼼꼼하게 행동지침을 내리지 않고는 견딜 수 없는 아버지로서의 모습이다. 물론 이 한 인간의 모습은 끊임없는 당쟁과 천주교 박해로 격동하던 조선 후기라는 시대배경 속에서 원거리에서 다시 조망할 때 완성된다. 이렇게 한 인간 정약용의 인간형상(image of man)을 통해 우리는 오히려 공식적인 사건서술로 이어지는 역사서의 거대 서사만으로는 이해할 수 없는 한 시대의 진실에 접근해 가는 셈이다.

한무숙의 장편소설 『만남』이 발표된 것은 1986년이다. 작가가 1948년 장편 『역사는 흐른다』를 발표하면서 본격적인 소설창작을 시작한 것을 생각해본다면, 이 소설 『만남』은 실로 38년이라는 긴 시간을 채워온 작가의 작품활동을 종합하는 기념비적 작품이라고 할 만하다. 『만남』은 신유사옥으로 유배된 다산 정약용이 강진에 기거하면서 유배생활에 정착한 시기부터 죽음에 이르러 신앙에 귀의하는 과정과 정약용의 조카이며 한국 천주교회의 개척자인 정하상이 거듭되는 박해를 받으면서도 교우들과 함께 뜻을 모아 교회를 개척해나가는 과정, 그리고 교인 권진사의 세 딸들 매아와 난아, 국아가 박해의 소용돌이 와중에 헤어졌다가 다시 만나는 과정을 세 축으로 그려낸다. 먼저 이 소설은 작가가 적극적으로 <역사소설>이라는 장르명을 표명하고 있지는 않지만 실제의 역사적 인물과 사건을 소재로 삼았다는 데서 주목된다. 각 개인들이 역사를 바라보는 관점의 차이를 당연하게 받아들이는 시대에 직면하면서 과연 역사와 허구의 장르 경계는 분명한가라는 질문이 늘어가고 있는 것도 사실이다. 그러나 소설이란 장르는 역사와 달리 무엇보다 인물과 사건으로 "형상화"됨으로써 구체적인 육체를 얻어야 한다. 따라서 소설만이 가능한 형상화방식의 분석을 통해서 역사를 바라보는 작가만의 개성적인 시각과 상상력을 이해하고 가늠하는 것이 중요할 것이다. 또한 이 소설은 정약용의 일생 못지 않게 무수한 교인들이 흘린 피를 통해서 한국 천주교회가 힘겹게 성립된 과정을 비중있게 다루고 있다. 한무숙이 작가이면서 천주교에 입교한 신앙인이라는 점을 생각해 본다면 과연 그가 작가로서 인간과 세계의 진실을 날카롭게 포착하는 일과 개인적인 신앙 사이에서 어떻게 모순을 느끼지 않고 균형을 유지해 나갔는가에 대해서도 관심을 가지지 않을 수 없다. 따라서 먼저 우리에게 필요한 것은 바로 「편지로 만든 노끈」처럼 작가가 역사적 사료와 자신의 신앙 사이에서 상상력을 출발시키고 운동해 나가는 지점이 어디인가를 이해하는 일이다.

2. 영웅의 진실

이 소설의 말미에는 마테오 리치의 『천주실의』와 정약용의 『자선묘지명』을 비롯하여 박지원의 『열하일기』, 『한국천주교회사』, 『한국 무속연구』 등 한 시대와 한 인간의 일생을 조망하기 위하여 작가가 참고한 다양한 자료들이 고스란히 제시되어 있다. 소설 『만남』에서는 작가 ─ 화자가 독자에게 다산이 남긴 저작이나 조선 후기 천주교 신자들의 행적을 담은 자료에 대하여 공공연하게 자신의 견해를 언급하는 대목을 자주 볼 수 있다. 작가는 다양한 자료를 인용하고 주석과 논평을 통해 자신의 상상력이 운동해 나가는 과정을 고스란히 노출하고 있다. 『만남』에서 한무숙은 감히 개연성의 부족을 지적할 수 없을 만큼 치밀한 플롯을 축조해 내고 완벽한 허구공간을 만들어 내는 작가의 길을 선택하기 보다는 오히려 역사적 해석에 있어서의 다양성을 허용하며 보다 열려 있는 세계를 지향하는 독자의 입장을 선택한 것으로까지 보인다.

조선 후기의 천주교인들이 박해를 받으면서도 신앙을 잃지 않고 로마의 교황에게 인도자를 구하기 위해 보낸 편지의 경우에는 상당한 분량을 인용하면서 긴 주석과 함께 다음과 같이 솔직한 감상을 토로하고 있기도 하다. "이 서한들은 너무나 길어 전부 옮길 수 없으나 성직자의 도움없이 세워져 커진 그들의 교회가 그 무서운 대박해를 겪고도 무너지지 않고 외부의 조력 없이도 성령의 직접적인 감화라고밖에 말할 수 없는 용기와 각오로 재건에 헌신하려 하는 열의와 뜨거운 신앙에는 옷깃을 여미게 하는 것이 있다. 또 성직자 없이 자생하다시피 한 교회의 신자들이 전혀 이질적인 이 교리를 상당히 깊이 이해하고 무척이나 생소하고 어색했을 성교예절에도 어느 정도 익어 있는데 놀라지 않을 수 없다." 독자는 인용된 편지와 함께 이와 같은 작가 - 화자의 감회어린 논평을 듣게 된다. 여기서 작가 - 화자는 신앙인으로서 교리를 강변하거나 역사가로서 조선 후기 천주교 신자들의 영웅적인 면모를 냉철하게 전달하고 있는 것이 아니라, 오히려 그들이 선교자 없이 "바른 이해와 순수한 믿음"에 도달했다는 점에서 한 사람의 독자로서 <감탄>하고 있다. "보통으로는 영혼이 육신을 다스리고 육신이 영혼을 도와주며, 이 서로의 관계는 자연적인 것이옵니다."라는 말로 끝맺는 편지는 실제로 신앙의 여부를 떠나 편지를 읽는 이에게 소박한 감동을 맛보게끔 한다. 이로써 『만남』을 읽는 독자는 여러 자료들 사이에서 이야기를 빚어내는 과정에 동참하는 기분을 갖게 될 것이며 작가가 역사의 이면에 축조해 낸 허구공간에서 오히려 자신이 만들어내는 새로운 이야기의 가능성을 읽을 수도 있을 것이다. 따라서『만남』에서는 한무숙이 독자로서 보여주는 자료에 대한 해석의 운동과 작가로서 빚어내는 상상력의 공간이 서로 엇갈리는 서술의 두 축을 만들어내고 있다.

알려져 있다시피 사상 유례를 찾아보기 힘든 만큼 가혹했던 조선 후기의 천주교 박해는 단순한 종교적 박해라기 보다는 정조의 죽음 후 정순왕후가 정권을 잡으면서 노론계 벽파가 신서파를 척결하려는 정치적 이해관계가 중요한 원인이된 사화였다. 작가는 사료를 인용하여 당시의 역사적 배경을 설명하면서 사화의 원인을 분석함으로써 되도록 역사적 사건을 객관적으로 제시하려는 노력을 보여준다. 정약용이 어떠한 계기로 서학(西學)에 입문하게 되었으며 그가 실제로 어느 정도의 신앙을 가졌으며 또 어떤 이유로 배교를 했는가의 문제는 본격적인 다산학 연구자들에게도 관심의 초점이 되어왔다. 만일 정약용이 신앙인이었다면 다산은 겉으로는 유교적 삶에 충실하면서 안으로는 천주교를 신봉한 외유내천(外儒內天)의 이중적인 삶을 산 사람이 된다. 또한 정약용이 신앙인이었다면 유교 경학연구에서는 종교적 영향을 찾아볼 수 없다고 논증한 많은 다산학 연구는 근본적으로 다시 검토되어야 한다. 따라서 천주교 교회측과 다산학 연구자들 사이에서 벌어지는 논쟁의 논점은 과연 다산이 신앙인인가 아닌가에 있다.[3] 그러나 역시 작가로서 한무숙의 출발점은 주인공 다산의 보다 개인적이고 인간적인 갈등에 놓여 있다. 작가는 특히 한문이 만들어진 뒤에 가장 많은 저서를 썼다는 다산이 왜 셋째형 약종의 순교에 대해 유독 침묵하는가에 주목한다. 다음은 역시 작가 – 화자가 다산이 남긴 저작들을 읽으면서 자

---

3) 金相洪,「茶山의 天主敎 信奉論에 대한 反論」,『茶山學 硏究』(계명출판사, 1990) 참조.
김상홍은 이 논문에서 주로 정약용의『여유당 전서』의 기록에 근거하여 사실은 천주교에 대한 신앙을 잃지 않았을 뿐 아니라 한국 천주교회 개척에 기여했다는 최석우 신부의 주장에 대해 반론을 펼치고 있다.

신의 의문을 솔직히 털어놓는 대목이다.

　　그가 흑산도에서 자기보다 더 외로운 유배생활을 하고 있는 둘째 형에게 보낸 편지는 가슴을 치는 절절함으로 점철되어 있다. 그 깊고 높은 학문과 경륜을 가지고도 그는 형앞에 꿇어 앉아 가르침을 받는 겸허를 끝내 지녔었다. 자신도 타인도 그의 우애를 어찌 의심하였으랴.

　　그러나 셋째형 약종에 대한 태도에는 너무나 석연치 않은 점이 많다. 자찬 묘지명이야 그의 자서전이지만 정헌(貞軒) 이가환을 비롯하여 그는 헤아릴 수 없을 만큼 많은 묘지명을 썼었다. 심지어는 열일곱에 요절한 조카, 약전의 아들 학초(學樵)와 자기보다 앞서간 며느리의 묘지명까지 쓴 다산이다. 그러면서 약종을 위하여는 묘지명은 고사하고 단 한마디의 언급이 없다. 왜였을까? 성격의 차 때문이었을까? 왠지 싫고 맞지 않아서였을까? 경쟁의식때문이었을까? 아니면 사교도로 참수당한 자와 연루되기를 꺼려서였을까?[4]

　　사료를 통해 본 정약용의 일생은 분명 범인과는 비교할 수 없는 영웅적인 측면을 지니고 있다. 예를 들어 박석무가 「역사의식과 지식인상」이라는 글에서 조망한 다산은 시대적 제약과 한계를 뛰어넘은 사상가이며 선각자이다. 박석무에게 정약용은 10대부터 성호 이익의 뒤를 이어 실학을 공부하고 서학에 관심을 기울임으로써 지배층과는 다른 입장에서 학문을 출발시켰다는 점에서 역사와 사회의 새로운 흐름을 기민하게 포착한 지식인으로 조망된다. 더구나 그는 38세 무렵에 「전론(田論)」과 같은 독창적인 토지관리론을 저술하고 당대의 지배논리인 주자학을 뒤엎은 철학적 저작 「원교(原敎)」 등을 저술하여 시대적 모순과 민중의 고통을 드러내고자 하는 등 다방면으로 뛰어난 능력을 보여준 학자이기도 했다. 정약용은 40세의 장년기에 신유사옥(1801)을 맞이

---

4) 한무숙, 『만남』, 142쪽.

하여 그동안 쌓아온 명망과 지위를 한순간에 빼앗길 뿐만 아니라 자형 이승훈과 셋째형 정약종, 조카사위 황사영 등이 참수당하는 참척을 경험하고 사상적 선배들인 이가환, 권철신의 죽음 앞에서 침묵해야만 하는 처참한 상황에 놓인다. 다산은 "유락(流落)된 7년 이래 문을 닫고 홀로 웅크리고 앉아 있노라니 머슴종과 밥짓는 계집종조차도 함께 말을 걸어주지 않더이다. 낮동안 보이는 거라고는 구름과 파란 하늘 뿐이요, 밤새도록 들리는 거라고는 벌레의 울음이나 댓잎 스치는 소리 뿐이라오"라고 친구에게 고독한 신세를 한탄하기도 했다.[5] 그러나 정약용은 이러한 불행 앞에서 좌절하지 않고 "이제야 나는 학문와 사상을 체계화할 겨를을 얻었다"고 하면서 저술에 정진했을 뿐만 아니라 자신의 아픔을 민중의 아픔으로 일체화하고 시대고를 해결하기 위한 온갖 노력을 아끼지 않은 이상적인 지식인이기도 했다. 박석무는 자신의 해배를 위해 탄원하는 아들을 책망하고 친구의 도움을 거절하는 다산의 모습에게서 영웅만이 보여줄 수 있는 강한 정신력을 읽어낸다.[6]

이와 대조적으로 작가 한무숙은 소설이라는 상상력의 공간 속에서 정약용을 강한 정신력으로 고난을 극복한 영웅으로서보다 인간적인 약점을 지닌 인물로 형상화하고자 한다. 만일 정약용이 천주교 앞에서 한 사람의 신앙인이었다면 그가 정조에게 자신의 결백을 밝히기 위해서 썼다는 명문 「자명소(自明疏)」(1799)는 교인과의 신의를 저버린 배교의

---

5) 박석무, 「구도자의 고독」, 앞의 책, 191쪽 참조.
6) 박석무, 「역사와 지식인상」, 앞의 책, 195~200쪽 참조. 물론 박석무는 같은 책에서 「다산의 민권의식」이라는 글을 통해 진보와 보수 사이에서 방황했던 다산 사상의 모순성을 지적하기도 한다. 그러나 아울러 다산이 그의 저작에서 보수화된 경향을 보이는 것은 신유사옥 이후임이 분명하다는 점을 강조하며 "사학의 무리는 코를 베어 죽여서 종자도 남지 않도록 하라"는 정순왕후의 「토사교문」(討邪敎文, 1801년)으로 대변되는 당대의 사학 탄압이 얼마나 공포스러운 것이었는가를 설명하고 있다. 역시 박석무가 다산의 생애에서 영웅적으로 평가하는 것은 역경을 학문적 열정과 의지력으로 이겨낸 측면이다. 「다산의 민권의식」, 위의 책, 166~167쪽 참조.

증거일 뿐이다. 만일 그가 순수한 학자적 호기심에서 천주교에 입문한 것이 사실이라 하더라도 둘째형 정약종의 순교에 대해 끝내 침묵한 사실은 시대의 제약 앞에서 용기를 갖지 못하고 편지와 같은 사적인 형식에조차 동기간의 우애마저 솔직히 토로할 수 없었던 인간적 약점의 증거이다. 작가—화자는 정약용이 화자 이승훈의 아들 이택규와 같이 갈 곳 없는 사교 죄인들의 자제들을 거두어 교육시켰으면서도 막상 친형인 약종의 유족들에게 냉담했던 이유가 무엇인지 질문하기도 한다. 이 소설에서 다산은 종교와 학문과 세속적 가치 사이에서 갈등하는 인간이며 개혁을 열망하면서도 적극적으로 나서지 못하고 회의하는 인물이다. 또한 과감히 세속의 가치에 등을 돌리고 순수한 학문의 길을 가며 끝까지 자신의 신념을 굽히지 않았던 셋째형 약종에게 선망과 아픔, 질투, 부끄러움을 가슴깊이 느끼는 인간이기도 하다. 작가는 소설의 말미에 붙은 「작가의 말」에서 집필동기를 다음과 같이 밝히고 있다.

> 남김없이 섭렵한 뛰어난 고서주해(古書註解)와 일표이서(一表二書)를 비롯하여 7백여권에 이르는 방대한 저서의 내용의 넓고 깊음 앞에서는 그저 망연자실할 수밖에 없으면서 천학비재의 몸으로 그에게 깊은 관심을 갖게된 것은 그의 기구하면서도 위대한 생애는 물론 그의 영혼의 굴절과 상흔과 죄과, 그리고 승하에 깊은 감명을 받았기 때문이다. 높은 이상과 탁월한 학식과 실학자로서의 합리적인 사고와 생활 신조, 그리고 선각자다운 사회 정의 의식을 가지면서 한편 근본적인 사회개혁에까지는 상도(想到)하지 못하고 고결한 뜻을 가지면서 끝내 인성(人性)에의 집착을 버리지 못했던 이 위대하면서도 모순과 약점을 지닌 고독한 영혼은 오래 전부터 나를 사로잡아 왔었다. 그의 어디까지나 인간적인 얼마큼의 잘못과 죄과도 어느덧 그의 위대성 못지 않게 나에게 감명을 주었기 때문이다.[7]

자신의 신념과 역할에 대해 회의하는 다산의 인간적인 측면은 작가

---

7) 한무숙, 「작가의 말」, 『만남』, 468쪽.

스스로 언급하고 있듯이 정약종, 정하상, 권진사와 같이 세속적 가치에 등을 돌리고 자신의 신념을 위해서라면 죽음을 마다 않고 행동하며 순교마저 불사하는 인간형들과 뚜렷하게 대조된다. 특히 유배경험을 통해 위축된 정약용의 마음을 움직여 북경으로 보내는 편지를 다시 쓰게 하고 세속인들을 무참하게 만드는 신념과 순결성을 지닌 정하상이라는 인물은 분명히 완벽하게 이상화(理想化)된 유형이다. 한무숙은 많은 학문적 업적을 남기고 오늘날에의 대중에게도 이름을 알린 정약용의 인간적인 측면을 조망하면서 공식적인 관점에서 분명한 거리를 두고 소설을 쓰고 있는 것이다. 만일 영혼에 한점 오점도 없는 듯이 보이는 신앙인 정하상이 주인공이 되었더라면 소설은 단순한 영웅적 일대기 형식을 취하게 되었을 것이다. 이 소설은 작가가 정하상의 순결성보다는 정약용의 인간적인 약점에 주목하고 두 인간형을 대조시킴으로써 천주교 교인들의 운명을 그려내는 데 있어서도 산문적인 거리를 두고 조망하는 관점을 확보할 수 있었던 것으로 보인다. 또한 어떠한 결점도 찾을 수 없는 사람을 영웅이라고 한다면 이는 인간의 삶에 내재한 모순성과 무엇보다 자기 자신과의 싸움에서 승리해야 하는 영웅의 의미를 단순하게 이해한 것이 될 것이다. 약점을 지닌 인간으로서 정약용이 시대적 제약 이전에 자기 자신의 내부에서 모순과 고투하는 모습은 보다 실감있는 영웅의 면모로서 소설만이 줄 수 있는 감동을 낳고 있다.

3. 산다나무의 잎사귀

「이별의 아픔」이라는 표제가 붙은 소설의 세 번째 장에서는 다산이 자연의 향기에 젖어 시를 읊는 장면이 등장한다. 이어서 등장하는 것은 다산이 지었다는 싯귀절이다. "산다나무 잎사귀 싸늘하고 따박한데 / 눈 속에 핀 꽃이 학 이마처럼 붉구나(山茶接葉 冷童童 / 雪裡花開 鶴頂紅)" 이 장면이 흥미로운 것은 사실 다산이 음풍농월을 배격하는 시관을 피력한 것으로 잘 알려져 있기 때문이다. 물론 작가 — 화자 역시 다산의 대부분의 시가 민중의 대변자로서 그들이 겪는 비참한 생활상과 부조리에 분개하는 시였다는 사실을 부인하지 않는다. 그뿐 아니라 이 장면에 앞서 그가 아들에게 보내는 편지 구절들을 거듭 인용하면서 그의 시관을 상세하게 소개하는 논평을 보여주기도 한다. "다산에게 있어 임금을 사랑하고 나라를 근심하는 내용이 아니면 그런 시는 시가 아니며, 시대를 아파하고 세속을 분개하지 않는 내용이 시가 될 수는 없는 것이며, 아름다움을 아름답다 하고 미운 것을 밉다 하며 선을 권장하고 악을 징계하는 그런 뜻이 담겨 있지 않은 내용의 시를 시라고 할 수는 없는 것이었다." 실제로 이 소설의 첫장에서도 등장하듯이 다산은 강진의 유배시절 막 태어난 아이와 이미 죽은 노인을 군보(軍保)에 싣고 세금을 물리는 불합리한 제도 앞에서 자신의 남근을 자르고만 사내의 이야기를 담은 「애절양」(哀絶陽)이라는 시를 쓰기도 했다.

그런데 이 장에서 다산은 자각하지 못한 사이에 풍류에 자연스럽게 젖어들게 된 인간적인 면모를 보인다. 이 장에서 본격적으로 형상화하는 시기는 다산이 유배생활 만 3년이 지난 해에 승려 혜장을 만나 친분을 쌓고 강진의 보은산방에 거처를 정한 뒤 비로소 차의 향기를 음미할 여유를 갖게 된 유배생활의 정착기이다. 다산이 친척들마저 외면하는 자신을 거두어준 주막집 노파나 표서방 등과 가까워지면서 민중의 지혜와 삶의 진면목에 주목하고 자신의 앎을 되돌아볼 뿐 아니라 자연의 흥취와 미각에 서서히 눈떠가는 대목은 특히 인상깊다. 다산은 원래 의학에도 조예가 깊어 "생체가 인격에 앞선다"는 것을 이미 알고 있는 학자였다. 다산은 곧 이 같은 앎이 학자로서의 지식이거나 삶으로부터 추상화된 주장에 지나지 않았다는 사실을 진지하게 생각하게 된다. 한무숙은 다산을 한 사람의 지식인으로서 민중의 생활상을 고발하는 대변자에 그치는 것이 아니라 실제로 민중의 습속을 이해하고 동화될 수 있었던 사람으로서 그려내고자 한다. 평상시에 반듯한 생활습관을 중시하던 선비답게 음식이란 생명을 연장시키면 그만이라는 금욕적인 주장을 펴던 다산은 호남여인이 담근 젓갈을 먹고 자신이 쓴 글월이 고스란히 되돌아오는 것을 경험한다. 다산이 눈뜨는 맛은 사치가 아니라 갈 곳 없는 스무 살의 청상 표녀가 알뜰함과 정성으로 차려내는 음식의 맛이다.

> 아무리 초라해도 술집은 먹는 장사집이다. 쓰레기도 많이 나오고 버릴 것도 많이 나온다. 알뜰한 표녀는 검의 극을 살았다. 누구나가 버리게 마련인 갈치 내장도 그녀의 손을 거치면, 한번 맛본 사람이면 잊을 수 없는 젓갈이 되었다. 돼지 뜨물에도 넣을 수 없는 생선 지느러미라든가 굵은 가시도 채반에 말려 튀기면 훌륭한 진미의 안주가 되는 것이었다. 며칠 걸러 담는 김치의 맛도 기막혔지만 그녀는 김치거리의 뜬잎 하나 버리지 않았다. 짚으로 엮어 그늘에서 말려 그것이 소문난 술의 건더기가 되었다. 따라서 그녀가 마련하는 음식은 검과 근(勤), 그리고 무용한 것을 유용하게 이용하는 재간이 합친 것이었다.
> 다산은 고향인 마재를 떠올렸다. 여름이면 배추, 무우구경을 못하고 김장 때 짜게 절여 둔 짠 무김치가 주된 건건이 행세를 했었다. 실학자답게 열매 나무, 채소 가꾸기에 힘쓰게도 했지만 결국 남에게 시키는 일이었다. 검소한 밥상은 근과 검의 결핍과 정성과 슬기의 모자람이 아니었던가.[8]

그러나 다산이 민중과의 만남에 의해 추상적이고 현학적인 앎의 한계를 깊이 있게 인식할 수 있었다고 하더라도 역시 지식인이자 양반계급의 한 사람으로서 다산은 민중의 생활에 철저하게 동화될 수는 없었다. 작품의 곳곳에서 작가 – 화자는 다산의 공공연한 평등사상과 구체적인 실천 사이의 모순성을 지적한다. 다산은 위에는 하늘이 있고 아래로는 백성이 있을 뿐이라고 주장하며 하늘은 사람이 사대부인가 아

---

8) 한무숙, 『만남』, 132~133쪽.

닌가를 묻지 않는다면서 인간의 평등을 주장하고 적서 차별을 반대했다. 하늘 아래 만인이 평등하다는 사상은 현대의 민주주의 이념에 가까운 것으로 조선 후기의 유학자들의 것으로는 상상하기 어려울 만큼 진보적인 사상이었다. 다산은 『여전제(閭田制)』라는 저서에서 재능에 따라 관직을 부여하고 노동력에 따라 소득과 토지를 배분해야한다고 주장하기도 했다. 다산은 토지제도의 개혁 없는 사상의 개혁만으로는 참된 평등이 실현될 수 없다는 것을 잘 알고 있는 합리적인 학자였던 것이다. 그러나 다산은 유배지에서 가까이한 표녀의 몸에서 태어난 딸이 자신을 "선상님"이라고 부르는 것을 내버려둔다. 또한 다산은 만인이 평등하다고 공공연히 주장하면서도 아들이 경서대신 의학을 공부하고 환자를 진료하다가 혹시 학자가 되지 못할까봐 실망하고 노여워하는 아버지이며 양반계급으로서 자신의 가문의 장래에 집착한다. 작가 ― 화자는 아홉 번째 장 「뜨거운 포옹」에서 적서차별의 철폐를 주장하면서도 정작 적서차별을 낳는 축첩제도에 대해서는 방관한 정약용의 사상적 모순성을 매우 날카롭게 지적하기도 한다.

한무숙은 1918년 전통적인 서울 양반가문에서 태어나 서구교육을 받음으로써 봉건문화의 몰락과 근대문화의 정착을 생활 속에서 체험하고 두 문화 사이의 긴장감을 작품으로 형상화했던 작가이다. 한무숙은 작가로서 강렬한 자기표현 욕구를 갖고 있으면서도 여성에 대한 봉건적인 인습의 굴레를 받아들이고 두 역할 사이에서 균형감각을 취하려고 노력하는 삶을 살았다. 따라서 그는 인간의 의식과 실천 사이에는 괴리가 있으며 인간이 의식의 진보만으로는 어린 시절부터 체화된 사고방식과 관습으로부터 빠져나가기 어렵다는 것을 누구보다 잘 이해할 수 있었던 것이다. 물론 소설이 특정한 사회적 조건에 기반한 작가의 <사회학>과 같은 것이라고 하더라도 작가 ― 화자의 입을 통해 단순히 봉건적인 인습을 비난하는 것으로 그쳤다면 소설로서 구체적인 실감과 감동을 주기 어려웠을 것이다. 한무숙은 봉건적인 인습의 폐해를 직접적으로 웅변하기 보다는 오히려 그 풍속을 구체적으로 속속들이 묘사함으로써 관습에 억제된 인간의 감성과 본능의 문제를 제기한다. 작가는 이 소설에서도 다산이 표녀와 딸을 두고 유배지를 떠나는 장면을 "제도와 범절에 처참하게 억제된 인간"들의 모습들로 그려낸다.

9장 「뜨거운 포옹」에서 표녀는 다산이 해배되어 고향으로 떠나면서 실제적으로는 딸과 함께 버림받는 처지에 놓이게 된다. 이 장면에서 작가는 표녀의 행동거지를 하나하나 차분하게 묘사해 나간다. 표녀는 아침상을 정갈하고 맛깔스럽게 차리고 의관을 챙긴 조용히 문을 열어주고 다음 뜰에 내려서서 신발을 가지런히 신돌에 놓고 약간 비껴서 두 손을 맞잡고 선다. 다산은 표녀의 심정을 짐작하면서도 딸의 손을 어루만질 뿐 말이 없다. 이 모든 일들은 매우 조용한 침묵 속에서 이루어진다. 자신의 인생을 통틀어 가장 슬픈 이별을 겪으면서도 표녀는 자신에게 주어진 의무와 행동지침에 따라 평소와 다름없이 행동하고 있다. 관습적인 행동양식에 갇힌 표녀의 인간적인 슬픔을 말해주는 것은 "손가락 자국이 날 만큼 힘을 주어 맞잡은 손"뿐이다. 다산이 유배를 떠날 때 평소에 아량이 없다고 비난하던 다산의 아내 역시 다산에게 다가서지 않을 뿐 아니라 통곡도 하지 않는다. 다산은 장옷 사이로 보인 아내의 얼굴을 덮은 잡티와 떨리는 어깨에서 감추어진 슬픔을 읽을 수 있을 뿐이다.

다산 정약용뿐만 아니라 이 소설 『만남』에는 제도에 얽매인 인간으로서 자기 역할의 진정성에 대해 고민하는 인물들이 다수 등장한다. 다산이 강진의 다산에 정착할 수 있도록 도와주었던 승려 혜장 역시 승려의 몸으로 고기를 먹고 술을 마시는 일을 마다하지 않으며 다산과 유학과 주역의 해석에 대한 대화를 나눈다. 이 소설은 승려 혜장이 인생에 대한 고뇌와 뉘우침 속에서 몸부림치다가 죽음을 맞는 장면에서 시작한다. 한무숙은 승려들이 엄격한 법도에 따라 이미 의식을 잃은 혜장의 곁에서 독경을 하고 마침내 염습과 다비를 치르는 불교 상례의 과정을 매우 구체적으로 묘사하고 있다. 마침내 승려들이 타고 남은 재 속에서 뼈를 골라 분을 만들고 밥에 섞어 새에게 보시함으로써 혜장의 죽음은 완성된다. 불교의 이치를 믿으면서도 법계만으로는 인생의 이치를 설명할 수 없다고 회의하던 혜장이 엄격한 계율에 따라 장사지내지고 입적하는 장면은 강렬한 극적 아이러니를 통해서 이에게 감동을 준다.

또한 궁녀 명심이 천주교에 입문하여 데레사라는 본명을 얻게 되는 과정은 그녀가 입궐하여 관례를 치르고 나이 든 궁녀들이 비참한 죽음을 맞는 과정에 대한 상세한 묘사 속에서 이루어진다. 명심은 입궐 15년 만에 관례를 치른 뒤에 "머리에 새앙을 매고 새앙 위에 도투락처럼 자주 댕기를 네 가닥으로 매던 머리를 올려 쪽찌고, 그 후부터는 법에 따라 내관(內官)과 마찬가지로 궁궐 안에서 아무에게도 절을 하지 않아도 되며", "큰 일이 있는 날에는 어여머리에 떠구지를 얹고 조짐머리를 하게 된다." 또 상궁을 만나면 "한상궁께 기별하오"라는 운두를 떼고 하고자 하는 말을 하는 등 일련의 절차들에 대한 상세한 묘사가 있었기 때문에 명심이 궁중관습에 반발하고 인생의 의미에 의문을 갖게 되는 일은 설득력을 갖게 된다. 젊은 시절 한번 성은을 입은 표시로 팔목에 붉은 비단을 감고 지내며 늙어서는 궁녀가 궁궐 안에서 죽어서는 안된다는 법도 때문에 가마에 실려 쫓겨나가야 하는 박상궁의 운명은 명심에게 통렬한 허무감을 안기며 천주교에 입문하게 하는 중요한 계기가 된다. 박상궁의 머리카락이 때묻은 무명실타래처럼 될 때까지 뼈만 남은 앙상한 팔에 감겨 있는 붉은 비단 조각은 어떤 구구절절한 사연보다도 많은 것을 웅변하고 있다.

4. 무극(無極), 무한한 존재

유교 경학에서부터 시작하여 토지 제도에 이르기까지 다양한 영역에 걸쳐 무려 500여권의 저서를 남긴 다산의 일생을 중심소재로 삼은 소설답게 이 소설은 조선 후기의 모든 학문적 종교적 담론과 풍속을 총망라한 전시장이라고 해도 지나치지 않을 정도이다. 소설은 다산의 본령이라고 할 수 있는 유교 경학에서 시작하여, 승려 혜장을 만나면서 등장하는 불교와 선의 담론, 천주교 신자들이 마음을 가다듬는 교리송, 뜻하지 않게 무당 나비가 된 난아가 처연하게 읊는 바리데기 무가 등의 종교적 학문적 담론에다가 구중궁궐의 궁녀에서부터 양반계급부터 천민에 이르는 다양한 신분계급에 속하는 사람들의 풍속과 말씨까지 한데 포용하고 있다. 정하상이 목자를 구하기 위하여 신분을 숨기고 압록강을 건널 때 "주의종이라 하와요"하고 사용하는 가노(家奴)의 말투에 이르면 세세한 데까지 한 시대를 설득력 있게 재현하려고 애썼던 작가의 노고와 역량을 짐작하게 한다. 무엇보다 각종 외래 담론이 유입되면서 가치관의 갈등을 빚고 피비린내 나는 사화를 불러 일으켰던 조선 후기라는 시대를 먼 거리에서 관조할 때 자기의지와 상관없이 무속인이 되어 자신의 정체성에 대해 갈등하는 난아의 고뇌는 시대의 문제를 적절히 함축하고 있는 것이라고 볼 수 있다. 난아는 규중규수의 이름인 난아와 천주교의 본명인 세실리아, 단골 나비라는 세 가지 이름을 차례로 얻게 되며 사화의 충격으로 기억을 상실해 버린다.

한편에 자기 정체성에 대한 난아의 질문, 다른 한편에 정하상의 순결한 신념과 선택이 있다면 중심에는 역시 한 인간으로서, 신앙인으로서 그리고 학자로서의 다산의 고뇌가 있다. 한데 끓는 무수한 담론과 가치관의 도가니 속에서 의지력으로 저술작업을 진행해 나가면서 다산은 다양한 담론을 한 가지 원리로 포용하는 길을 모색하는 태도를 보여준다. 일곱 번째 장 「회포」에는 다산이 다산초당에 모인 18명의 제자들 앞에서 중용(中庸)의 음양론(陰陽論)을 강의하면서 공자의 경천(敬天) 사상을 독자적으로 해석하는 장면이 등장한다. 다산은 본래 공자가 형이상자(形而上者)인 태극(太極) 위에 조화의 근본이 따로 있으며, 초월자이며 주재자인 상제의 실제를 인정하고 있었다는 점을 강조하는 것이다. 이는 다산이 여러 종교적 학문적 담론의 궁극에서 추상화되지 않는 인격적 존재로서의 절대자를 추구하는 장면이라고 할 수 있다. 추상화되지 않는 인격적인 존재로서 절대자를 인정한다면 인간 중심이나 신 중심이냐의 차이가 있지만 유교와 천주교 담론은 매우 중요한 공통점을 갖게 되는 셈이다. 다산의 모색은 표면적으로 대립되는 두 가치체계인 유교와 천주교를 통합시키는 원리를 찾는 데서만 머무르지 않는다. 합리적인 이치를 구하던 실학자로서 무속을 경멸하던 다산은 윤씨 집안에서 벌인 굿을 목도하고는 알 수 없는 감동에 대해 토로한다.

> 그러나 그 소박하고 순수한 일치감은 어디서 온 것일까. 인간이란 모두가 낳고 죽는다는 점에서 절대로 동일한 것이어서 하나의 죽음이, 타인의 죽음이, 모두 자기 것으로 받아들여지기 때문인가. 아니면 아득한 그 옛날 아마도 존재한 일이 없었을지도 모르는 신성한 사건 – 하늘의 환웅이 신단수 아래 내려와 신시를 열었다는 그 사건 이후 제정 일치의 체제 아래 오래도록 무(巫)에 의하여 아직 미개했던 무리들이 다스려졌었을 그 기억이 겨레의 정신, 신앙의 모태(母胎)를 이루게 된 까닭인가.
> 하늘에서 하강한 천왕의 아들의 이름이 환웅(桓雄), 그리고 신라의 왕호(王號)의 하나도 차차웅(次次雄), 자윤(慈允) 등이 아닌가. 이는 무의 이름을 가리키며 상고 시대에는 천신을 섬기는 주제자는 존경되어 무리를 다스리는 자로 받아들여졌다는 것을 뜻하는 것이 아닐까. 바람직한 일이었다고 할 수는 없어도 있었던 일에는 틀림이 없을 것이었다. 다산은 야릇한 심정이 되어 굿당을 옮기는 무와 지목을 따라 안방으로 들어갔다.9)

작가의 작품세계 전반을 걸쳐 조망해 볼 때 이는 서로 대립되는 가

---

9) 한무숙, 『만남』, 252~153쪽.

치의 갈등을 넘어 화해와 조화의 길을 모색하는 작가 고유의 태도의 연장으로 보인다. 물론 갈등하는 가치관의 화해가 섣부르게 이루어진다면 소설로서의 설득력을 얻기 어려울 것이다. 한무숙은 다른 많은 작품에서 볼 수 있었듯이 이 소설 『만남』에서도 서로 다른 두 가치관이 부딪칠 때 대립되는 가치관들을 일거에 뛰어넘는 상위의 차원을 발견함으로써 그 갈등과 반목이 한 나무에서 뻗은 두 가지 사이의 구별에 지나지 않는다는 것을 보여주려고 한다. 대표적인 예로 단편 「월운」에서 볼 수 있듯이 한 여성이 어린 시절부터 체득한 봉건적인 관습과 여성으로서 성적 본능 사이에서 죄의식을 느낄 때 이 죄의식을 상쇄하는 것은 생산하는 어머니의 역할이다. 나아가 하루를 살기 위해 열심히 교미하는 하루살이들의 광경은 그녀의 갈등을 생명의 신비라는 차원으로 한데 용해시켜 버린다. 결국 학자인 다산이 인간의 앎을 뛰어넘는 신의 존재를 강하게 의식하게 되는 계기는 눈에 보이는 증거가 있어야 가능한 합리적인 추론에 의해서가 아니다. 학자다운 회의뿐만 아니라 박해의 공포감으로 천주교 담론을 거부하던 다산은 생명이 다하면 스러지게 마련인 인간 공동의 운명, 살아 있는 모든 것의 운명인 죽음 앞에 이르러서야 자신도 모르게 입 속에서 신의 이름을 되뇌이며 "인위에 구애되지 않는 유장한 자연인의 시간(416쪽)"을 의식한다.

그렇다면 무녀 나비가 된 난아가 세실리아라는 본명을 기억해내고 순교에 동참하는 계기는 무엇인가. 나비는 굿을 평소처럼 주재하며 떡 위 식칼로 십자를 긋다가 칼이 튀어나가는 신비한 현상을 경험한다. 세실리아는 달구지에 실려가는 언니 마리아를 만나 돌연 자기 이름을 찾고 순교에 동참한다. 소설에서 이 사건이 지니는 의미를 명쾌하게 해석하기는 쉽지 않은데 작가 ─ 화자는 사건을 극적으로 제시할 뿐 이에 대해 어떠한 적극적인 부연설명도 하지 않고 있기 때문이다. 과연 난아가 부지불식간에 핏줄의 힘에 이끌린 것일까. 난아는 "찾고 찾았다가 겨우 겨우 다시 만난 친동기입니다." 라고 부르짖는다. 한 인간이

일곱 살 때 체험한 천주교의 성사와 교리를 기억하고 명료하게 답변한다는 일은 상식의 차원에서는 쉽게 설명할 수 없는 일이다. 설사 기억하는 일이 가능하다고 하더라도 어린 시절의 기억만으로 당장 순교에 동참한다는 것 역시 평범한 사람으로는 감행하기 어려운 행동이다. 다만 우리는 자기 정체성에 혼란을 겪던 난아가 돌연 아무도 끌어내릴 수 없을 만큼 강한 힘으로 언니 마리아가 실린 달구지에 뛰어오를 때 상식이나 지식의 차원으로는 접근할 수 없는 인간의 불가해한 측면에 마주치는 기분을 맛보게 된다.

반드시 천주교라는 특정 종교의 차원에서가 아니더라도 문학작품에서는 합리적으로 설명할 수 없는 사건을 통해 깨달음을 얻는 이야기 전개가 등장한다. 특히 한무숙 소설세계에서는 『만남』 이전에서부터 이 "에피파니(epiphany)"가 매우 빈번하게 등장하는 것을 볼 수 있다. 문학용어로서 "에피파니"란 제임스 조이스에 따르면 "급작스런 정신적 현시"를 담고 있는 사건이나 광경 혹은 구절을 의미한다.[10] 에피파니는 원래 카톨릭의 용어로는 "예수 공현(公顯)", 예수가 세 동방박사의 출현을 통해 메시아임을 드러난 일을 가리킨다. 다른 한편으로 "신, 초자연물의 출현, 본질의 돌연한 현현, 혹은 이성이 아니라 직관을 통한 진실파악" 등을 의미한다. 소설에 있어서는 일상적인 의미에서 결코 전형적이라고 볼 수 없는 사건을 통해서 한 인물이 자기 삶의 모순을 깨닫게 되거나 자기 자신의 욕구를 깨닫고 성격에 있어서 근본적인 변화를 겪게 되는 장면에서 볼 수 있다. 특히 한무숙의 소설의 경우 「월운」이나 「축제와 운명의 장소」 등의 많은 다른 소설들에서도 찾아볼 수 있음은 이미 지적한 바 있다.[11] 예를 들어 「월운」에서 평생 수절한 과부인 홍여사는 새 생명이 탄생하는 순간 교미하기 위해서 하루살이들이 만드는 기둥을 본다. 어린아이의 약한 짐승같은 울음 소리를 들

---

10) 박덕은 편역, 『소설의 이론』(새문사, 1989), 68~72쪽.
11) 정재원, 「한무숙 단편소설 연구」, 『연세대 석사학위 논문』, 1995, 81쪽.

으면서 비로소 홍여사는 평생을 짓눌러온 관습의 굴레에서 벗어나 생명의 충일감을 맛보게 되는데 그것은 "도덕이라든가 질서라든가 보다 절실한 순간"으로서 온다. 사실 에피파니는 주로 단편소설에서 압축적으로 사건을 전개함으로써 진실을 전달하는 방법으로 사용된다. 만일 극적인 상황제시가 충분히 이루어지지 못한 상태에서 인물의 갑작스러운 깨달음을 전달하고자 했다면 설득력은 분명 반감되었을 것이다. 따라서 에피파니가 설득력을 얻을 수 있는가의 여부는 극적인 상황제시가 얼마나 충실한가의 여부에 달려 있다고 할 수 있다. 만일 난아가 출생의 비밀에 의문을 갖고 자신의 정체성에 대해 회의하는 과정이 충실히 그려지지 않았다면 이 장면은 설득력을 얻기 어려웠을 것이다.

무엇보다 우리는 에피파니가 단순히 소설상의 기법 이상의 의미를 갖고 있다는 데 주목해야 한다. 먼저 에피파니의 빈번한 등장은 작가의 작품세계 상으로는 인간 외부의 역동적인 관계보다는 한 인간의 내면을 소설의 무대로 즐겨 삼고 인간의 정신적인 성장을 중시하는 경향을 드러낸다. 또한 에피파니의 출현은 세속화된 교리를 뛰어넘는 신비, 지식으로 쉽게 추상화되지 않은 우주의 섭리, 인간의 언어로 규정할 수 없는 무한한 존재를 추구하는 작가태도의 연장선에서 조망해야 하는 것이다. 조선천주교는 외래인의 적극적인 복음을 통해서가 아니라 학문을 수용하는 과정에서 자연적으로 발생했으며 오히려 모진 박해를 피해 도망치는 교인들을 통해 복음의 씨앗을 널리 뿌리게 되었다. 추궁하는 고문관 앞에서 마리아가 답변하듯 바람은 보이지 않지만 우리는 나뭇가지가 움직이는 것을 통해서 바람을 본다. 물론 "보이는 것 속에서 보이지 않는 것을 보는 일"은 단지 천주교의 교리 차원에만 머무는 것은 아니다. 보이지 않는 것을 보는 일은 문학이라는 창을 통해 모든 세속의 구별을 넘어선 인간의 진실을 추구하는 작가의 태도와 이미 일치하고 있다.

4. 우주의 중심

죽음의 순간에 이르러 인간의 이해를 뛰어넘는 무한한 존재와 영원한 시간을 깨닫는 다산의 모습을 감동적으로 형상화한 뒤 결말 부분에서 작가는 자료를 인용하면서 다산이 죽는 순간까지 천주교 신자였다는 점을 밝히는 데 열중한다. 무극관인(無極觀人)이 쓴 것으로 되어 있는 『만천유고』라는 저서가 이승훈을 비롯하여 서학에 연루되어 참수된 학자들의 유고를 집대성한 것이며, 발문으로 짐작하건대 무극관인은 정약용의 필명이라는 주장은 매우 흥미로운 것이기는 하다. 또한 달레의 『한국천주교회사』를 번역하고 정약용의 천주교 신봉설을 주장한 최석우 신부의 견해를 참고한 것으로 보이는데, 책이 남아 있지 않아 확인할 길은 없으나 정약용이 「조선복음전래사」를 썼다는 주장 역시 실학자로만 알려진 정약용이라는 인물의 일생에 대해 새롭게 생각해 볼 여지를 주고 있다. 그러나 결말로 갈수록 작가 – 화자의 인용과 논평이 점차 인물과 사건의 형상화를 압도하게 되면서 정약용이 과연 천주교 신자인가 아닌가가 논점이 되어 소설만이 줄 수 있는 이해와 감동이 축소된 것은 아쉬움으로 남는다. 「자찬묘지명」을 쓸 정도로 자존심이 강한 인간 다산이 만년에 이르러 회포에 겨워 달빛 속에 나앉아 자기도 모르게 "주여, 우리랄 긍련히 여기소서"라고 중얼거리는 대목은 이미 많은 이야기를 함축하고 있기 때문이다.

장편소설 『만남』은 제도와 범절에 얽매인 인간의 갈등을 다루고 있으며 생명 혹은 추상화되지 않는 무한한 존재와 같이 모든 세속적 가치관의 갈등을 뛰어넘는 상위의 차원을 추구하고 있다는 점에서뿐만 아니라 문체의 면에서도 원숙기에 다다른 한무숙의 소설세계를 보여주고 있는 작품이다. 한무숙은 9장 「뜨거운 포옹」에서 정약용의 해배 장면을 다음과 같이 묘사하고 있다.

다산은 새로 지은 도포에 북청색 실띠를 가슴 위에 눌러 매고 턱 넓은 음양립을 쓰고 뜰에 내려섰다.

뜰에는 자리 한 잎이 북쪽을 향해 깔리고 홍보를 덮은 조그만 상이 놓여 있었다.

언제 왔는지 강진 현감이 정복하고 한양에서 내려온 선전관 옆에 서 있고, 통인·이속들까지도 양 옆에 도열하고 있다. 열 여덟 명의 제자들은 모두 사색이 되어 엎드려 있었다.

다산은 자리 위 상 앞에 단정히 꿇어앉았다가 북향하여 정중히 사배를 올렸다. 숨소리조차 들리지 않는 정적을 깨고 선전관이 두루마리를 풀어 목청을 돋우었다.

"유배 죄인 전 좌부승지 정약용, 무인년 8월 초이틀로 해배."

열 여덟 명의 제자들이 일제히

"성은이 망극하옵니다."

하고는 목을 놓아 통곡하기 시작했다. 12)

다산이 장장 18년만에 유배를 끝내고 해배 전지(傳旨)를 받는 장면을 작가는 매우 절제된 문체로 묘사하고 있다. 구중서 역시 작품해설에서 이 장면을 인용하며 이 문체를 "장인의식이 담긴 문체 그대로"이며 "박진이 있으면서 격식이 있는 문체"라고 평가한다.13) 이 장면의 절제된 묘사 속에는 독자들이 많은 것을 상상할 수 있는 여백이 있다. 작가는 다산의 행동거지가 어떤 감정을 담고 있는지 자세히 묘사하지 않으면서도 임금의 전지(傳旨)를 받기 위해서 다산과 그의 제자들, 강진의 현감과 아전들이 결코 빼놓지 않아야 할 복장과 절차를 열거한다. 단정히 꿇어앉았다가 궁궐이 있는 북쪽에 사배(四拜)를 올리는 다산의 자세에서는 18년의 세월을 견뎌온 긴장감과 오랜 세월 기다려온 일이 막상 이루어졌을 때의 담담함이 교차하는 것이 느껴지며 해배소식을 듣고 통곡하는 것은 18명의 제자들이다. 감정에 치우치지 않고 극적인

---

12) 한무숙, 『만남』, 364쪽.

13) 구중서, 「작품해설」 ; 한무숙, 『만남』(을유문화사, 1993), 459쪽.

순간에 오히려 당대의 습속을 정밀하게 묘사함으로써 시대적 제약 속에서 살아 숨쉬며 인내하는 한 인간을 드러낸 작가의 역량은 매우 값진 것이다. 이 대목에 이르러서는 작가 – 화자가 논평을 극도로 자제함으로써 작가 자신도 숨을 죽이고 한 인간의 삶에 대해 외경의 태도를 보이는 것처럼 느껴진다. 세습무인 만년이 사람들을 감동시키면서도 정작 자기 자신은 감동할 수 없는 심정을 실감있게 그려낼 수 있었던 것은 한무숙이 자신 또한 한 사람의 작가로서 예능인 공동의 운명을 자각했기 때문일 것이다.

한무숙은 「우리 것을 먼저 알고」라는 글의 말미에서 작가의 책임, 그리고 작가와 독자가 인간 공동의 운명을 통해서 만나는 일에 대하여 다음과 같이 소박하게 적고 있다.

"문학을 한다는 것은 어쩌면 어떠한 연관을 뜻하는 것일지도 모른다. 모든 작가는 아무의 것도 아닌 자기 자신의 눈을 가지고 사물을 본다. 그리고 그는 어느 순간 무엇인가가 자기에게 보이는 것을 느낀다. 그는 본 것을 말해야 한다고 느낀다. 그가 본 무엇보다도 소중한 것, 우주의 중심 같은 것을 …… 그것은 거의 책임감과 흡사하다. 그는 이리하여 세계와 본래적인 인간성과 어떤 관련을 갖게 된다. 이 관련을 그는 작품이라는 것에 새기는 것이다.

독자는 작품 속에 씌어진 그러한 상황을 본다. 작중 인물들의 움직임을 본다.

그리고 씌어진 언어를 통하여 보는 듯 느끼는 그런 사물들과 인물들의 움직임 너머에 있는 무엇인가를, 작가가 느꼈던 가장 소중한 것을 보는 것이다. 쓴 이와 읽는 이는 이러하여 어느 내적인 필연성으로 맺어진다. 공감과 감동으로 하나가 되는 것이다. 거기에는 이른바 국제성도 향토성도 없다. 있는 것은 인간성, 깊은 인간 관계가 있을 뿐이다.[14]

---

14) 한무숙, 「우리 것을 먼저 알고」, 『내 마음에 뜬 달』(을유문화사, 1992), 153~154쪽.

역사 · 존재의 무늬 읽기

- 『생인손』론

- 김성달(소설가) -

1.

오늘날 우리가 살아가는 역사는 우리가 각자의 처지와 형편 속에서 실질적으로 생존하고 있는 현장이다. 한사람 한사람이 저마다 결단을 내리고 선택을 하는 그 속에서 역사는 만들어지고 있다. 한무숙의 작품을 논하며 서두에 역사를 언급한 것은 바로 그의 작품이 당대 사람살이의 현실을 그대로 드러내어 보여주기 때문이다.

한무숙은 역사의 격변기 상황을 표현하면서도 작품 속의 인간을 계급이나 사회적 대립의 이념에 의해 재구성하는 것이 아니라 존재하는 그대로를 보여 준다. 그런 까닭에 대다수의 작품들이 대립과 갈등의 첨예한 구도보다 인간 현실의 실존적 비극을 이야기한다.

우리 문학에서는 현실을 이야기하면 먼저 정치, 경제적 모순 때문에 생기는 현실을 반영해야 한다는 의식이 강하다. 현실은 시대를 살아가는 사람에게 가장 절박한 구체적 현장을 의미한다. 그래서 때로는 정치, 경제적 동기가 현실 문제의 전부처럼 보이는 것이 사실이다. 그러나 이것은 현실에 대한 극히 축소 적이고 제한된 인식이다. 한무숙의 작품은 이런 제한되고 축소된 현실인식에 대한 진지한 성찰로부터 시작된다.

한무숙은 작품에서 역사적 사건을 즐겨다루지만 실제로 그 절박한 국면들이 겉으로 별로 드러나지 않는다. 그것은 늘 소설의 원경(遠景)으로 자리 잡고 있다. 가령 6·25같은 사건이 배경일 때도, 그 사건 자체가 아니라, 그 속에서 상처받는 사람들의 생활이나 심리 쪽으로 중심을 두고 묘사한다. 개인사의 자잘한 일상에 비중이 더 얹혀 있다. 그것은 인간의 삶을 이성으로 사고해 왜곡하는 것이 아니라 있는 그대로를 파악하려는 리얼리스트의 확고한 자세 때문이다. 한무숙은 예술 작품에서의 표현은 사고가 시작되는 곳이 아니라 사고가 끝나는 바로 그 지점에서 비롯된다는 것을 꿰뚫어 보고 있다. 즉 예술은 이념과 관념의 사고가 현실의 구체적인 일상성 속에서 무엇인가를 설명하고자 하는 의욕을 단념하게 되는 그 지점에서 새롭게 태어난다는 것을 명확히 알고 있다는 것이다. 그래서 예술 작품은 구체적 삶의 고백이어야 하며 예술가는 사고하는 능력을 넘어서 육체적으로 사는 능력을 자기 것으로 가져야 한다는 것이 한무숙의 작가 관이고 그런 작가 관의 바탕 위에 우뚝 선 작품이 바로 「생인손」이다.

사직동 정 참판댁 종의 딸이었던 표마리아 할머니의 일생을 다루고 있는 이 소설은 19세기 말, 인간 삶의 실상을 구체적으로 보여주고 있다. 한무숙은 이 작품 속에서 엄청난 격변기 속의 역사적 사건의 의의나 담론이 아니라 종의 신분인 언년 이와 그 주변 인물 개개인의 구체적 삶의 현장에서 실재하는 오밀조밀한, 어찌 보면 하잘 것 없어 보이는 현실들을 당대의 풍속 속에 촘촘한 그물망처럼 얽어 놓고 있다. 격변기 속의 계급이나 이념 같은 거대 담론이 아니라 실제 국면 속의 개개인 삶의 현장에서 일어나는 자잘한 일들이 더욱 절박하고 실재적인 문제가 되어 그 현장의 숨결과 풍속을 그대로 드러낸 것이 한무숙 문학의 본질인 것이다.

그 동안 우리 문학은 너무 큰 것, 너무 어려운 것, 너무 우람한 거대 이론의 틀에 얽매여 그때그때 존재하는 당대의 구체적 현실이 아니라 도덕적으로, 혹은 앞으로 있어야 할 현실을 다분히 도식적으로 묘사한 경우가 많았다. 즉 사회 변혁 속의 많은 이론과 담론들이 제공하는 윤리적 정당성을 수반하는 현실을 만들기 위해 억지스런 인간 형상을 양산해 냈다는 것이다. 그 결과 한동안 마르크스가 우리 문학을 지배하고 또 국적불명의 포스트모던의 망령이 휩쓸기도 했다. 그 가운데 우리의 풍속과 당대 사람들의 삶을 왜곡 없이 드러내고 표현한 많은 작품들이 작품성과는 별개의 문제로 외면 당하고 비판받았다. 한무숙의 작품 또한 그런 비판의 족쇄 앞에서 자유롭지 못했던 것이 사실이다. 그렇지만 한무숙은 작품 속의 현실이 당위의 문제가 된다면 일상의 작은 사건들을 있는 그대로 드러내는 것이 오히려 정당하다는 존재론적인 리얼리즘 자세를 줄곧 견지했다. 그 결과 그의 소설은 계급이나 빈부의 격차에 의해서, 또는 종교와 전통의 이데올르기에 의해서 등장인물이 억지로 만들어지거나 유형화되지 않는다.

「생인손」이 현실을 있는 그대로 묘사한 즉 현상의 표면에 나타난 그대로의 세계를 모사하고 반영한 소박한 리얼리즘이라는 비평도 있다. 그들 주장에 따르면 작가는 변증법적인 토대에 입각한 첨예한 의식으로 무장해 현실세계 속에서 무엇이 인간사회를 위한 본질적인 것이며, 무엇이 인간 사회를 저해하는 비본질적인 요소가 되고 있는 가를 가려내는 자세를 지닌 작품이 참된 리얼리즘이라는 것이다. 더 나아가 작가는 의식의 반작용을 그의 시대와 사회가 요구하는 보편적 이념에 잘 부합되도록 노력하면서 작품을 구상해야 한다며 있는 그대로의 현실을 묘사한 작가들의 작품은 재래의 범속한 리얼리즘이라고 간단히 치부하며 우리는 선배가 없는 불쌍한 세대라니 백지상태 세대라며 자조한다.

그 결과 이 땅에서 리얼리즘을 표방한 수많은 작품들은 헤겔주의의 변증법적 잣대로, 소설 객체를 정적 상태에서 동적 상태로 끌어올린다는 역사적 책임의 무거움에 짓눌려 버렸다. 작가 의식의 작용을 자기 시대와 사회의 발전적인 이념과 조화되도록 조형하는 것에 지나치게 집착해 소설의 모습을 기형적으로 변질시켜 놓고 말았다.

그렇다면 리얼리즘이란 무엇인가? 이 대답에 어떤 간명한 해답도, 어떤 완전한 해답은 불가능하다. 가로디가 말했듯이 리얼리즘은 작품에서 정의되어지는 것이지, 작품 이전에 정의되어지는 것이 아니다. 문학이 작품으로 형상화되기도 전에 사회관계의 보편적 이념에 치우쳐 내면의 풍경은 왜소, 황폐화되어 마치 거칠고 직선적인 것이 곧 리얼리즘이고 작가 개개인의 미학적 투시는 리얼리즘의 사상적 투시력과는 상극이라는 협소함으로 굳어져 리얼리즘의 폭이 눈에 띄게 축소되었던 것이다.

컴퓨터와 사이버로 대변되는 기계적 상상력, 국적불명인 카오스적인 상상력이 모든 것을 가볍게 몰아가는 지금 우리에게 가장 절실히 요구되는 것은 당대 삶의 현장 이 구석 저 구석을 더욱 더 구체적으로 드러내 보이는 작업일 것이다.

우리 나라 근·현대 소설에서 가장 빈번하게 갈등이 발생하는 유산자 계급과 무산자 계급의 생활이 「생인손」에서 다음과 같이 구체적으로 묘사 되어있다.

옛날엔 양반댁 마님, 아씨들이 유도가 성하지 못하시거나 허약허실 때 유모를 대셨습지요. 또 호사루 몸 보존허시기 위해서도 유모를 대굽시구요. 유모는 우선 집안이나 동네에서 같은 무렵 생산헌 아낙들 중에서 골랐습지요. 아랫것이 때마침 젖먹이를 가졌다거나 댁내 어려운 형편의 부인들 아니면 동네 아낙에서 구했사와요. 그런 사람이 여럿이 있을 땐 젤 좋은 젖을 가진 사람이 뽑혔습지요. 젖에는 찰젖과 물젖이 있사와요. 찰젖은 진허구 되구 근량이 나가지오닛가. 물젖은 묽어 애기가 잘 자라지 않사와요. 그래서 유모를 정허기 전에 젖을 짜서 근수를 달았다 하와요. 쇤네 어멈 젖은 분명

찰젖이었사온데 애기가 워낙 약질이셨겠습지요. 어멈에게 좋은 젖을 내게 하기 위해 마님은 보약두 먹이시구 좋은 음식두 먹이셔서 반지르르해졌더라 하와요. 어멈은 우직허구 어리무던하여 제 새끼 못 먹이는 갖가지 진수를 넘어가지 않은 목구멍에 간신간신 넘기며 눈물을 흘렸다 하와요. 눈물을 흘리면서두 마님 분부 없이는 쇤네에게 고깃점 하나 주지 않았다구 듣구 있사와요. 어멈이 먹는 게 아니구 애기가 잡수시는 것이었지오닛가(『한무숙 전집』 6, 292쪽).

굶주리는 친자식에게 한 모금의 젖도 마음대로 먹일 수 없는 상황을 묘사한 이 대목을 두고두고 곱씹어 보아 한다. 바로 이 지점에서 한무숙의 소설뿐만 아니라 앞서 간 선배들의 작품을 새삼 재인식해야하는 지점이기도 하다. 한무숙은 담담한 목소리로 있는 현실을 그대로 독자 앞에 보여 줄 뿐이다. 즉 당대를 살아가는 사람들의 간격과 갈등을 계급의 격차가 아니라 인간성의 격차로 극명히 드러낸다. 인간성은 계급이나 사회에서 지정해준 장소에서 찍은 듯이 언제나 같은 모습을 드러내는 결정론적 산물이 아니다. 작가의 이런 인간관이 구체적인 형상으로 그려진 것이 바로 「생인손」이다.

2.

근 백년의 역사적 과거를 배경으로 이 땅에서 살다간 여성의 운명을 조망하는 작품 「생인손」의 간략한 줄거리는 다음과 같다.

종의 자식으로 태어난 표마리아 할머니 즉 '언년이'는 동갑내기 작은아씨를 따라 작은아씨의 시댁으로 들어가 제 어미처럼 상전 딸의 유모 노릇을 한다. 상전 딸에게 젖을 먹이는 동안 굶주리며 울부짖는 친딸을 보다 못한 언년 이는 윗분들이 집을 비운 사이 친딸과 상전의 딸을 바꿔치기 해버린다. 가운데 손가락에 가시가 박혀 앓고 있는 친딸이 너무 애처로워 상전의 딸과 한방에 두고 차일피일 미루다 친딸을 다시 행랑채에 데려다 놓을 기회를 놓쳐버린 것이다. 그리하여 친딸은 상전의 딸이 되어 명문가에 시집을 가지만 곧 불운해져 남의 집 식모를 살게 된다. 한편 종의 딸이 된 상전의 딸은 미국 유학후 결혼하여 성공적인 삶을 살아가다 생모로 알고 있던 '언년이'즉 표마리아 할머니를 모시고 산다. 운명의 장난은 여기서 끝나는 게 아니다. 자기 집에서 식모살이를 하는 여인의 성장이 멈춰 짧아진 가운데 손가락을 보고 표마리아 할머니는 친딸을 알아 본 것이다. 이러한 친딸의 불행이 자기가 저지른 잘못 때문에 일어난 것이라고 생각한 표마리아 할머니는 통곡으로 시작해 일생 일대의 비밀을 신부님에게 고백한다는 내용이다.

기구한 여자 '언년이'이의 일생을 다룬 「생인손」은 여러 가지 다양한 특징을 지닌 작품이다. 우선 맨 먼저 생각 할 수 있는 것은 이 작품이 근 백년의 역사적 과거를 배경으로 한다는 점이다. '언년이'가 살아온 그 백년은 사회의 변화에 따른 전통 규범의 파괴와 새로운 규범의 등장, 동양적인 가치와 서양적인 가치의 혼재등으로 재래적인 것과 외래의 것이 충돌 대립하는 문화적 혼돈기였다.

　　희한한 구경은 그뿐이 아니었지오닛가. 하루는 장끼 녀석이 "언년이 너 가지등 구경 못 했지." 허구 사뭇 뻐겼사와요. "가지등이 뭔데?" "이 맹꽁이, 가지등두 몰라. 대궐 앞허구 육조 앞 큰길에 서 있는 긴 장대 위에 켜진 불이야. 장대 끝이 두 가지루 갈라지고 가지 모양의 등이 달렸는데 아주 아주 밝아. 너 그 밑에선 팽이두 칠 수 있다." "우리 댁 사랑 영감 마님방 남포버덤 더 밝아?" "그러엄, 그리구 바람이 불어두 꺼지지 않구 옷이 닿아두 안 탄대." 남포만 해두 도깨비 선물같이 희한만 했었을 때였습죠. 꿈만 같은 얘기였지오닛가. 그 희한한 가지등두 장끼따라 구경했습죠. …… 중략 …….

　　어쨌건 그 때 장안에 파다하게 떠들구 숙덕거렸던 일이 정말이라면 민 중전마마는 아주 아주 망측한 나쁜 분이라 하겠습지요. 갑

신년 소동 땐 열 살이었사와요. 옥권(玉均)이가 어쨌구 왜놈들이 뭣 했구 하는 어린 귀에두 심상치 않은 말들이 들렸었지오닛가. 쉰내는 덤벙덤벙해서 어멈 말에 따르면 말만한 년이 중문 높은 문지방을 겅중 뛰어넘으며 그 때 항려에서 불리던 동요를 큰소리로 불렀습죠. "술레 병정 개 병정 대궐 안의 이 잡아 먹구 소반 밑의 쥐 잡아 먹구……." 그러면 어멈이 질겁을 하구 뛰어나와 거칠게 입을 틀어막았사와요. 영문을 알지 못했습지요만 큰일날 소리라는 겁지요. 장끼가 역적 모의나 하는 것 같은 귓속말로 "이 천치야 너 그거 목 달아날 말이야. 대궐 안의 '이'는 너 상감의 성씨구 소반 밑의 '쥐'는 너 상감마마 '띠'를 말허는 거래. 상감마마는 임자(壬子)생이거든. 그러니까 나라가 망한다는 말이야. 알았어? 이 멍충아(『한무숙 전집』 6, 295~296쪽)."

「생인손」에서는 이처럼 19세기말의 격동의 현장이 손에 잡힐 듯이 묘사되어 있다. 사실감 넘치는 세심한 묘사는 마치 그림을 보듯이 선명한데 이것은 일상 화법의 문투를 사용한 문장형태에 기인하는 것이기도 하다. 즉 이런 서술 형태는 작가가 직접 작품에 개입하지 않고도 당시의 풍경이나 등장인물의 감정이나 행동을 적절하게 드러내는 것이 가능하여 마치 현장에 있는 실감으로 환기시키기가 용이하다는 것이다. 그래서 자칫 설교적이고 현학적으로 변질 될 격동기의 속의 풍경을 살아있는 그대로 잘 묘사해 냈다.

　　교군간의 교군을 치우시구 빙글빙글 도는 바퀴가 달린, 사람이 끄는 인력거라는 수레가 들어 있어지오닛가. 장끼와 북돌이는 동학이 된 것이라구 어멈들이 숙덕거리구 있더이다만 보이지 않구 귀뚜라미만한 장끼아범이 그 인력거를 끈다구 했사와요. 머리를 깍으시구 제비댕기를 목에 매신 서방님이 탑신다는데 관운장만큼이나 건장허신 서방님과 커다란 수레를 조막만한 장끼아범이 어떻게 함께 끄는지 걱정이 됐사와요. 서방님이 글씨를 쓰실 땐 붓두 쓰시지만 철필이란 뾰족한 연장두 쑵신다구 상노로 있는 막쇠가 일러주었사와요 …… 중략 …….

일녀는 속곳두 입지 않구 두렁이 겉은 걸 두르구 서서 소피를 본다구들 하구, 양인들은 사람들을 붙들어다 어름 위에서 뺑뺑이를 돌리구 어지러뜨리면 간을 빼어 환을 만드는데 양인의원의 약은 그래서 잘 듣는다구들 했사와요. 더구나 규중처자들을 붙들어다 핵교(學校)라는 데 끌어가는데 핵교에 가는 날이면 야금야금 진이 빠져 살어서 손각씨 귀신이 된다구들 했습죠(『한무숙전집』 6, 308~309쪽).

이와 같은 풍속 묘사와 함께 한무숙의 작품에 곳곳에는 옛 여인들의 생활 세목과 어휘가 진주처럼 박혀 빛나고 있다. 가령 다음과 같은 장면을 보자.

워낙 대가 세신데다 차신 어른이셨습지요. 게다가 굳으셔서 삼도 감사 10여 년에 철량(재산)두 어마어마협신데 조석으로 홉되로 쌀을 되어 반비에게 내리셨지오닛가. 그때는 대개의 대갓댁에서 홉되를 쓰셨습죠. 꼭 한 홉돌이 조그만 모되 가운데에 칸이 있습죠. 애기는 반 홉, 아낙은 살짝 한 홉, 남정들은 후하게 한 홉, 꼬박꼬박 식구대로 되어 밥을 짓게 했사와요. 쌀은 느는 겁지요. 한 홉이면 좋게 큰 사발 하나 찹지요. 배를 곯리는 것은 아니었사와요(『한무숙 전집』 6, 297쪽).

대가댁 마님에 관한 이런 묘사는 백여 년 전의 그 현장에 서 있는 듯한 느낌이 들 정도로 생생하다. 읽어 가는 동안 곳곳에서 만나는 이런 장면들이 작품을 더욱 견고하고 풍부하게 하고 있다.

시절이 달라지기두 했습죠만 지난날의 참판댁 작은아씨 되셨을 때완 모든 게 달랐사와요. 우선 새색시 모습부터가 판이합죠. 모녀

분 인격이옵지만 성적하신 모습이 같으실 리 없으오니까. 옛날에는
미명실로 살짝 솜털을 곱게 밀구 버들잎 모양으루 눈썹 다듬구 분
입히구 연지 곤지 찍으면 꿀루 내리깐 아래위 눈시울을 붙였습죠.
따님때만 해두 눈을 꿀루 붙이지는 안했사와요. 큰머리두 초례(醮
禮)때만 허구 조석 문안은 민머리였습죠(『한무숙 전집』 6, 311쪽).

이와 같이 우리의 전통, 특히 여인들의 생활에 대한 묘사는 인류학
적으로도 가치 있는 것이다.

사실 그 동안 우리 문학은 일제 식민지문화의 잔재를 좀체 청산하지
못했으며 한국문학의 전통을 회복하려는 문단의 노력 역시 찾아보기
힘들었다. 그런데다 남북분단의 치열한 이념적 군사적 갈등까지 겹치
게 되어 전통을 존중하고 묘사하는 태도는 현실 진단이 미숙한 것으로
분류되기까지 했다. 1970년대 이후 우리문학에 대한 정체성 논의가 활
발해져 전통승계의 문학적 업적을 남긴 작가들이 재평가되기는 했지
만 결과적으로 충분한 평가를 받지 못했던 것이 사실이다. 아직도 확
실한 정체성을 갖지 못한 우리 문학이 확고한 정체성을 정립하고 더
나아가 세계의 문학으로 읽히기 위해서는 바로 전통에 대한 올바른 시
각을 가지는 것에서 다시 시작해야 할 것이다.

3.

「생인손」은 위에서 살펴본 것과 같은 풍속사적 자료 수준에 그치는
것이 아니다. 세속 풍정에 대한 소상하고도 풍부한 묘사 위에다 사람
살이의 그 알 수 없는 오묘한 원형적 심리와 생활 정서의 감정이 구체
적이고 절묘하게 표현되어 나타나 있다.

한무숙은 "우리 여인들의 글월에서는 마음의 흔들림. 삶의 고달픔.
조촐한 기쁨과 사무친 한(恨)과 슬픔, 애달픈 사랑과 살뜰한 정의 등등
인생과 생활과 정서와 감정이 직물 적이며 구체적이고 적절 절묘하게

표현되어 있어 우리 심금을 울리는 것이 많다"고 주장한 바 있다.

'인생과 생활과 정서와 감정의 직물 적이며 구체적인 표현'이 「생인손」의 '언년이' 즉 종의 자식으로 태어나 작은아씨 밑에서 역시 종노릇을 했던 곧 표마리아 할머니의 인생에서 고스란히 묻어난다.

한집에 살면서 어멈 얼굴도 못 보구 겨울엔 토방에 깔린 거적때기에 찔리며 지가 싼 똥오줌에 범벅이 되어 앙앙거리구, 여름이면 행랑채 마당에서 흙강아지처럼 굴렀고, 어멈 젖은 상전댁 애기에게 뺏기구 같은 처지 종들이 틈틈이 끓여 목에 넘겨주는 암죽으로 목숨을 이어온 언년이의 출생은 그 자체가 이미 사무친 한(恨)과 슬픔을 태동하고 있다. 아기씨의 유모가 된 어멈 덕분에 애기 동무가 된 언년 이는 작은아씨의 몸종이 된다. 동갑인 작은아씨와 언년이의 성장한 모습을 한무숙은 다음과 같이 묘사하고 있다.

> 동갑이지만 작은아씨는 다홍 삼팔 치마 살짝 끌구 연둣빛 도리
> 불수 곁마기 받쳐입으신 맵시엔 색시꼴이 나시기 시작하시는데, 쉰
> 네는 깃두 섶두 뭉툭허게 모진, 얼멍덜멍 얼룩진 것을 저고리랍시
> 구 걸치구 돼지꼬리에 댕기 단 것 같은 머리꼬리 수선스럽게 흔들
> 며 부산하게 드나들어 말대가리 설삶은 것 같은 저년 언제나 사람
> 될꾸 허며 어멈 걱정이 대단했지오닛가(『한무숙 전집』 6, 293쪽).

극명하게 대비되는 두 사람의 형상 묘사에는 직물 적이며 구체적인 사람의 모습이 나타나 있다. 「생인손」에서 한무숙은 언년이의 의식을 통하거나 입을 빌려 상전이나 억압자에 대한 원한이나 증오를 토로하지 않는다. 지극히 냉정하고 담담한 시선으로 상황을 그대로 보여 줄 따름이다. 사람살이의 현장을 작가의 신념이나 이념이 개입된 시선으로 왜곡하지 않은 것이다. 작가가 걸핏하면 나서 설명하거나 위에서 내려다보는 듯한 계몽주의적 계도와 사회학적인 윤리적 정당성 따위

를 작위적으로 만들어 인물을 조종하려 들지 않는다. 다만 그 인물이 생긴 대로 가만히 내버려 둘 뿐이다. 곧 위에서 자신이 주장한 마음의 흔들림, 삶의 고달픔, 조촐한 기쁨과 사무친 한(恨)과 슬픔 등을 있는 그대로 드러내 보여 준다. 섣부른 자기화의 오용과 만용에 빠져 도대체 작가 자신도 알지 못하는 이론을 마구잡이로 주워 섬기고 해석의 여백도 없이 제 잘난 체 모든 것을 다 설명해버리는 작금의 소설에서는 찾아볼 수 없는 자세이다.

생긴 대로 온전히 드러낼 수 있는 것은 인간에 대한 폭넓은 이해가 있을 때 비로소 가능한 것이다. 인간 삶의 실제적인 국면이라는 것은 대단히 불가사의하다. 인간 행위의 겉으로 표면화된 것과 내용적인 것이 서로 일치되지 않거나 오히려 상반될 경우는 아주 흔하다. 그런 부조리한 측면까지 깊은 이해가 선행되었을 때 작품 속의 인물을 작가의 의식의 개입 없이 보여 줄 수 있는 것이다.

한무숙이 이처럼 있는 그대로를 드러내 보이는 것은 곧, 이 세계와 삶을 비극적이고 부조리한 것으로 파악한다는 것이다. 이 같은 인식은 작품 속에서 등장 인물의 행동과 사건의 사실적 재현으로 나타난다. 그에 따라 한무숙의 대다수 작품이 시간적 흐름에 따른 서사적 형태로 이야기가 진행된다. 「생인손」에서 종의 자식으로 태어나 몸종이 되고 자신이 모시던 작은아씨의 시댁으로가 종살이를 하다 어미와 똑 같이 상전의 아이에게 젖을 물리는 언년이의 삶의 역정은 실로 파란만장하다. 이 서사적 이야기 재현 속에 한무숙은 여성특유의 정서와 감정을 잘 직조해내고 있다.

한집에서 같이 자란 장끼, 짓궂게도 굴면서 늘상 오래비 같사왔죠. 자상두 허굽쇼. 쇤네는 그만 눈물을 흘렸사와요. 쥐두 새두 모르는 일인 줄 알았는데 큰일 저질렀던 걸 안 것은 얼마 후였지오닛가. 마님은 아무 말씀 없이 차게 쇤네 배를 훑어 봅시구 작은아씨는 고운 눈에 눈물만 그득히 담으셨사와요. 잊혀지지 않는 일이 있습죠. 한번은 역시 빨랫거리를 이구 참판댁엘 갔더니 마님이 들어오라 합시구 작은 목판에 인절미를 수북이 삼아 주시지오닛가. 작은 아씨가 어머님께 드리는 문안 편지에 인절미 좀 먹여 줍시오라구 쓰셨다지오닛가. 인절미를 먹었는지 황송함을 먹었는지 눈물만 났사와요(『한무숙 전집』 6, 300쪽).

오랜만에 간 작은아씨 본댁에서 어느새 누르뎅뎅한 떠꺼머리를 수건으로 동인 스물 한 살 노총각 장끼에게 몸을 내준 언년 이는 얼떨결에 간난이 엄마가 된다. 아이 아범이 장끼라는 것이 알려져서 작은아씨 본댁에서 종문서와 장끼를 작은아씨 시댁에 보냈으나 작은아씨가 딸을 낳아 심사가 불편한 마님이 받아들이지 않았다. 작은아씨의 시댁에서 유모 노릇을 하는 언년 이는 제 어미가 그랬던 것처럼 친딸 간난이에게는 젖 한 모금 먹일 수 없었다. 그런데다 할머님 되시는 대방마님은 언년 이에게 몰래 간난이에게 젖먹이고 작은아씨 아기에게는 웃국만 주는 게 아니냐고 억울한 말만 퍼붓곤 했다. 작은아씨가 워낙 몸이 약해 애기도 내내 허약해 언년 이는 그저 송구스러울 따름이었다. 그사이 친딸 간난이는 행랑채에 갇히다시피 지내며 앙상하게 말라갔다. 어쩌다 다른 어멈들이 업고 나와 안뜰에 내려놓으면 애미보구 애달프게 울고 그러면 마님이 불호령을 내려 간난이를 쫓아버린다.

"네 이년 여기가 어디라구 들어와 있어. 썩 나가지 못해!" 어른 꾸짖듯 발을 구르시구 "네 거기 누구 없느냐. 이년 끌어내라." 허셨사와요. 나중에는 어린게 어쩌다 방에서 기어 나와두 에밀 보지 못하게 숫제 대청마루 병풍을 치시구 모녀 얼굴두 서로 보지 못하게 허셨사와요.
"엄마 이엄마 엄마." 간난이가 울지요. 병풍속에 갇히어 애미두 피눈물을 흘렸사와요. 얼마그렇게 지나는 동안 약허시던 애기는 웨레 충실해지기 시작헙시구 간난이란 년의 모가지가 흐느적거리기 시작했습죠(『한무숙 전집』 6, 301~302쪽).

위와 같이 한무숙은 사회적으로 최악의 상황에 처한 언년이의 경험을 그대로 보여주는데 이것은 역사의 원형주의적 모습이다. 혹자는 이것을 두고 몰역사적이고 주체가 되지 못한 여성의 운명적 삶이라는 좁은 울타리속에 가두려 한다고 하는데 그것은 큰 오류이다. 한무숙은 언년 이가 당하는 억압과 굴욕을 처절하도록 적나라하게 보여줌으로서 독자가 문제의 본질을 스스로 깨닫도록 한다. 자식을 눈앞에 두고도 젖을 먹일 수 없는 현장은 처절한 삶의 안타까운 모습의 원형적 현장이다.

그 숨막히는 현장에서도 언년 이는 상대방을 향해 적대 감정을 드러내지 않는다. 단지 매정하고 인정 없는 마님에 대한 원망이 생길 뿐이다. 그러면서도 자기에게 자상했던 작은아씨에 대한 정성은 여전히 지극하다. 요절한 작은아씨에 대한 인간적인 동정을 아끼지 않는 것이다. 바로 이런 모습이 훼손되지 않는 '언년이'의 진짜 모습이고 우리 삶의 실재 국면이다.

우리는 그 동안 이런 상황이 되면 꼭 상대방을 미워하고 대립하게되며 그 과정에서 갑자기 사회적 의식이 활화산처럼 타올라 전혀 다른 사람으로 만들어버리는 이상한 소설을 너무 많이 보아왔다. 작중 인물의 원형적 인간성이 아니라 작가의 의도된 인간관으로 작중 인물을 왜곡시켰던 것이다.

언년 이도 자식을 둔 어미였다. 즉 혈육에 대한 동물적인 애정과 측은감 앞에서 생기는 힘 앞에서 그녀 자신도 어쩌지 못했다. 바로 이것이 인간의 원형적인 모습이다. 이런 상황에는 충분히 이럴 수 있는 게 바로 인간이다.

떨리는 손으로 고리를 제끼구 안으루 들어갔습죠. 똥오줌 냄새가 코를 찔렀사와요. 간난이는 지가 싼 똥오줌 속에서 울고 있었지 오닛가. 애간장이 녹아 내렸사와요. 똥오줌 묻은 걸 그대루 덥석 품어 안았읍죠. 아이는 사람만 보면 에미구 남이구 없던 모양으로 흑흑 느끼며 가슴을 파고 들었사와요. 다섯 자 세 치 창자가 토막토막 난도질당하는 것 같은 아픔이었죠. 터져 나오는 통곡을 삼키며 눈물과 때투성이의 애 얼굴에 뺨을 대며 조막만한 손을 꼭 잡았사와요. 그러자 아이가 불에 덴 것처럼 울지 않겠사오닛가. 깜짝 놀라 보니 손가락 끝이 화젓가락 같사와요. 외짝문을 조금 열구 아이 손가락을 살피니 그 애처롭고 작은 가운뎃손가락 손톱 밑에 기직 가시가 박혀 있구 그것이 덧나 생인손을 앓구 있었던 것이옵지요. 눈에서 불꽃이 튕겼지오닛가. 앞 뒤 생각 않구 정신없이 안구 나왔읍죠. 애기방에 들어가 우선 옷부터 벗기구 똥오줌을 물수건으로 닦아 내구 애기옷 한 벌 꺼내 입인 후 얼굴 씻기구 엉키구 뭉친 머리를 가려내렸읍지요. 박씨 부인 조복 꾸미듯 한숨에 해치우곤 반듯반듯 바둑판으루 종종머리두 땋아 주었읍죠(『한무숙전집』 6, 303~304쪽).

자꾸만 귓가에 간난이 울음소리가 들려 괴로워하던 언년 이는 마침 집이 비는 틈을 이용해 생인손을 앓고 있는 간난이를 업고 나와 작은 아씨 애기와 나란히 앉혀 놓으니 두 애기는 이내 어울려 놀지만 생인 손을 앓고 있는 간난이는 자꾸 보챈다. 결국 안쓰러운 마음에 간난이를 방에 데려다 놓지 못한 언년 이는 작은아씨 아이의 옷을 벗기고 빨려고 밀어 두었던 때묻은 옷을 입히고 머리를 마구 헝클고 재를 한줌 덜어내어 애기 얼굴과 머리 옷에다 마구 문질렀다. 제 정신 아닌 채로 아기를 안아 간난이가 있던 행랑채에 갖다 놓고 문고리를 걸어버린다. 생손가락을 앓고 있는 아이를 몰라라 할 수 없어 저지른 일인데 결국 언년 이는 아이를 다시 바꿔치기할 기회를 놓치고 말았다. 처음부터 고의적으로 저지른 일이 아니었다. 그러나 실제적인 삶의 현장을 이루고 있는 불가사의 한 힘이 언년 이를 그쪽으로 몰아가 버린 것이다. 그것은 모정이니 혈육이니 하는 것으로 단정 지울 수 없는 삶의 우연과 필연이 겪어낸 원형적인 현실인 것이다.

> 그렁저렁 또 열흘이 지냈사와요. 그러는 동안 이년이 무엇엔가에 씌워지기 시작했지오닛가. 하루하루 때를 벗어가서 이제는 귀하게조차 보이는 간난이가 정말 상전댁 애기같이 보이기 시작했사와요. 쇤네 나이 열아홉, 어린 년이 간두 크게 아주 유들유들 엉큼해 졌습지요. 착하신, 우리 작은아씨 가슴에 한스러운 못을 박은 박씨댁, 피도 눈물도 모르는 마님, 그래 애긴 작은아씨 배만 잠깐 빌린 박씨댁 핏줄, 죄송할 것두 미안할 것두 없어. 아냐 아냐 큰 일날 생각이야. 그건 천륜을 어기는 일이야. 벼락맞아. 벼락맞구말구. 천갈래 만갈래 생각으로 몇 밤 몇 날을 지샌 후 알아낸 것은 간난이 손톱 밑에 박혔던 가시는 **빠졌어두** 쇤네들 종년 가슴에 박힌 왕가시는 **빠지지** 않았다는 한이었사와요(『한무숙전집』 6, 306~307쪽).

앞서 이야기했듯이 한무숙은 사람살이에서 갈등이 발생하는 원인을 인간성의 다름으로 파악한다. 그래서 처음부터 좋은 인간과 나쁜 인간이 존재하는 것도 아니며 누구든지 악해질 수도 선해질 수도 있다는 것이다. 젖을 얻어먹지 못하고 굶주리던 모습에서 하루가 다르게 때를 벗어 이제는 귀하게 조차 보이는 친딸을 보는 어미의 마음을 아주 극명하게 묘사한 것이 바로 위의 대목이다. 억압과 자유 도덕과 정념, 인습과 혁신 사이의 그 처절한 어미의 고뇌와 갈등이 원형의 모습으로 아주 즉물적으로 묘사되어 생생하게 와 닿는다.

언년이 즉 표마리아 할머니가 고백을 마치며 신부에게 한 다음과 같은 말은 사람살이의 불가사의한 원형적 심리를 존재론적으로 훌륭히 드러내고 있다.

> 아, 이렇게 죄 많은 늙은이는 어떻게 죄값을 해야 하오닛가. 서러운 에미 신세 그대로 자식에게 이어주는 것이 한이 되어 저지른

죄옵지요. 하오나 그것은 기실 가슴에 박힌 한맺힌 못을 빼기는커 녕 제 손모가지루 더 깊게 더 아프게 박고 있던 인생이었사와요. 지금 뜻하지 않게 귀한 이 댁에서 상어른 대접받고 당치 않는 극 진한 효도받고 꿈같은 호강속에 살구 있습죠만 당치않은 호강은 그대루 깔고 앉은 바늘방석의 바늘 수만 늘려 가게 하와요. 천주님, 신부님, 쇤내의 죄를 사하여 주옵소서. 불쌍히 여겨 주옵소서(『한무 숙전집』 6, 314쪽).

4.

지금까지 살펴 본 것처럼 한무숙의 소설은 당대의 구체적인 풍속을 있는 그대로 드러내는 수법을 통해 우리의 전통적 가치를 수용한다. 문체나 어휘를 통해 한국문학사의 전통단절의 불행을 극복하고자 하 는 치열한 작가 정신의 소산이다.

특히 「생인손」은 짧은 단편임에도 불구하고 세심한 묘사력과 사실 감 넘치는 리얼리티를 를 통해 서사적인 이야기꾼의 감동적인 이야기 솜씨가 합쳐져 도대체 어떤 힘이 사람들의 운명을 이리저리 마음대로 굴리고 있는 것인지 하는 인생의 불가사의한 면을 서글픈 무늬로 훌륭 히 교직해 낸 작품이다.

끝으로 덧붙이고 싶은 것은 이 작가의 문체미학이다. 당대 사람살이 현장의 체온이 살아있는 민족어와 전통문장의 향기를 갖고 있는 문체 는 그 내용이나 용어가 다른 사람들은 흉내도 낼 수 없는 경지이다. 옛 것을 고스란히 드러내면서도 현대적 감수성에 의해 새롭게 태어난 어 휘는 한무숙의 소설을 읽는 또 다른 재미이다. 이처럼 전통적 산문을 충실히 계승하며 그 나름의 독특한 문체를 이룬 것은 한국 문학이 쉽 게 가질 수 없는 자산인 것이다.

중첩된 삶을 응시하는 두 개의 거울

– 한무숙 소설 쓰기의 근간

– 최기숙(연세대 강사) –

1. 이중 형식의 삶, 생의 수사학

1950년대 초반에서 60년대에 이르기까지 활발한 문학활동을 펼쳐왔던 한무숙의 소설 세계는 주로 창작 당시의 시대적 여건을 고려하여 전쟁과의 관련성에 주목하거나 여성 작가라는 측면에 주목하여 읽혀져 왔다.[1] 이러한 관점은 한무숙 소설 세계의 심층에 접근하기 위한 방편으로서, 작가의 창작 행위를 둘러싼 사회에 대한 탐구와 아울러 작가적 정체성을 확정하는 요건에 관한 탐색을 내포하며 나아가 보다 확장된 관점에서 작품을 바라볼 수 있는 가능성을 열어놓고 있다.

한무숙에게 있어 소설쓰기란 인간과 인간의 삶을 규정짓는 시간에 대한 이해를 내포한다. 삶은 언제나 한 인간의 이성과 감관이 인지할 수 있는 경계를 넘어서 있고, 이것은 곧잘 '운명'이라는 외경적 이름으

---

[1] 한무숙의 소설을 둘러싼 앞선 논의는 강난경의 「한무숙 연구」(『한무숙문학 연구』, 을유문화사, 1996, 176~177쪽)와 정재원의 「한무숙 단편소설 연구」(같은 책, 234~242쪽)를 참조. 그 외에 한무숙의 소설을 여성 인물의 성적 욕망과 억압에 관한 문제를 중심으로 분석한 송인화의 글이 있다(송 인화, 「성적 욕망의 풀어냄과 감추어짐」, 『페미니즘과 소설비평』 현대편, 한길사, 1997).

로서 숭배되어 왔다. 작가에게 있어서 소설 쓰기란 시간의 그물을 촘촘히 엮어 가는 개인의 내면과 그 삶의 문양에 대한 해독이자 한 인간의 생애를 운명 지우는 시간의 원리에 대한 파악이며, 이러한 사람들이 모여 이루는 역사 시간의 고리를 헤아리는 일이지만, 그것은 번번이 인지 가능한 경계를 벗어나기 마련이다. 그러나 시간이나 역사, 운명의 회오리에 자신을 안주시키지 못하는 의지적 주인공들은 시간의 회오리를 빠져 나오고 운명의 고리를 비트는 개인적인 노력을 자기 삶의 최선의 움직임으로서 보여준다. 그리고 역사는 이러한 움직임조차 거대한 시간의 흐름 속에서 용해하여 인간적인 노력의 연약함을 하나의 실패로서가 아니라 숭고한 도전으로 되돌리는 것이다.

한무숙의 소설에는 자기를 바라보기 위해 필연적으로 '타인'이라는 거울을 가져야 하고, 그 거울에 비춰지는 역상(逆象)으로서의 자아와 그 삶의 여정을 괴로움과 위안의 이중적 시선으로 응시하는 모습이 나타나 있다. 이러한 이중성은 한 인간의 안과 겉(「생인손」, 「명옥이」, 「돌」, 「수국」, 「떠나는 날」, 「굴욕」, 「파편」, 『석류나무 집』), 나와 너라는 이중 자아와 그것이 빚어내는 두 겹의 삶(「이사종의 아내」, 「생인손」, 『역사는 흐른다』, 『석류나무 집』, 「월운」, 「얼굴」, 「램프」, 「정의사」, 「귀향」), 과거와 현재라는 상호 거울(『석류나무 집』), 종교와 유흥이라는 공간적 괴리와 성(聖)과 속(俗)이라는 가치의 이중성과 중첩성(「유수암」)[2]에 이르기까지 다양한 서사적 형식으로 실험된다. 이것은 그의 소설 속에서 자아의 이중성이 두 개의 삶을 변주해 내고, 두 개의 삶이 두 개의 공간 속에서 갈라지며, 두 개의 운명으로 착종, 교직되는 과정으로 나타난다. 이러한 개인과 삶, 사회와 역사의 이중성들은 한무숙의 소설 세계가 구현하는 다기한 생(生)의 수사학적 표현으로서 탐구된다.

---

2) 이 글에서 참고한 한무숙의 작품은 『한무숙 문학전집』 3~6권(을유문화사, 1992)과 『역사는 흐른다』(자유문학사, 1988), 『빛의 계단』(『한국대표문학전집』 26, 삼중당, 1972) 등이다.

2. 타자, 동경과 환멸의 이중 거울

한무숙 소설의 작중 인물들은 한 뿌리에서 갈라져 나와 서로 다른 꽃을 피우는 나무처럼 동일한 시대적 환경 속에서 태어났지만 인성과 환경, 혹은 운명적인 차이로 인해 대조적인 삶을 살아가는 과정을 보여준다. 이러한 인물 대비는 작가가 인간과 인간의 삶이 지니는 근원적 이중성을 포착하는 데서 비롯된 것으로서, 작가의 초기작인 『역사는 흐른다』에서부터 탐색되어왔던 소설적 화두이다. 작중 인물은 '나'라는 정체성에 도달하기 위해 '타인'이라는 거울을 필요로 하지만 거울이 사물의 역상(逆像)을 비추는 것처럼 타인이라는 거울은 그에 대한 나의 동경과 욕망, 혐오와 질투를 왜곡시켜 조명한다. 한무숙의 소설에서 이러한 관계를 인식하는 주체는 타자라는 거울을 가진 주체적 인물 자신이거나 이를 객관적으로 바라보는 제 삼의 작중 인물로 주어진다. 「귀향」과 「정의사」 등에서는 작중 자아가 자신과 동년배의, 혹은 동일한 관계 조건에 놓인 상대 인물을 통해 자신의 정체성을 발견하는데, 그 과정은 흔히 상대에 대한 비교 우위에서 오는 자만심으로 표출된다. 그러나 궁극적으로 이는 타자라는 거울을 통해 은닉되었던 내면성과 억압된 삶의 가치를 투영시킴으로써 그것이 하나의 엉성한 자기 기만이었음을 폭로한다. 「이사종의 아내」에서 타자는 나의 삶을 방해하고 행복을 침해하는 상대로 조명되지만, 궁극적으로 그는 주체에게 억압되었던 욕망을 '발견'하는 존재로서 긍정된다. 또한 『역사는 흐른다』는 상호 대비적 인물들이 변화하는 사회적 조건 속에서 자리바꿈 하는 과정을 통해 운명에 관한 거대 사유를 보여주고 있다.

먼저, 작가의 초기작 『역사는 흐른다』에서는 비슷한 시기에 태어나 사회적 조건과 변동 속에서 서로 다른 운명을 엮어 가는 인물들의 생애의 대비를 통해 인간의 삶과 운명에 대한 통찰에 도달하려는 작가적 모색이 실험된다. 여종 '부용이'이 자신을 '오묵이'로 혼동한 주인 '동준'에 의해 강간당하면서 그녀는 시앗이 되어서 받는 고통을 모면하기 위해서는 자신의 상처를 외부에 알리지 말아야 한다는 어머니의 충고를 수락한다. 이후 오묵이는 명랑한 여종 부용이와는 달라진 생애의 길을 걸어야 하는 운명에 처하며, '어머니'로서의 지위도 존중받지 못한 채 '암캐'로 몰리는 수모를 감내하도록 강요받는다. 부용은 '동준'의 아내인 송씨부인과 비슷한 시기에 출산을 하여 주인집 작은 아씨 '완구'를 위해 딸 '금년'의 젖을 떼는 아픔을 감수하게 된다. 이어 '완구'와 '금년'은 동갑의 여자아이로서 신분의 차이에 따라 상이한 삶을 살아가지만 격동의 역사시간을 살아가면서 여종 금련은 '권학대(權學隊)'를 따라가 신학문을 배우고 여성지도자 박옥련이 되어 그의 상전 완구를 돕게 되는 생의 변전을 경험하는 것이다. 이 작품에서 부용과 오묵, 완구와 금년 등의 인물은 동시대의 화해할 수 없는 이중의 괴리를 나선형 고리로 이어가면서 시대적 격변 속에서 사회적 자리바꿈을 하는 개인의 생애를 통찰하는 모델로서 형상화되고 있다. 이러한 인물의 대비를 통해 작가는 시대라는 조건이 개인의 삶을 변형시키고 구축하는 과정을 역사의 흐름으로서 탐구하고 있다.

이 작품이 두 인물의 대비를 세대에 걸친 인생여정을 통해 보여주었다면, 「귀향」에서는 국회의원이 되어 30년만에 고향을 찾은 '신창수'를 통해 인간의 허영심과 속물주의를 혐오와 연민의 시선으로 조명하고 있다. 여기서 신창수는 일개 갱부 '붇들이'로서의 '치욕'을 씻고 일억만의 재산가이자 국회의원으로서 출세한 자신을 과시하기 위해 고향에 돌아온다. 그런 신창수에게서 고향은 '자랑할 만한 친구들'이 사라진 공간이 되어 그의 욕망을 좌절시킨다.

신창수는 쓴 입맛을 다셨다. 자기의 성공, 자기의 명성, 그러한 것도 여기와서는 아무런 의의를 가지지 못하는 것 같았다. 샛대 붇들이의 환향이라고는 아무도 알아주지 않는 이상, 고향은 자기와는

아무 관련이 없는 땅이 아닌가?(「귀향」, 『전집』 5, 93쪽)

고향 사람들은 '분들이'를 잊어버리고 '신창수'를 알지 못했다. 자신도 알 수 없는 야릇한 심정이었다. 자기를 '국회 의원 신창수'로만 대접한다면 섭섭한 일이었고, '샛터 분들이'로만 취급한다면 좀 욕된 일인 것 같았다(위의 책, 94쪽).

이러한 신창수를 작가는 속물주의에 대한 혐오의 시선으로 조명하면서 이에서 나아가 이를 근원적인 인간의 한계로 포용하는 연민의 시선으로 응시한다. 30년만에 만난 친구와 짧은 감탄사로밖에 대화할 수 없는 상호적 격절감을 효과적으로 표현3)하고 있는 작가는 첫사랑 추련의 고통스런 과거와 자신이 버린 아내가 독사에 물려 죽었다는 말을 전해들은 이후 신창수가 '후회나 자책과는 또 다른, 어떤 인간적인 적요가 끝없이 일어나 가득히 서려 가는(100)' 과정을 민감하게 포착해낸다. 그는 자신이 '버린' '추련'이 '늙은 영감에게 염증이 날 적마다 늠름한 분들이를 그렸(100)'으리라고 상상하면서, '어쩌면 그런 착도와 기만이 아버지보다도 나이가 많은 늙은 남편을 섬기는 추련이의 단 하나의 남모르는 비밀적인 위로가 아니었을까?(100)' 짐작하지만, 추련이가 분들이를 생각하면서 삶을 버텼을 것이라는 생각이야말로 분들이의 착도와 기만인 것이다. 이는 그가 '아침에 싸리문 앞에서 본 초라한 그 노파를 추련이라고 생각하기는 싫었다(100)'고 고백함으로써 분명해진다. 자기 과시를 위해 남루하고 정체된 고향이라는 거울이 필요했던 신창수는 보잘 것 없이 쇠락한 촌옹으로 늙어 있는 강첨지를 만남으로써 욕망을 달성하는 것처럼 보인다. 그러나 어린애처럼 아들에게

---

3) '창수는 이 노쇠한 옛친구를 보다 모든 감정이 중화(中和)나 된 듯 잠시 감각을 잃었다. 그는 멈췄던 수저를 상 위에 놓고 일어서 "아- 이거." 입 안에서 우물거렸다. 삼십 년 만에 만난 친구에게 처음 한다는 인사가 이런 말이었다. "참-." 개똥쇠 역시 울상을 하며 하는 대꾸다(「귀향」, 『전집』 5, 96쪽).'

업혀가는 강첨지를 보면서 신창수는 '늘씬한 몸매에 해사한 용모, 고도한 교양, 세련된 사교술'에 능한 자기 아들과의 소박하고 솔직한 부자지정을 상상할 수 없는 자신을 반추하며 공허를 느낀다. 그래서 성공이나 재력, 출세와 명성을 과시하기 위해 필요했던 '남루한 타자'라는 거울은 오히려 그 자신에게 '사는 것 그 자체가 이 초조한 서글픈 무덤을 위한 부질없는 가련한 서곡'임을 가르쳐주는 것이다.

「정의사」는 성공한 의사 이박사가 자신이 학창시절에 열등감을 느끼던 천재 동료 정의사를 우연히 만나 우월감에 젖지만[4] 그에게는 자신이 상실한 의사로서의 정직한 태도와 신념이 살아있음을 보고 진정한 삶의 가치를 깨닫는 과정을 그리고 있다. 여기서 작가는 과연 성공한 의사는 누구이며 행복한 존재는 누구인가를 괄호 안의 의문으로 던지면서 성공한 삶이라는 명예 뒤에 가려진 진실한 삶의 의미를 투영하고 있다.

「귀향」과 「정의사」에서는 자기 과시의 대상으로서의 타자가 오히려 그 자신이 상실한 가치와 진정성을 환기시키는 역할을 한다면, 「이사종의 아내」에서는 주인공 '내'가 선망의 대상으로서의 '타자'라는 거울을 통해 그 이면에 잠재된 자아를 '발견'하고 이를 진정한 자아로서 포용하는 과정을 보여준다. 이 작품은 첩에게 남편을 빼앗긴 '이사종의 아내'가 외할머니에게 자신의 심리적 변경을 '편지'의 형식으로 토로하는 작품이다.[5] 이 작품에서는 남편의 사랑을 빼앗아간 첩 '송도집'에 대한 아내의 질투와 선망이 섬세하고 곡진하게 드러나며, 공교롭게도 이러한 과정을 통해 친화할 수 없는 적대적 여성을 향한 무한한 동경

---

4) '이 박사는 좀 전에 정의사 뒤를 쫓았을 때 번개같이 자기 머리를 스친 생각, 즉 자기의 눈부신 공적과 명성을 자긍하고 싶었던 것을 상기하고 쓴웃음을 지었다. 이 사람 좋은 미련한 시골 의사에게 일순이나마 그런 마음을 가졌던 것이 부당한 일이나 되는 것 같아 우스웠다(「정의사」, 『전집』 6, 165쪽).'

5) 김미란은 편지 형식이 지니는 여성문학으로서의 특성을 전통 서간인 '내간(內簡)'과의 연계성 속에서 분석하였다. 김미란, 「전통적 삶과 언어의 보고(寶庫)」, 『한무숙문학 연구』(을유문화사, 1996), 77~81쪽.

과 갈망이 '발견'된다. 사랑을 빼앗긴 억울한 처지가 역설적이게도 여인의 자아 발견의 계기로 작용하는 것이다. 이러한 심리적 과정은 전통 시가에서 「시집살이 노래」나 「첩노래」를 통해 불리워진 것으로써, 친정을 마음의 고향으로 삼아 자기를 호소하는 대상으로 선택하고 있다는 점에서 이 작품의 정서는 민요의 정서와 연계적이다. 「첩노래」나 '진주남강'류의 「시집살이 노래」에서는 시앗, 혹은 첩에 대한 아내의 경계와 질투, 나아가 그에 대한 선망과 체념을 표현하는 일련의 이야기가 노래로 엮여진다.

달떠오네 달떠오네 밤선부네 달떠오네 밤선부는 어가시고 저달뜬중 모르신고
장때께다 소첩두고 첩의방에 개겠다네 …… 앉었으니 임이오냐 누웠으니 잠이오냐
임도잠도 아니온다 애라이래 못쓰겄다 땍각칼을 품에품고 첩의년을 죽이자고
해앵패앵 가느랑게 지비같이 생긴년이 나부같이 날아와서 큰어무니 오시냐고
반만절을 하는구나 여자눈에 저랄적에 남자눈에는 비민할까 …… 첩의방에 앉었으니
큰어무니 큰어무니 큰어무니는 시간좋네 시간조금 반작하세 애라요년 요망하다
산천에 전답이 산천나고 냇가전답 방천나도 너같은년 못주겄다 하늘같은
가장준께 시간조차 너줄소냐 보고도 못죽이고 앉었으니 …… 하략 ……(「哀謠」 1, 임동권, 『한국민요집』 2, 1974, 집문당, 285쪽).

…… 큰칼갈아 손에들고 창칼갈아 품에품고 첩의집을 찾아가니 애등첩의 거동보소
꽃방석을 팻들치고 삼신보선 접보선을 외씨같이 접어신고 호랑댕기 가죽신에

두발담삭 담아신고 은돈무늬 화적설대 두손받쳐 손에들고 크다크
다 큰어머님 예앉으소 제앉으소 애고요년 요망할년 꽃방석도 내기
로다 담뱃대도 내기로다 ……
애둥첩의 거동보소 큰어마씨 마음녹여 첩아첩아 애둥첩아 네그럴
줄 내몰랐다
임모습이 저레뵈니 말에말씨 어련하리 여자눈에 이레뵈니 남자눈
에 당연코나(「妾謠」 9, 위의 책, 291~292쪽).

울도담도 없는집에 시집삼년 살고보니 …… 잔주남강 빨래가니 난
데없는 발자욱소리
옆눈으로 살짝보니 흰구름같은 갓을쓰고 백말같은 말을타고 못본
척하고 지나가네
…… 집이라고 돌아오니 시어머님 하신말씀 얘－아가 며늘아가 진
주낭군 볼려거든
건너방으로 나가봐라 건너방으로 건너가니 오색가지 술을놓고 기
생첩을 옆에끼고
권주가를 하는구나 아랫방으로 건너가서 아홉가지 약을먹고 명주
수건 석자를
목에다 걸고 황천대학을 입학을했네 진주낭군이 이말을 듣고 버선
발로 뛰어나와
기생정은 석달이요 본처정은 백년인데 억울하게 죽었구나(「시집살
이요」 1, 위의 책, 384쪽).

이러한 민요들에서 첩에게 사랑을 빼앗긴 아내는 첩을 직접 확인하
기 위해 칼을 품고 찾아가거나 남편의 외도를 목도하고 자결을 하는
극단적 태도를 취한다. 전자의 경우에서도 첩의 집에 찾아간 아내는
첩과 그 세간을 힐난과 질투의 시선으로 바라보다가 그 아름다움을 자
인하는 명쾌함을 보여주는 등 민요의 서정적 자아는 자기 표현에 있어
서 발랄하며 행동에 있어서도 격렬성을 갖추고 있다. 그러나 「이사종
의 아내」의 '나'는 외할아버지의 상사(喪事)를 계기로 외할머니를 위무

하기 위해 편지를 쓰면서 '자기 기술'을 하기까지 3년이라는 세월에 걸친 세 차례의 글쓰기가 필요하였을만큼 조심스럽고 소심하기까지 하다는 점에서 민요의 자아와 대비적이다. 이 글에서 남편과 시어머니가 부재한 틈을 타 편지를 쓰는 상황6)은 '말하기'의 형식을 띤 '글쓰기'가 궁극적으로는 '대화적'이라기보다 '독백적'인 이유를 설명해주며, 이러한 '나'가 처한 현실이 지닌 '억압성'의 무게를 전달하고 있다.

이 작품에서 송도집에 대한 질투와 남편에 대한 원망에서 출발한 '나'의 '생의 호소'는 제사를 주관하는 며느리라는 직위와 한 아들의 어머니로서의 역할, 그 아들의 아내를 며느리로 맞이하는 집안의 어른으로서의 지위에 대한 자부로 위안하려는 자기 모색을 겪는다. 사랑과 관심의 상실에 대한 '나'의 자기 위안은 자식을 혼인시키며 스스로의 내면적 성숙으로 상대와 맞서려는 단호함으로 표현되기도 하고, 자기가 표현할 수 있는 모성성(母性性)을 신성시하는 자기 옹호로 나타나기도 하지만, 궁극적으로 이는 살가운 처세에 능한 송도집에 대한 시어머니의 칭찬과 영원한 자기편으로 인식했었던 오묵이의 변심에 대한 '배신'으로 다가옴으로써 회의되고 좌절된다. 황진이에게 '사랑'을 박탈당한 '나'는 아내의 길을 포기한 데에 이어 며느리로서의 자부와 시모(媤母)로서의 지위에 기대어 살아가고자 결심하고 사당(祠堂)과 봉사(奉祀)를 맡아 뇌실 '종부(宗婦)'임을 자부하며 '목석(木石)'이 될 것을 다짐하는데, '내'가 사랑을 포기하는 것은 곧 '여자로서의 삶'을 포기하는 것을 의미하며, 이 점에서 '나'의 편지는 사랑의 조사(弔辭)라고 할만하다. 그러나 이러한 '자기의 포기'는 궁극적으로는 자기 위안을 위해 상

---

6) '오늘 밤도 사랑에서는 어느 장화5(墻花)를 꺾고 있사온지 귀가치 아니하옵고 존고께서는 사직골 작은 소고댁에 행차하시어 준행 남매만 어미와 집에 머물고 있사와 오래도록 지필(紙筆)을 대하고 있사옵니다(「이사종의 아내」,『전집』6, 273쪽).' ; '한마님 아름다우신 필적 읽사오며 보답지 못하온 불효 측량한 길 없사옵고 가을 삼경 이 한시를 빈 집에 홀로 있사오니 정신이 아득하옵고 운무중(雲霧中)의 사람인가 하옵니다(위의 책, 274쪽).'

대를 폄하하는 '허영심'의 적극적인 표현이라는 점에서 부정직하다. 상
대를 폄하하기 위해서는 이에 맞서는 '자존 의식'이 공급되어야 하며,
이는 필연적으로 허영심으로 길러낸 '자기 기만'을 유도하기 때문이다.
이러한 허영심은 결핍과 패배를 부정하기 위해 필요했던 대안적 방편
으로 주어진다. 이러한 자기기만으로서의 허영심은 앞서 살펴본 한무
숙 소설의 여러 각편들에서도 발견되는 것으로서, 「정의사」에서 의사
로서 명성을 얻는데 성공한 이박사가 학창시절에 열등의식을 느꼈던
시골의 정의사에게 표현한 우월감, 「귀향」의 신창수가 갱부에서 국회
의원으로 출세하여 30년만에 고향을 찾아온 과시욕, 「월운」의 홍여사
가 뒷방 색시에게 느꼈던 성(性)에 대한 혐오 등은 각각 질투와 경외,
삶의 엄숙주의에 대한 굴복, 착도(錯倒)와 기만에 대한 시인을 통해 무
산된다. 그리고 이들은 자기 현시를 통해 도달한 자기 발견이라는 숭
고한 내력으로서 옹호된다.

　「이사종의 아내」에서의 '나' 역시 외할머께 보내는 마지막 편지에서
현숙하다는 이름이 암담한 내면을 가려덮은 헌사에 불과하다는 자기
고백을 펼친다.

> "송도집 진이의 높은 학식과 잡기라 할지라도 자즈러진 가무
> 현악하오며 찌르는 듯한 재치를 따라가지 못하오니 지아비 마음을
> 그와 어찌 겨누어 차지할 수 있겠사오리잇가. 마음을 암담하게 아
> 프게 던져 버리오니 남이 현숙하다 하더이다(「이사종의 아내」, 『전
> 집』 6, 284쪽)."

> "현숙하다는 칭송을 듣기까지의 심중의 고초는 한마님께옵서
> 익히 아오시는 몸부림이오며 아내가 깊고 깊은 절망을 겪은 후에
> 야 갖출 수 있는 거동에 대한 보답이오이다. 겉이 평정하옵다고 안
> 이 잔잔할 수는 결코 없나이다(위의 책, 285쪽)."

작중의 '나'가 이러한 인식적 여정에 도달하기까지의 과정은 마치 임

종을 앞둔 말기 환자가 자기 앞에 놓여진 '죽음'을 시인하기까지 경험하는 부정, 반발, 체념, 시인에 이르는 심리적 여정을 닮아 있다. '나'는 시샘하기에는 너무도 사랑스럽고 당당한 송도집을 정직하게 바라보면서 현숙하다는 칭찬은 사랑의 패배에 대한 보상적 위무에 불과함을 시인하지 않을 수 없게 된다. 그 결과 '나'는 궁극적으로 이러한 수동적인 삶에 대해 적극적인 부정을 가함으로써 다음 생애에는 송도집과 같이 표현력과 행동력을 갖춘 존재로 태어나 사랑 받고 사랑하는 인간으로 살 수 있기를 기약해 보는 것이다. 그리고 이러한 기약은 곧 현생에 대한 포기와 체념이라는 점에서 실질적으로 이 작품은 내가 단독적으로 치루는 '사랑의 장례'이자, 생에 대한 만사(輓辭)로서의 의미를 지닌다. 이 작품이 호소와 항변의 형식을 취하고 있지만 발견과 탐구에 가깝고 대화의 형식이지만 사실상은 내성적 독백인 이유가 여기에 있는 것이다.

스스로 '목석'이 됨으로써 '여성성'을 포기했던 '나'는 마지막 편지에서 이승을 기대하며 '목석'이 되기를 '거부'하는 적극성을 보여준다. 불만의 현실을 '전생의 죄(273)'로 풀이함으로써 주어진 억압에 안주하거나, 황진이를 '요물'로 간주하고 혐오함으로써(276) 기만적 자기 위안을 삼거나, '투심에 불타던 아수라(阿修羅)'를 비키고 '미움의 야차(夜叉)'를 멀리하여 '초열(焦熱)'에서 빠져나오겠다는 자기학대로서 회피했던(282) '나'는 "금세에 적선하여 타세에는 여신을 벗어나야 하겠나이다. 금세에 적선하여 타세에서도 역시 여신으로 태어나고 싶사옵니다. 아름답고 재질과 학덕이 높고 흥이 아니 오면 가무 현악까지도 절묘한 가인(佳人)으로 환생하고 싶사옵니다(287)."라고 태도를 바꾼다. 이는 자신을 상심시키고 훼손시킨 황진이의 삶이 곧 내면에 억압된 여성성의 또 다른 그림이었음을 적극적으로 인정하는 행위이다. 이러한 자기 직시는 직선적이고 표현적 삶을 살았던 황진이에 비해 내성적이고 반성적 삶을 살았던 '이사종의 아내'가 황진이와 자신의 동일화 욕구를 긍정하는 데서 '발견'되는 진정한 자아의 또 다른 모습이다. 이로써 이 작품은 부재하는 사랑을 통해 자기를 반추하고, 질투의 상대에 대한 혐오와 멸시를 통해 불만의 삶에 기꺼이 적응하려 했던 '나'의 소극성이 적극적인 자기 현시를 통해 극복되는 과정을 보여준다. 이 작품에서 아홉 번에 걸쳐 고집스럽게 격식을 갖추어 반복되는 '편지'의 형식은 특별한 사건도 없이, 그렇다고 이러한 불만족의 삶을 전환시킬 특별한 계기도 없이 이어지는 일상의 엄숙주의를 효과적으로 구현해내며, 자기 삶을 지켜나가는 여인의 고집스런 방식과 이를 통해 단련해가는 생에의 의지를 견고하게 살려낸다.

이상과 같은 일련의 작품들에서 여성 인물들의 대비를 통해 자신을 찾아가는 타자의 거울 모티브를 창안해 낸 작가는 「굴욕」과 「돌」에서 여성 인물과 남성 인물의 동일화와 합일의 관계적 사유를 보여준다. 「굴욕」의 '내'가 아내 '옥란'을 자신의 거울로 인식[7]한 바와 같이 「돌」에서도 상실감으로 고통받는 '나'는 '영란'을 불행한 자아를 비추는 거울로서 바라보고 있다. 「돌」에서는 두 개의 나를 통해 진정한 나를 발견하는 다른 작품들과는 차별적으로 '내 안으로의 천착'이라는 형식을 통해 '진정한 나'에 도달하려는 모색을 취하고 있다.[8] 그러나 그럼에도

---

7) ' …… 나는 당시 옥란을 너무도 감정과 성격을 가지지 않은 아름다운 인형이라고 생각할 때가 많았습니다. 무엇이든 그저 반영시키는 거울에 지나지 않는 것이라고 생각했던 것입니다. 나는 옥란을 볼 때 자기를 보는 것 같은 느낌을 어찌할 수 없었습니다. 그것도 바른 거울에 비친 자기가 아니고 코가 찌그러져도 보이고 눈이 짝짝으로 삐뚤어져도 보이는 수은이 고르게 칠해지지 않은 거울로(「굴욕」, 『전집』 5, 106쪽).'

8) '너무나 많은 '나'가 있는 것 같다. 우선 웃옷의 '포켓'만 뒤져 보더라도 '시민증'이라는 것이 있어, 마포구 용강동 xx번지에 사는 당년 서른네 살의 '신승균'이라는 자가 '나'이고, 같은 케이스 속에 끼어 있는 제이 국민병 수첩에는, 소집 대상자로서의 '나'가 꼬박꼬박 점호를 받아야 한다. 이사 때마다 번다한 수속을 면치 못하는 기류계에도 '나'가 있는 것이고, 직장엘 가면 건축 기사 xx과장이 '나'인 것이다. 그러한 등록된 '나'를 제쳐 놓더라도 '나'는 무던히 발호하고 있는 것 같다. …… 그러나 '나'가 이렇게 벅차고 보니 어떤 것이 짜장 '나'인지 흐리터분해지는 것이다(「돌」, 『전집』 6, 102~104쪽).'

불구하고, '나'는 '영란'이라는 타자와 '돌'의 전설을 통해 해후함으로써 자기 발견에 도달하게 된다.

이 작품에서는 무수하게 파편화되고 분열된 '내'가 전쟁의 참상을 겪으면서 자신의 정체성을 고민하다가 '영란'이라는 타자와의 사랑을 통해 진정한 자신에 도달하는 과정을 그리고 있다. 전쟁통에 아내와 어린 아들을 잃은 나는 그들의 죽음을 시인한다는 것을 참을 수 없게 된다. 그들에게 각별한 애정이 있었던 것은 아니었지만, 그들이 임종할 때 들렸던 신음소리가 마치 영혼이 앓는 소리처럼 존재의 허무를 자극하여 잊을 수 없었던 것이다. 이후 '나'는 의욕을 잃은 채 '인간으로서 실격'한 상태로 살아오던 중 옥수암에서 영란을 만나 '사랑'을 체험하면서 내면의 변화를 겪는다. 그 결과 '나'를 괴롭히고 존재 이하로 떨어뜨리던 허무는 이제 내가 덮고 살아갈 힘으로 변전하여 '나'로 하여금 생명의 경이에 참여하도록 유도하는 것이다.

이윽고 전에는 그렇게도 견디기 어려웠던 상념, 즉 내가 없어져도 이런 것들은 변함이 없으리라는 그런 상념이, 지금은 오히려 마음을 메워가는 것만 같은 것이었다. 사실 그런 불역(不易) 속에 인간의 생사라든가, 희로애락에 대한 그러한 완전한 무관심 속에, 우리들 약한 인간의 구원이 또한 지상 생활의 운행과 완성이 깃들어 있는 것일지도 모를 일이 아닌가. 안타깝게 아쉬운 사람들을 잃고도 살아가게 마련이고, 또 그렇게 할 수 있다는 것이 인간이 살아갈 수 있는 힘일지도 모르겠다(「돌」, 『전집』 6, 108쪽)."

그리고 사랑을 체험했다는 것은 목숨을 체험한 것이고, 주체스러운 '나'를 모아 완전한 '나'를 갖추는 것이기도 하였던 것이다. 아무도 완전하게 자기 자신이었던 사람은 없다고 한다. 그러나 나는 그녀 앞에서 완저히 '나'였었고, 또한 그 '나'는 지금도 내 내부에 살고 있는 것이다. 그런 '나'이기에 이제 와서 허망한 것을 허망한 그대로 받아들이는 것이고, 선도 역시 악과 같이 벌받는 것이라는 역리를 몸부림치는 일없이 따르게 되는 것일지도 모른다(위의 책, 같은 쪽).

　이러한 사랑의 체험으로 분열된 자아를 통합할 근거를 얻게 된 나는 불열을 느낄 때마다 '돌'을 떠올리게 된다. '나'와 '영란'을 통합하도록 이끌어준 '돌'을 둘러싼 대화는 '장자못 전설'이라는 전통 서사에 뿌리를 내리고 있다. '장자못 전설'의 며느리는 시댁의 간악함과 영원히 동화될 수 없는 선함과 유약함, 동정심의 소유자로 등장한다. 그녀는 자기 안에 모진 마음을 심지 못한 이유로 그 자신의 선행에 대한 보답조차 받지 못한 채 희생당하는 존재이다. 이 전설의 미덕은 그런 인간적 한계에 대한 외경적 탐구에서 찾아진다. 전쟁의 폭격으로 아내와 자식을 잃은 '내'가 겪는 정신적이고 심리적인 혼돈은 사랑하지 않은 가족을 상실한 충격 속에서 그에 대한 적절한 대응을 찾을 수 없었던 자아의 도피적이고 방어적인 생존 본능의 왜곡된 표현이라고 할 수 있다. '진정한 자아'를 찾기 위한 '나'의 방황은 곧 기만성에 대한 적절한 대응을 찾는 생존 방식의 모색으로 볼 수 있는 것이다. 이러한 점은 작품이 다분히 감상적임에도 불구하고 생의 비의(秘意)를 찾으려는 작가의 인식적 노력으로 인해 감동을 전달하는 요인이 되고 있다.

　앞에서 다룬 작품들의 작중 인물들이 나와 '타자'의 대립을 통해 '나'라는 정체와 이를 둘러싼 운명에 대한 이해에 도달하고자 하였다면, 「얼굴」과 『석류나무 집』의 인물들은 제 삼자의 시각을 통해 '나'와 '타자'의 관계를 해명하려 한다는 점에서 이들과 차별적이다. 그러나 「얼굴」의 제 삼자가 작중 세계를 단순히 관찰하는 존재로 등장하는 데 비해, 『석류나무 집』에서의 해당 인물은 대비되는 두 인물의 생에 직·간접적으로 연계되면서 합일과 중재를 적극적으로 담당하는 능동적 인물로서 기능한다.

　「얼굴」은 외모 컴플렉스에 시달리는 '명희'가 얼굴이 예쁜 '정순'에게 우정을 호소하면서 빚어지는 사춘기 소녀의 미묘한 감정 싸움과 경쟁, 및 자기 인식을 다룬 작품이다. 이 작품의 주인공인 명희는 어머니가 자신을 죽은 동생과 비교하여 '없어도 좋은 못생긴 것'이라고 한 것을 알게 된 후 심한 외모 컴플렉스에 시달린다. 이후 명희는 가능한 자기 표현을 억제하고 예쁜 친구 '정순'의 모욕을 감내하며 지낸다. 그러던 어느 날 이러한 명희의 모습은 파산(破産)을 맞은 한 신사에 의해 참을성과 괴로움을 지닌 엄숙한 희생의 얼굴로 인지되면서 감동을 주는 영혼으로 의미화한다. 소녀 취향의 정서와 다소 작위적인 반전을 의도하고 있는 이 작품에서는 동갑의 사춘기 소녀를 통해 미추(美醜)의 양극적 가치를 이기적인 아름다움과 인고를 요청하는 추함으로 대비시키고, 제 삼의 인물을 통해 부정적인 것의 이면에 존재하는 미덕을 발견하도록 유도하고 있다.

『석류나무 집』에서는 이복 자매 선영과 애자의 성격 대비[9]와 생애의 병치를 통해 한 개인의 삶을 지배하는 인자로서의 인성(人性)과 삶

---

9) 『석류나무 집』에서 '선영'과 '애자'의 대비를 직접적으로 언급한 부분은 다음과 같다.
- 그러나 두 소녀의 행동은 완전히 정반대의 방향을 취하고 있었다. 즉 선영은 삼촌이 일각문 이쪽 정원에 있는 것을 보면 단호한 태도로 끌다시피 하여 안채로 들어가게 했고, 반대로 애자는 노인을 되도록이면 정원으로 이끌어 내려 했다(133쪽).
- 비교할 것은 되지도 않는다고 느끼면서 그는 언제부터인가 애자를 대할 때마다 선영을 생각하는 버릇이 생겼다. 그리고 이때 살고 있고 또 살려고만 하는 생명의 강인성과 자신에게도 남에게도 다 꽃이어야만 할 숙명을 지닌 존재의 연약함을 느꼈다. …… 하여튼 대가에서 여엿이 빛을 보고 자란 선영은 언제나 어딘지 우아한 음영을 지니고 있고, 기생의 딸로 이른바 '그늘'의 아이로 자란 애자에게는 강한 햇빛을 쬐이며 그것을 이기고 있는 인상을 주는 것이 있었다(134쪽).
- 그러니까 두 소녀는 거의 동시에 빛과 그늘에 서게 된 것이다. 정충휘라는 인물은 이들 둘을 동시에 배반한 것이다. 빛으로는 그늘을 그늘로는 빛을(153쪽).
- 어쨌든 빛 속에서 태어난 선영 속에 깃든 우수와, 그늘에서 사람이 된 애자의 명랑은 묘한 도착이라고 할 수밖에 없었다(160쪽).

을 지탱하는 사회적 조건, 유전자처럼 각인된 앞선 세대의 삶의 양식에 관해 탐구함으로써 현재와 과거의 화해라는 거시적 주제에 접근하고 있다. 이 작품에서 두 인물을 대비하고 관찰하는 대상은 '송영호'라는 제 삼의 인물이다. 그는 하와이 교포 출신으로서 비밀스럽고 저주스러운 비밀을 간직한 '석류나무 집'의 낯선 주인이 되어 이 집을 둘러싼 비밀의 주인공이 되어간다. 선영과 애자의 현실적인 처지와 대조적인 성격을 '쌍둥이처럼 꼭같이' 바라보며 양극을 좁혀가는 인물도 바로 '송영호'이다. 송영호는 석류나무 집의 안과 밖에 거주하는 선영과 애자를 한 집에 포용하는 과정을 통해 자기를 둘러싼 가족의 비밀에 접근하게 되고 궁극적으로는 기만적이고 파탄적이며 착오로 점철된 앞선 세대의 생애와 그것이 확산시킨 주변인들의 생애를 감싸안는 포용력을 체득한다.

유복한 집안의 외동딸로 자라난 '선영'이 어두운 그림자를 드리운 것과는 달리 편모 슬하에서 불운하게 자라난 것처럼 보이는 '애자'는 밝고 명랑한 생명성을 지닌 존재로서 부각된다.[10] 이들이 배다른 형제임이 밝혀지면서 두 인물은 한 집안의 빛과 어둠을 역설적으로 조명한다. 이를 통해 작가는 삶은 양극의 내용을 한 줄에 매달고 이어가는 끊임없는 도정이며 그러한 관계로 끊임없이 조율을 필요로 하는 세계임을 보여준다. 송영호가 '석류나무 집'에서 느끼는 '음악성'은 이에 대한 감지를 적절히 표현한 것이다.[11]

---

10) '처량한 기색이 없다. 타고난 순용성 때문일까. 생활 양식만은 부유층의 그것으로 자랐건만 선영처럼 언제까지나 낡은 것에 눌리어 있는 느낌은 없다(『석류나무 집』, 『전집』 4, 131쪽).'

11) '송영호는 이상한 감동을 느꼈다. 이 건물의 음악성이 더욱 실감에 와 닿았던 것이다. 주름지는 연못 위에 흔들리는 집 그림자는 그림자가 아니고, 집 자체가 가동적인 것으로 이룩된 것 같은 착오를 주었다. 송영호는 어느덧 이 집의 알 수 없는 매력에 끌려 들어가고 있는 자신을 어찌할 수 없었다(위의 책, 14쪽).' ; '그리고 조용한 것이 어울리는 집이다. 음악을 느끼게 하는 건물 ─ 사람이 떠들어서야, 집 자체의 밀어(密語)는 묻혀 버릴 것이

선영과 애자의 관계가 밝혀진 이후 선영은 애자를 통해 건강한 생명성에 눈을 뜨지만, 애자가 집을 떠남으로써 이들은 통합과 화해를 위한 '결별'의 의례를 치루고, 송영호는 선영과의 합일을 통해 부모 세대의 어둡고 혼탁한 과거와 연결된 '석류나무 집'의 불행을 적극적으로 포용하게 된다.

초기작『역사는 흐른다』의 부분 모티브를 변개시켜 단편으로 완성한 「생인손」은 두 세대간에 걸친 인생 역정을 '언년'이라는 한 인물을 통해 조명한 작품이다. 이 작품에서는 타자와 관계 맺는 '내'가 다음 세대의 인물 대비를 관찰하는 제 삼자로 변전하는 중첩된 과정을 실험하고 있다. 제 1세대인 '언년'은 자신과 동갑인 '작은 마님'과의 신분적 거리를 끊임없이 의식하면서도, 그 나름의 삶의 우월성을 끊임없이 증거하고자 하는 의지의 소유자로 설정되었다. 이러한 의지가 그녀의 딸과 마님의 아기를 바꾸는 기만성을 교활함으로서가 아니라 엄숙하고 숭고한 의례로서 허용하는 것이다. '천하고 더러운' 종의 이름으로 태어나 상전의 따님에게 젖을 주기 위해 자기 딸에게는 암죽을 먹어야 했던 여종 언년은 천한 신분으로 인해 오히려 자유로울 수 있었던 자신의 처지를 아씨의 폐쇄적인 삶과 대비하면서 위무하기도 한다.

> "그래두 종년은 종년대루 상전 댁 요조숙녀님들 모릅시는 낙두 있었습니죠(「생인손」,『전집』 6, 293쪽)."

> "고우시고 귀허시지만 희한한 벨기군 구경두 못 헙시구 갇혀 사시는구나 허는 생각이 스쳤습지요(위의 책, 294쪽)."

> "그러구 보니 작은 아씨보다 쉰네가 더 아는게 많아진 것 같은 생각도 들었사와요. 엄한 내외법에 묶여 중문 밖두 나서지 못허는

아닌가(16쪽).' ; '건물 자체의 음악성을 살리기 위하기라도 하려는 듯 사람이 소리를 죽이고 살던 석류나무 집에는 아침부터 밝은 젊은 여자의 음성이 들리게 되었다(133쪽).'

양반댁 부인네와는 달리 체면 범절 차릴 것 없는 천함이 차라리 복
이었습죠. 어엿한 대접두 못 받으면서 섣불리 체면 차려 나들이에
장옷 쓰는 중바닥 여염집 아낙보다는 더더욱 덕볼 때두 있굽시구
요(위의 책, 295쪽)."

여종 '언년'은 집안에 곱게 '간힌' 작은 아씨와는 달리 자신에게 주
어진 하천함이 누릴 수 있는 조그만 자유를 삶의 위안으로 삼기도 한
다. 이어 자신이 짊어졌던 불편부당의 사회적 현실을 딸에게 물려주지
않기 위해 사회를 '기만'했던 언년은 사회적 격변 속에서 다시금 좌절
되어 패배를 경험한다.

이러한 작품들에서 작가는 나이가 같은 여성 인물들을 짝지워 설정
하여, 신분적 격차에 의해 극단의 삶을 살아갈 수밖에 없었던 인물들
이 이러한 현실을 거부하는 모습을 통해 운명에 저항하는 인간의 의지
를 관찰한다. 그러나 이들은 자신들의 의지마저 용해시키는 거대한 운
명 속에서 다시금 자리바꿈하는 과정을 겪는다. 각 작품에서 대립되는
두 인물은 운명의 양극단을 동시적으로 조명함으로써 '만약'의 삶이
지니는 인간적 기대가 '좌절'되는 아이러니를 실험하는 것이다.

3. 삶의 이중성과 기만성에 대한 옹호

인생을 사는 어려움은 보이는 삶을 넘어서 안 보이는 삶까지 헤아리
고 아울러야 하는 통찰과 포용의 어려움에서 찾아진다. 한무숙은 이러
한 삶의 경계를 한 인간의 내면과 표현의 이중성, 그리고 이를 인식하
는 의식의 수위를 통해 실험하고 이를 통해 삶을 현명하게 영위하려는
노력을 보여준다. 그의 작품에서 이러한 삶의 이중성을 체험하고 표현
하는 주체는 여성 인물의 경우 '행복한 삶'에 대한 환상을 좇는 허영심
을 소유한 평범하고 온건한 인물들로 구현되거나 윤리적 덕목을 추수
하기 위해 내면의 욕망을 억압하는 평범한 기만성의 소유자로 구현되

며, 남성 인물의 경우 책임감 있는 남성적 삶에 대한 두려움과 부담감을 사회적 격변과 역사적 격동 속에서 '모면'하려는 위태로운 모습으로서 표현된다. 그리고 작가는 모든 경우에서 자신과 그 삶의 현재를 직도(直睹)하기를 회피하는 인물들이 그 자신의 기만성을 민감하게 인지하고 포착하는 데서 인간적인 가능성을 발견하는 것이다.

한 인간의 품성과 외양의 이중적 괴리에 대한 성찰을 다루는 경우, 그러한 괴리가 허영심이나 기만적 교양주의에서 비롯되는 경우에 작가는 이를 혐오의 대상으로 응시하지만, 그것이 위험하고 위태로운 세계 속에서 자신의 삶을 유지하기 위한 방어기제로 선택될 경우, 이를 생존을 위한 필수불가결한 도구로서 긍정한다. 따라서 긍정할만한 기만성은 차라리 동정할만한 연민의 상태로 포용되는 것이다.

「돌」의 '영란'은 불행함직한 인생을 살아감에도 불구하고 명랑하고 행복한 외양을 하고 있어 '나'로 하여금 의문을 자아내게 하는 인물이다.

> 그러나 '희생'이라고 생각하던 것은 나의 착오였는지도 모른다. 나로서는 …… 얼마 동안 그들 부부의 생활을 엿보아왔는데, 개기름이 흐르는 추하게 늙은 남편을 섬기는 영란이의 태도는 그렇게도 정성스러운 것이었고, 자기 위치에 불만이라든가 회의를 품어본 일은 한 번도 있었을 듯싶지가 않았다. 그런 영란을 볼 때마다 나는 무슨 배신이나 당한 것 같은 노여움에 가까운 느낌을 어쩌는 수가 없었다. 그럴 수가 없는 것 같았다. 그러므로 언제나 몸을 곱게 거두고 또 언제나 천연하고 명랑하여 시름이 있어 보일 때가 없는 그녀를, 나는 긍정할 수가 없었다(「돌」, 『전집』 6, 118쪽).

> 말하자면 그러한 남편에 대한 영란이의 정절이란 그의 결혼과 마찬가지로 무의미하다는 것이다. 하물며 결혼 후 칠팔년이 지난 여지껏 입적도 시키지 않고 있다는 것이 아닌가(위의 책, 119쪽).

영란에게서 '가면(假面)의 행복'은 생존을 위해 필수불가결한 동물의 보호색과도 같다. 그래서 가식이나 기만, 허영은 개인적 결함이라기보다는 생존을 위한 본능적 방어기제로서 옹호된다. 나는 '그 이상한 명랑성과 만족한 빛은 절망에서 온 것(127)'이었음을 알고 영란을 사랑이라는 형식으로 이해하는 것이다.

「굴욕」에서는 상사와 다투고 퇴직한 '내'가 평소에 '무성격'하다고 생각하던 아내 '옥란'이 '무서운 의지의 사람'임을 발견하는 과정을 통해 한 개인의 안과 밖의 괴리감을 생존을 위한 방어기제로서 이해하는 과정을 보여준다. 아내와의 사이에 있었던 일화를 처제에게 들려주는 '고백'의 형식으로 기술된 이 작품에서 '나'는 설사병을 앓으면서도 속치마가 더럽다며 병원에 가기를 꺼리는 아내의 결벽증을 '허영'으로 힐난한다. 그러나 그토록 결벽스러운 아내가 창피도 무릅쓴 채 남편에게 대신 변(便)을 받아달라고 간청하는 것이 가난 때문이라는 것을 알고 굴욕과 감동이 교착된 심리적 혼돈을 겪는다. 그는 보증금을 구해오겠다며 친구와 서당고모(庶堂姑母)를 찾아다니지만, 자신은 이미 주머니에 들어 있는 '도피처'에 의지하고 있음을 깨닫고 자기 모멸에 빠진다.

> 그 상자를 호주머니에 넣는 순간 벌써 도피처 준비는 되어 있었
> 던 것이 아닙니까? 그러면 종로 포목상이니 당고모니 하는 사람들
> 을 찾아간 것은 결국 몸짓 – 자기 양심에의 몸짓에 지나지 않았던
> 것이 되지 않겠습니까?(「굴욕」, 『전집』 5, 116쪽)

비겁한 생존에 대한 자기 모멸을 '굴욕'으로 인정하는 나는 이를 마치 하나의 고해성사처럼 처제에게 고백함으로써 속죄한다. 작가가 예민하게 반응하는 인간의 '기만성'과 '이중성'에 대한 포착은 이처럼 생존의 치열성으로 인해 비난의 대상이라기보다는 포용의 대상으로서 옹호되고 있다.

「램프」에서는 '우람하고도 무신경해보이는 외모 속에 누구보다도 연약하고 몽상적이고 예리한 감수성을 지니고' 있는 '옥란'이 겪는 심

리적 환상을 다루고 있다. 여기서도 '옥란'은 '홀어머니 손에 자라나 용모의 미추가 문제가 되지 않을 만한 배경도 뛰어난 재주도 없(204)'이 어느새 노처녀가 된 인물로서 등장한다. 그녀는 추한 외모에 대한 열등감을 가지고 있지만 의문의 연애편지를 받은 것을 계기로 자신에게 억압되어 있던 행복한 삶에 대한 욕망을 발견한다.[12) 옥란은 익명의 편지로 인해 즐거운 상상을 경험하는데, 이러한 옥란의 환상은 바깥으로 공개될 수 없는 내밀한 개인적 체험이지만, 그것이 곧 헛된 망상이었음이 드러나면서 작품은 개인적 환상과 객관적 현실 사이의 괴리에서 빚어지는 '아이러니'를 보여준다.

「수국」은 작중 인물의 교양주의가 내포하는 기만성과 허위성을 '폭로'라기보다는 '고백'의 형식으로 표현한 작품이다. 이것이 폭로보다 고백에 가까운 이유는 작중인물의 반성적 시각이 관찰 주체와 관찰 대상간의 거리를 끊임없이 긴장시키고 있기 때문이며, 폭로 대상이 곧 자기로 환원되기 때문이다. 인물들에 대한 폭로는 곧 작가 자신의 내면의 고백이자 인간에 대한 보편적 이해를 반영한다. 이 작품에서 작가는 '스위트 홈'이라는 '관념'에 젖어 있는 명희가 그러한 자신감이 하나의 환상이었음을 깨닫는 과정을 통해 보이는 삶과 그 이면의 진실을 대비시킨다. 겉으로는 행복해 보이던 남편 친구의 이혼을 통해 사랑이란 겉보기와는 다르다는 것을 깨달은 '명희'는 자신이 쌓아올린 '행복한 가정' 또한 무지와 자신감이 빚어낸 아집의 환상이었음을 깨닫는다.

「월운」의 경우, 작가는 남편의 죽음으로 인해 자신에게 잠재되어 있던 모성을 '망각당한' '홍여사'가 '성(性)'을 통해 '생명'을 생산하는 '뒷방 색시'를 혐오와 질투가 교착된 감정 속에서 바라보고 그 이면에 잠

---

12) 정재원은 「감정이 있는 심연」, 「돌」, 「월운」, 「명옥이」, 「축제와 운명의 장소」 등의 여성 인물들이 죄의식과 자기 기만을 통해 여성으로서의 욕망을 경계하는 동시에 욕망하였음을 지적하였다(정재원, 앞의 책, 306~315쪽).

재된 자신의 기만성을 인정함으로써 이를 동경의 대상으로서 정시하는 과정을 보여준다. 여기서 작가는 이러한 '폭로'가 홍여사 자신의 내면에 의해 이루어짐으로써 기만성에 대한 회의와 반성을 하나의 '가능성'으로서 포착해낸다. 「월운」이 보여주는 이중성에 대한 사유는 감정의 이중성이 인격의 이중성으로 이어지고 이는 다시 삶의 이중성을 창출하는 과정으로 나타난다. 여기서도 홍여사의 자기 인식은 자신의 처지와 대척점에 위치한 타자라는 거울을 통해 매개된다.

자기기만이라는 주제를 효율적으로 다룬 작품은 「명옥이」이다. '명옥이'는 자신의 남루한 처지에 대한 열등감으로 인해 자기 기만적 환상을 가상하고 이를 타인에게 설득시키는 데서 만족을 얻는 파행적 인물로서 창안되었다. 그러나 이러한 명옥이의 기만성[13]은 '무척 어리석고 사람이 덜 되리만큼 마음이 좋았다는 것 외에는 별다른 인상이 없었(181)'던 인물에게 내재된 욕망이 반영된 것으로써, 작가는 인물의 이러한 허영과 기만을 인간 보편의 생존 양식으로서 부각시킨다. '거짓말'이라는 행위는 그 자신의 기만성을 대표하는 혐오의 대상이라기보다는 결핍으로 고통받는 '연약한 존재'의 생존 방편으로서 수락되는 것이다. 작가는 인간의 이중성을 '거부'하고 '비판'하기 위해 이를 '고발'하고 '폭로'하는 것이 아니라 오히려 바로 그러한 기만성에 대한 혐오를 인지하는 데서 인간적인 가능성과 삶의 비전을 포착해 낸다.

한무숙의 소설 세계에서는 인간의 이중성이 생명적 본능과 결탁되어 있을 때, 이를 엄숙주의적 시각으로서 옹호하는 것을 발견할 수 있다. 이는 작가의 생명주의적 태도와 관련되는 것으로서 한 인간이 개인적으로 감당하기에 벅찬 대상인 시간의 사회성과 역사성에 대한 존엄한 경외로부터 출발하고 있다. 작가는 사회적 한계 속에서 자기를

---

13) 송인화는 「명옥이」가 보여주는 도착적 욕망과 모멸적 삶의 모습이 이상적
삶과 현재적 삶을 혼동한 데서 비롯된 것으로 해석하였다(송인화, 앞의
책, 180~183쪽).

펼칠 수 없었던 개인이 순간적인 욕망에 이끌려 사회를 기만하고 그로 인해 고통의 생애를 감수하게 되는 과정을 통해 인간적인 것의 가치를 발견하고 구원에 도달하는 과정을 보여준다.

「생인손」에서 '종'의 신분으로서 세상을 속인 표마리아 할머니의 기만성과 그것의 좌절에서 오는 절망은 삶에 대한 외경을 불러일으키는 비극적 힘을 지니고 있다. 표마리아 할머니는 누구보다도 해야 할 말이 많았을 터임에도 불구하고 말수가 적었으며 겉으로 보기에 공손하고 마음을 비운 듯 평온해 보이지만, 기실은 말할 수 없는 생에의 과오를 오래동안 인내해온 고통과 죄의식을 안고 있었던 것이다. 『석류나무 집』에서 집안을 둘러싼 비밀이 밝혀지는 과정은 보이는 삶의 이면에 자리한 안보이는 삶의 처참한 자리를 끌어안는 포용성의 확보 과정으로 나타난다. '이사종의 아내'는 현숙하다는 평가를 받지만 그 이면으로는 질투와 선망이라는 마음의 '아수라(阿修羅)'와 '야차(夜叉)'를 경험하였던 것으로 드러나며, 『석류나무 집』의 선영이 부모의 죽음에도 슬픔보다 분노를 보이며 '언제나 싸늘한 무관심과 무표정, 그리고 분노나 무관심이나 무표정같은 모든 것을 꿰뚫고 있(47)'었던 것도 다름아닌 '꼿꼿한 긍지'의 왜곡된 표현이었음이 드러남으로써 밖으로 보여지는 세계 이면에 감추어진 세계를 드러내고 있다.

한 인물의 내면과 표현의 거리, 보이는 삶과 안보이는 삶의 차이를 다양한 관계 조건 속에서 끊임없이 대비하였던 작가는 이러한 이중적 기만성을 비난의 대상으로 조명하는 대신, 생을 유지시키기 위한 존엄한 의지의 표현으로서 경외하는 관점을 보여준다. 작중 인물이 보여준 기만성은 그의 필사적 저항에도 불구하고 극복할 수 없었던 불운에 대한 외경적 포용이기 때문에 사악한 거짓과는 차별적이다. 이러한 삶의 이중성이 갖는 기만성은 '사악'하고 '혐오스러운 것'이라기보다는 창연하고 숙연한 삶의 무게를 전달하는 성숙함으로서 옹호된다. 작가는 '타자'라는 거울이 투영하는 혐오와 환멸이 그 이면에 잠재된 동경과 선망의 왜곡된 표현임을 자각하는 데서 진정한 자아의 얼굴을 발견하도록 하는 것이다.

4. 아이러니의 형식과 잠언의 서사학

우리는 살아가면서 인간적인 삶을 주관하고 주조해 온 풀리지 않는 수수께끼와 같은 이야기들과 마주친다. 그것들은 해답을 주는 대신 실패한 흔적을 용기 있는 삶의 증거물로서 제안하거나 해답을 포기한 유희적 이야기로서 제안된다. 이런 점에서 이들은 기억과 망각이라는 이중적 기제를 삶의 존재 기반으로 삼게 된다.

신성에 대한 고백록의 형식을 취하는 「생인손」은 운명에 적극적으로 맞서고자 한 '표마리아 할머니'가 운명의 회오리 속에서 좌절하는 과정을 엄숙한 시선으로 그려낸 작품이다. 이 작품은 격변하는 역사 속에서 고착된 운명에 저항하고자 한 인물이 삶을 기만함으로써 이를 탈출하고자 하지만, 이를 원점으로 되돌린 역사의 용광로 속에서 희생당하는 과정과 이에 대한 구원을 다루고 있다. 이 작품에서도 생에 대한 통찰을 구하는 작가의 의식은 두 세대에 걸친 두 인물의 선명한 대비를 통해 각자의 생을 감싸는 원리에 대한 탐구를 보여준다. 개인의 욕망과 시대적 억압의 불일치는 의례적인 일임에도 불구하고 이는 끊임없이 제기되는 문제이면서 또한 그 답을 끊임없이 유보시키는 문제이기도 하다. 「생인손」은 한 개인이 시간과 공간의 그물 안에 갇히고 운명이라는 무늬에 얽매여 옴짝달싹 할 수 없게 되면서, 그러나 의지나 욕망의 불씨가 아직 꺼지지 않아 순응하기에는 정념이 너무나 맹렬할 때에 운명의 그물을 찢고 자기의 의지나 욕망을 표현하려는 움직임을 적절히 포착한 작품이다. 「생인손」을 구성하는 서사의 기본적 모티브는 작가의 초기작 『역사는 흐른다』에 근간하고 있는 것으로, 이 작품에서는 초기작에서 추구되었던 운명의 변전에 대한 과도한 흥분이 차분하게 다스려진 채로 완성되어 있다. '언년'은 어미의 젖조차 주인댁 아기에게 빼앗기고 자란 '종'의 신분으로서 장끼에게 추행당하고 아이를 출산한다. 그러나 그 아이가 자신의 유년기를 답습하는 현실을 수락하며 살아가게 된다. 똥더미 속에서 생인손을 앓고 울고 있는 아기를 발견한 '언년'은 순간적인 판단으로 이를 주인집 아기와 맞바꾸고, '제 딸년을 작은 아씨'라고 부르는 기만성을 감내하며 살아간다. 이로써 '언년'은 딸에게는 자신에게 씌워졌던 종으로서의 굴레를 물려주지 않았다는 자위감과 주인에 대한 죄책감의 이중 심리를 짊어지고 살아가지만, 격변하는 역사 속에서 주인댁의 몰락으로 인해 아씨로 살던 딸은 종적을 감추고, 종으로 전락한 주인 아씨는 신학문을 접한 이후 '정간난 박사'가 되어 언년을 찾게 된 것이다. 생인손을 앓은 이후 자라지 않는 손가락을 갖게 된 딸이 '정간난 박사'의 식모로 들어오면서 '언년'은 호된 마음의 병을 앓고, 이후로도 오랜 후에야 신에게 이를 고해성사하게 된다. 죄의식 속에서 고통의 그림자를 드리운 채 살아온 언년의 생애는 사제보다 거룩하며 감히 인간적인 용서를 구할 수 없을 정도의 엄숙한 무게를 지닌 것으로서 조명된다. 그러나 언년은 자신의 비밀스러운 체험을 사회화하는데 실패하며, 그 실패를 신과의 더욱 은밀한 소통으로써 만회하려는 환치시키는 개인성의 극치를 보여준다.

이처럼 「생인손」이 개인이 견고한 전통의 벽을 빠져나오려고 할 때에 경험하는 파행성을 다루고 있다면, 장편 『석류나무 집』은 어우러질 수 없을 정도로 괴리되고 격절된 두 세계 속에서 태어난 '순결하고 무해한' 낯선 인물 '송영호'를 통해 이들을 화해시키려는 의지를 보여준다. 이 작품은 엇갈린 사랑이라는 통속적인 구도 속에서 과거와 현재에 얽힌 세대 갈등을 절묘하게 대비시키고 있다. 여기서는 얼룩진 과거를 억압하거나 회피하는 대신, 저주받은 시간의 벽을 감싸안고 일어서는 의지를 통해 자기의 사회화를 적극적으로 성취하고자 하는 내용이 다루어진다. 이사온지 석달째부터 아들이 죽고 부인이 사망하며 첩을 둔 아버지가 수감되고 사망하는 '흉재'가 겹친 '석류나무 집'은 '저주스러운 집, 몸서리 나는 집, 태워 없애 마땅한 집(20)'으로 불리워짐에도 불구하고 '미워할 수 없는 집'으로서 존중된다. 이미 몰락한 선영의 집안은 '석류나무 집'이라는 애칭보다는 '흉가'라는 저주에 익숙해 있음에도 불구하고 단정하게 가꾸어 놓은 정원이 단적으로 입증하듯이 그 몰락을 애써 부인하려는 단호한 의지를 내포하고 있다. 그러나 이 집의 '저주스러움'은 단순히 흉재가 겹치는 '불운'의 징후에 기인하는 것이 아니라 가족구성원의 과오에 근거한 업보와도 같은 것임이 드러난다. 첩에게서 태어난 딸을 자신의 딸로 입적시킨 선영의 부친 정충휘의 수감과 사망, 아버지의 첩과 내연의 관계를 맺은 선영 오빠의 자살, 그리고 동지를 팔려다 처결된 것으로 알려졌으나 실은 친구의 배반으로 사랑과 신의를 모두 상실한 선영의 삼촌 정충권을 둘러싼 비밀이 밝혀지면서 '석류나무 집'의 저주가 폭로된다. '집'의 비밀을 둘러싼 이러한 음모와 기만은 송영호 부모의 귀국으로 전면화되는데, 자신이 사랑했던 정충권이 동료를 배반하고 처결된 것으로 알았던 송영호의 어머니 박혜련은 첫사랑이 '주검과 같은 인간'이 되어 살아있는 것을 본 충격으로 쓰러지고, 정충권의 생존에 위기를 느낀 송영호의 부친 송호상이 그를 살해하려다 화재를 일으켜 심한 화상을 입게 된 것이다. 이 모든 사태를 알게 된 송영호는 저주받은 집으로부터 떠날 것을 권고받음에도 불구하고 이 집이 지니고 있는 '흉의'마저 용납하겠다는 결연한 의지를 보인다.[14] '흉가'를 거부하거나 이로부터 도망치

---

14) "전 운명이란 말을 싫어하지만 참답게 산다는 건 어쩌면 그 운명으로 인하여 깊이 상처를 입는 것인지도 모르니까요(『석류나무 집』, 『전집』4, 196쪽)." ; "이제까지는 기묘하게도 내가 이 집의 주인이라는 것이 의식되지 않았지요. …… 흉가인 이 집에는 흉의(凶意)라는 것이 주인이었고 나는 그런 뜻은 명확하게 포착하지 못하나마 막연히 자기를 굽혀 온 것 같아요. 허지만 지금 나는 이 집의 주인이라는 것을 깨달았어요. 내 돈으로 산 것이니깐 내 집 - 이런 상식적인 것이 아니고, 이 집에 내가 예속되어 있는 것이 아니고, 내가 이 집을 소유하고 있다는 의식에서 주인입니다(앞의

지 않겠다는 송영호의 결연한 의지는 현실에 뿌리내리고자 하는 도저한 욕망과 적극적인 사회화 의향의 표현이다. 「생인손」에서 간수되지 않은 수고로움, 혹은 끊임없이 삶을 연기시키는 억압적인 '전통'이 이 작품에서는 자기를 적극적으로 뿌리내리는 삶의 터전으로서 의미화한다. 여기서 운명은 그것이 아무리 불운한 것일지라도 거부하거나 회피해서는 안될, 감싸안고 이겨야 할 자신의 일부로서 옹호된다. 이 작품에서 작가가 서사의 자연성을 다소 훼손시키더라도 인물간의 상호 대비를 통한 극적 긴장감을 살리고, 화해와 포용이라는 주제를 효과적으로 강조하고자 한 것은 운명을 포용하는 개인의 의지에 대한 집착과 의욕을 반영하는 것이다. 「생인손」은 『석류나무 집』을 통해 이미 실험해 본 앞선 시대의 갈등이 빚은 착오를 포용함으로써 어긋나고 착종된 운명을 있는 그대로 수용하고자 한 작품이다. 이 작품이 보여주는 '아이러니'는 정해진 사회적 조건이라는 운명에 불복하고 의지적으로 자기 삶을 펼친 인물들이 궁극적으로 대면하는 삶에 대한 통찰과 해석에 대한 답변이다.

한무숙 소설이 보여주는 '아이러니'[15]는 희화적 풍자와는 차별적인 장엄한 미적 형식으로서 구현된다. '불행하게도 비너스의 손길이 미치지 못한' 못생긴 노처녀 '옥란'이 발신자 불명의 편지를 받으면서 겪는 심리적 환상을 다룬 「램프」에서조차 옥란의 '즐거운 상상'은 희화적인 풍자나 야유적 분위기에서가 아닌 비애 띤 정조 속에서 폭로된다. 「돌」에서도 선함으로 인해 처벌되는 '장자못 전설'의 며느리는 개인의 의지나 도덕성마저 용해하는 거대한 운명의 아이러니를 입증하는 존재로서 등장하며, 「부적」의 점성가 '송명운'은 타인의 명(命)을 잇기 위해 자식

책, 197쪽)."

15) 홍기삼은 「생인손」과 『역사는 흐른다』에 나타난 '운명의 아이러니'를 삶의 부조리에 대한 인식의 소산으로 해석하였다. 홍기삼, 「균형(均衡)과 조화(調和)의 원리(原理)」, 『한무숙문학 연구』(앞의 책), 44~46쪽.

을 희생시키는 '아이러니'의 비장미를 조명하는 인물로서 등장한다. 이처럼 한무숙 소설에서의 '아이러니'는 '희화적'인 풍자로서가 아니라 삶의 비의(秘意)에 도달하는 장엄한 형식으로서 옹호된다. 「우리 사이 모든 것이」에서 보여지듯 삶이란 죽을 거라던 환자가 살아 남아 그를 치료하던 의사의 돌연사에 조문을 보내는 아이러니의 점철인 것이다.

한무숙이 인생을 총체적으로 바라보는 관점은 인간의 의지와 운명의 관계에 대한 아이러니를 이해하는 것으로 표현되며, 인간의 의지가 도달할 수 없는 절대 불명의 운명에 대한 수동적 반응이 아니라 결과에 굴복하지 않는 적극적인 생명성에 대한 존중으로 나타난다. 그러나 이러한 인식은 인간의 도저한 의지에 대한 존중에도 불구하고 종종 생에 대한 체념을 유도하는데, 그의 소설 전편을 통해 이러한 의미는 생에 대한 통찰과 혜안을 보여주는 '잠언의 형식'을 통해 적절하게 구현된다. 이는 전통 서사에서 '전고(典故)'로 칭해지는 이미 있었던 역사적 사건이나 문학적 텍스트, 혹은 속담이나 격언 등에서 '빌려온 형식'이 아니라, 작가 자신이 현실적 삶, 혹은 글쓰기의 세계 속에서 경험적으로 잉태하고 인지한 자각적 지혜라는 점에서 각별한 의미를 지닌다. 격동의 역사나 사회 변동 속에서 개인적 삶이 파편화되고 희생되며 역운을 겪어내는 주인공들을 통해 혼돈의 세계관을 탐구하고 인간적인 의지를 존중했던 한무숙의 소설 쓰기에서 이러한 '잠언'의 형식은 소설 쓰기를 둘러싼 경험이 길어올린 삶에 대한 통찰적 인식을 효과적으로 반영한다. 이들이 자의적인 판단이나 내성적 독백에 지나지 않고 '잠언'의 형식으로서 공인받을 수 있는 것은 물론 그 내용에 대한 공감에서도 찾아지지만, 이에서 나아가 그것이 삶에 대한 보편적인 진리값에 근접해 있고 도달되어 있음을 표방하는 서술자를 통해 구현되는 데서 찾아진다.

실로 애증(愛憎)이란 감정의 양단(兩端)이요, 한 끝을 잡으면 자연 또 다른 한끝도 붙어오는 것인가 보다(「굴욕」, 『전집』 5, 104쪽).

불경의 말씀대로 끈끈하게 비린 육취(肉臭)를 풍기며 얽혀드는 색(色)이란 결국 공허한 것이나, 공(空)이란 또 비어 있기 때문에 만상을 어리는 것이고, 따라서 색도 역시 수시로 거기 깃들 수 있다는 것이리라. 말하자면 영원과 수유(須臾)와의 교환, 그리고 영원한 정신의 존엄과 수유를 불태우는 관능(官能)이 교차하는 것이라고나 할까? 그러므로 종교란 어느 것이고 간에 그 비의(秘義)에 있어 얼마만큼의 음밀(淫密)함을 지니는 것이고, 홍등가의 간드러진 가락소리에 어쩌다가 처절한, 오히려 종교적인 것이 스미기도 하는 것이 아닐까? 그러고 보면 흔히 화류항(花柳巷)에서 보는 양미암이라든가 현화암 같은 관능과 환락, 타죄(墮罪)와 육욕의 어지러운 유흥의 집이, 정토(淨土)의 정화(淨火)를 지키는 거룩한 불보살(佛菩薩)의 집과 흡사한 이름을 가지게 된 것은 결코 짖궂은 풍자(諷刺)의 뜻에서가 아니고, 인간사(人間事)의 본연을 직시한 연후에 지어진 까닭이라고도 할 수 있을 것이다(「유수암」, 『전집』 4, 202~203쪽).

그러기에 인생은 회오(悔悟)이다. 이미 해 버린 일에 대한 뉘우침과, 미처 하지못했던 일에 대한 뉘우침 - 그런 것으로 차 있는 것이 인생이리라(「유수암」, 『전집』 4, 213쪽).

…… 사실 삶이란 허망한 하나의 과제이고, '나'라는 것은 무지개처럼 그것을 다양화하고 산일시키는 따름인 존재일지도 모르겠다(「돌」, 『전집』 6, 105쪽).

죽음이 무얼까. …… 산다는 것은 죽어간다는 것일 거다. 신이 인간에게 주신 완전무결한 공평이 있다면 그것은 죽음뿐일 것이다. …… 그러니깐 '죽을' 고생이란 생의 과정에 있어서의 한 체험이지 죽음의 체험이 아닌 것이다(「우리 사이 모든 것이」, 『전집』 6, 22쪽).

시간은 치유제인 동시에 배반자란다. 아무리 애끓는 슬픔도 아무리 뜨거운 사랑도 시간이 지나면 변한다. 또 시간의 무게는 같은 저울로 달아지는 것이 아닐 것이다. 하루살이는 하루만 살다 죽지만 하룻동안에 할 것을 다하고 죽는다. 그들의 하루는 우리 인간의 보통 일생에 해당하는 길이일 것이다. 우리 인간이 백 살을 산다 해도 영원에서 보면 일순, 수유(須臾)를 사는 것이 인생이다(「우리 사이 모든 것이」, 『전집』 6, 35쪽).

사실 기다린다는 것은 산다는 것의 동의어일지도 모르는 것이 아닌가. 무엇인가를, 누군가를, 단순히 내일만이라도 기다리며 사는 것이 인생이니깐(『석류나무 집』, 『전집』 4, 69쪽).

"사람은 배반당함으로써 비로소 외계에 저항하는 근원적인 힘을 얻는 걸 거야(『석류나무 집』, 『전집』 4, 154쪽)."

딸의 시앗은 바늘방석에 앉히고 며느리 시앗은 꽃방석에 앉힌단 말이 꼭 옳다(『역사는 흐른다』, 133쪽).

사람이라는 것은 설사 자기가 남에게 뛰어난 자격을 가졌다 하더라도 지금하면 가치가 반분되는데 하물며 자기에게는 남에게 존칭을 받을만한 아무 자격도 없으면서 존대를 강요하는 것은 가증하다기보다 가소로운 일이다. …… 걸핏하면 조상을 쳐드는 것은 지체 이외에는 아무 것도 자기가 가진 것이 없다는 표시다. 마땅히 자기가 불초의 자식인 것을 자책해야만 될 것이다(『역사는 흐른다』, 171쪽).

이러한 잠언들은 인간적인 힘으로는 되돌릴 수 없는 것에 대한 동의의 형식을 취한다. 작가는 이미 있어온 경구(警句)들에 기대거나 그 자신의 개인적 경험과 깨달음을 통해 도달한 잠언을 통해 작중 인물들로 하여금 그 자신들의 도전과 그 결과로서의 실패한 생애에 대해 위안을 얻도록 한다. 「우리 사는 모든 것이」에서 선하고 사랑스러웠던 '용기'

의 죽음을 심리적으로 용납할 수 없었던 어머니는 불경(佛經)을 인용하면서 아들의 죽음을 모든 소멸의 일부로서 용인하게 된다. 그리고 거기서 자신의 개인적 고통이 그 자신을 모든 고통받는 자들과 합류하도록 하는 계기가 되었음을 인식하게 된다.

이러한 잠언들은 대개는 작중 인물이 자기 분석을 통해 얻는 것이거나, 오랜 삶의 경험 속에서 '고통의 결석(結石)'처럼 저절로 길러진 것들이다. 이는 작가 자신이 소설 쓰기를 통해 생의 진리와 판단에 도달하고자 한 모색의 형식적 결과물이라 할 수 있다.

한편, 저자의 만년의 저작 『만남』에서는 작가가 소설 쓰기를 통해 끊임없이 탐구해 왔던 인생과 운명에 관한 질의를 '정약용'이라는 학자를 통해 진지하게 제기하고 있다. 이 작품은 이전까지의 작품들에서 대립적으로 존재했었던 극단의 인물들이 신념을 통해 화해하고 화합하는 과정을 장렬한 역사의 격변 속에서 구상화하고 있다. 이 작품에서는 상하귀천(上下貴賤), 유교와 불교, 서학과 민간신앙 등 상호 이질적인 것들이 대화적 관계로 조명되었다. 한 개인의 삶과 운명이 그의 주관적 삶 자체를 지배하는 거시적인 틀에 의해 주조된다고 생각하는 작가는 퇴계와 율곡으로 대표되는 이기논쟁을 적극적으로 끌어들이고 민중들의 삶에 관한 이해를 반영하는 '바리데기 무가'를 삽입하는 등[16], 생의 총체성이라는 문제에 보다 심층적으로 접근하고자 하였다. 또한 조선후기의 신학문이자 새로운 종교였던 서학(西學)이 유입되는 과정에서 비롯된 박해와 순교의 문제를 종교 자체의 문제로서보다는 고착된 제도에 불복하는 인간적 신념과 의지의 문제로 접근하고 있다. 이 과정에서 작가가 작품의 진실성을 확보하기 위해 보여준 세밀하고

---

16) 그 외에 이 작품에는 다양한 고전문헌들이 참고되어 있다. 예컨대 정약용의 「哀絶陽」(『만남』, 『전집』 3, 22~23쪽), 『삼국유사』 「피은(避隱)」조(條)의 「포산이성(包山二聖)」(415~416쪽), 박지원의 『열하일기(熱河日記)』 등이 그것이다.

풍부한 고증은 만년의 작가에게 있어서 소설 쓰기가 하나의 정교하고 성실한 생애에의 탐구로서 자리잡고 있음을 보여준다. 이 작품의 전체를 이끌어 가는 인물은 정약용과 그의 조카 정하상으로서 이들은 '서학'을 각각 학문이라는 거대 범주 속에서 포용하거나 종교라는 절대적 가치로 수용하는 차이를 보인다. 그러나 작가 자신이 의도한 것은 '서학'을 대하는 이들의 대립적 태도에 있는 것이 아니라 자기의 가치나 신념 체계를 지키고 완성하기 위한 치열한 삶의 태도를 보여주는 데 있는 것으로 보여진다. 이런 점에서 이 작품은 삶을 이끌어 가는 주된 힘에 대한 이해와 그에 대한 인간의 태도를 탐구해 온 작가의 소설 전반에 걸친 문제와 연계적이다. 그런 까닭에 이 작품에서는 정약용과 정하상을 둘러싼 혜장스님, 표서방, 표녀, 권진사와 신씨부인, 그들의 세 딸인 매아, 난아, 국아와 그들에게 불행을 선사한 승낙종, 단골무당 만년이 등의 생애가 도도한 시간의 물결 속에 어우러져 기술되는 것이다.

한무숙 소설의 작중 인물들은 경험과 현재의 만남을 통해 생의 의미를 산출하는 데서 생을 완성한다. 운명의 완성은 죽음이 아니라 인식이다. 운명은 맞서는 것이 아니라 받아들이는 것이며, 이러한 수용성은 수동적인 것의 가장 적극적인 힘으로 나타난다. 작가는 인물들이 지닌 적극적 수용성과 수동적인 것의 창조적인 힘을 긍정하며 지극한 능동성을 옹호하는 것이다.

한무숙에 있어서 소설 쓰기란 역사의 회오리 속에서 인간의 의지나 욕망은 어떤 의미를 갖는가, 미덕이란 무엇이며 신념과 도덕을 규정하는 인생의 가치는 무엇인가와 같은 근원적 질문에 도달하는 형식적 실험으로서의 의미를 지닌다. 그 과정 속에서 작가는 생의 이면에 대한 탐구와 생의 총체성에 대한 해답을 작품 쓰기의 전체를 통해 정교하게 축조해 가는 것이다.

한무숙 문학세계

인쇄일 초판 1쇄 2000년 10월 16일
　　　　 2쇄 2015년 04월 23일
발행일 초판 1쇄 2000년 10월 20일
　　　　 2쇄 2015년 04월 23일

지은이 이 호 규 외
발행인 정 진 이
발행처 새미
등록일 1987.12.21, 제17-270호

서울시 강동구 성내동 447-11 현영빌딩 2층
Tel : 442-4623~4 Fax : 442-4625
www. kookhak.co.kr
E- mail : kookhak2001@hanmail.net
ISBN : 978-89-89352-02-0 *03810
가 격 10,000원